長編本格推理
書下ろし

NON NOVEL

石持《いしもち》浅海《あさみ》

君《きみ》の望《のぞ》む死《し》に方《かた》

祥伝社

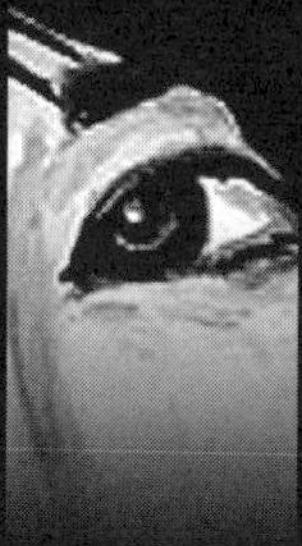

CONTENTS
目次

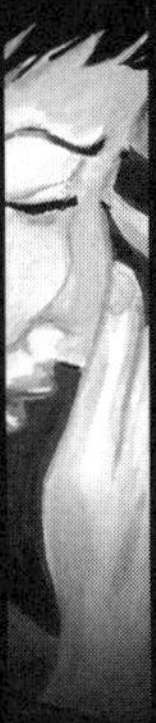

装幀　SOINCBANG CO.,
カバーイラスト　河合　寛

静岡県熱海《あたみ》市消防本部に一一九番通報があったのは、一月十三日の午前七時四十七分だった。

通報の主は、株式会社ソル電機の小峰《こみね》と名乗った。ソル電機は、熱海市内に保養所を持っている。小峰某は、その保養所から救急車の出動を要請していた。

保養所内で、人が死んでいるというのだ。

序章

「膵臓《すいぞう》ガン、です」

原谷徹雄《はらたにてつお》は、呑み込んでいた石を吐き出すように言った。言葉の内容よりも、長いつき合いの主治医が、今まで聞いたことがないほど重い声を出したことの方が印象に残った。

「進行の状態は？」

日向貞則《ひなたさだのり》はむしろ淡々と尋ねた。それは形式的な質問だった。原谷の表情から答えは予想できていたからだ。

わずかな逡巡《しゅんじゅん》の後、原谷が口を開く。

「かなり進行しています。他の臓器への転移も認められます」

「かなり、か」日向はベッドの上から原谷の沈痛な顔を見上げた。

「それは治療が難儀だ、という意味かな。それとも『余命』という言葉を使ってもいいレベルなのかな？」

原谷は唇を嚙《か》んで答えない。なかなか口を開かないから、日向は急《せ》かすことにした。

「私はソル電機の創業者であり、現役の社長でもあるんだ。私の健康状態は、会社の株価にも影響する。正確な事実を把握して、それを元に対策を練《ね》らなければ、会社の存続自体が危なくなる。先生、私のためではなく、会社のために答えてもらえないかな？」

原谷がさらに表情を険しくして、日向の目を見つめた。そしてひとつ息をつくと、ゆっくりと言った。

「過去の症例から判断すると、六カ月」

「六カ月」

日向はどこか他人事《ひとごと》のように、その言葉を聞いた。そうか。自分はあと半年で死ぬのか。

告知を聞いても冷静な態度を崩さない日向を見て、原谷は大きく息を吐いた。

「ホッとしました」言葉以上に表情が安心している。「日向さんが取り乱さなくて」

「もうそんな歳《とし》じゃないよ」

日向はそう答えたが、もちろん年長者としての見栄《みえ》だった。

「それに私は強い人間だ。ガンの告知を聞いたくらいで、自分を失ってたまるものか。先生も、そんなことくらい承知してくれていると思っていたが」

わざとらしく、非難がましい視線を主治医に向ける。視線を受けた原谷はゆっくりと頭《かぶり》を振った。

それはいつもの原谷の仕草《しぐさ》だ。

「強い人間ほど危ないんです」

原谷はそう言った。「そういう人は、自分に自信を持っていますから。余命という言葉は、その自信を根こそぎ吹き飛ばしてしまいます。自信満々に生きてきた人間が、ガンの告知を受けた途端に、幼稚園児のようになってしまった例を、私はいくつも知っています」

だからあなたに告知するのには、人一倍の勇気が必要だったんですよ——原谷はそう続けた。

自分が告知を受けても理性を失っていない理由を、日向は知っている。還暦を過ぎて身体の不調が続くようになり、自分の肉体はもう下り坂だという実感はあっても、死の近くにいるという感覚はなかった。それなのに突然「君は半年先に死ぬよ」と言われても、ピンとこないというのが正直なところだ。いずれ時間が経って、原谷の言葉が脳の奥深くまで染《し》み込めば、絶望感に泣き崩れるのかもしれない。しかし少なくとも現在はそうなっていない。今の心境を言葉にすれば、「きょとん」というのが最も正確なところだろう。だから実際のところ、それほど偉そうなものではない。原谷に強がって見せたように、決して強い人間だからではない。むしろ逆だ。自分は弱い。弱いからこそ、臆病に、慎重に生きてきた。だからこそ、ここまでの成功を遂げることができたのだ。そしてそんな人生が、あと半年で終わる。

　半年。その時間をあらためて考える。年齢を重ねるごとに、日々の経つのが早く感じる。ちなみに半年前はどうだっただろう。記憶を探る。自分でも驚くほど、つい最近のことのような気がした。さすがに先週のこととは思わないけれど、先月との間に大きな差は感じられない。

　ということは、半年前から今日までの時間をもう一回過ごせば、自分は死んでしまうのか。そう考えると、最初に何となくイメージしたよりも、ずっと早くそのときがやってくる気がしてきた。そう、あっという間《ま》じゃないか。

　ガンの進行と共に、身体は動かなくなるだろう。だから死の直前まで、自分の意志どおり行動することは不可能だ。とすると、多少なりとも動けるうちに、できることはやっておかなければ。自分がやり残したことで、是非《ぜひ》ともやっておきたいことといえば、いったい何があるだろうか。とはいえ妻には先立たれたし、子供もいない。人生に心残りなど、あまり考えつかなかった。

　心配事といえば、会社のことくらいだ。ソル電機は、創業者である自分以外が経営者になったことがない。良くも悪くも日向貞則の会社なのだ。はたして自分が死んだ後でも、ソル電機はうまくやっていけるのだろうか。しかし考えてもどうしようもないことだ。経営幹部にはそれなりの後継者教育を施してきたし、若手にも優秀な人材はたくさんいる。当初の混乱は避けられないにしても、残された者たちでうまくやってもらうしかない。

　――そうだ。

　日向はふと思いついた。ばかげた思いつきだと自分自身で笑いながらも、いずれやりたいと思っていたことがあった。生きているうちにやらねばならないことが。正確にいえば、生きているうちにしか絶対にできないことが。

すでに日向の目には、主治医は映っていなかった。その網膜には、その場にいない人物の映像が浮かんでいた。

梶間《かじま》くん。

私は余命六ヵ月だそうだよ。死ぬといわれても実感がわかないけれど、もう十分に生きたという手応《てごた》えはある。この命、惜しくはない。

だから、どうせ死ぬのなら、君の望む死に方をしてあげよう。

私は、君に殺されることにしたよ。

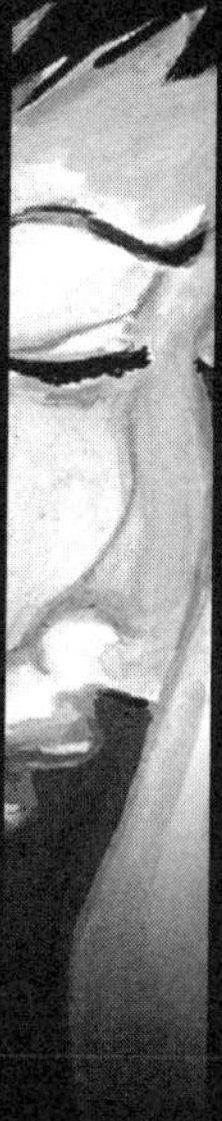

第一章
保養所

「あらあら。いつもに増して、お顔の色がいいですね」

砂川照美《すながわてるみ》が大声で言った。別に驚いているわけではない。本人は意識していないだろうが、彼女はいつもこんな声を出すのだ。大きくふくらんだ胴体が拡声器の役割を果たしているからだと、日向は睨《にら》んでいる。

それでも、声の大きさと看護師の能力との間には、特に関連性はない。主治医の原谷が自信を持って送り出した照美は、訪問看護に関してはプロ中のプロだ。技術力で世界に名を知られている会社の経営者だけあって、日向はプロフェッショナルが好きだ。いろいろと世話を焼かれて最初はうっとうしいと思ったけれど、現在は熱海の保養所にまで同行してもらうほど頼りにしている。

「やっぱり、若い人たちが来るからですか？　ご機嫌がよろしいのは」

照美がてきぱきと体温や血圧を測定しながら話しかけてくる。

「そうだね。毎回のことながら楽しみだよ」

照美は日向を睨みつけた。目が笑っている。「ほんっと、お節介な経営者だこと」

「お節介か」日向はほぼ白髪だけになった頭をかいた。「そう言われるとひと言もない」

照美はからからと笑った。笑いを収めて、壁の掛け時計に目をやる。

「あら、もう九時半ですね」視線を日向に戻す。「十時でしたっけ。研修生の皆さんがいらっしゃるのは」

「ああ」日向は短く答えた。「うちの社員たちには、時間厳守が染みついているから、遅れることはないだろう」

「じゃあ、早めに退散しましょうか」

そう言う照美の目が、真剣みを帯びる。

「お気持ちはわかりますが、あまり賛成はできません」

声が低くなった。こんなときの照美は、世話好きのおばさんの仮面を投げ捨てて、有能な看護師の顔になる。

「社長としては避けたいでしょう。社員の目の前で、看護師が傍《そば》についているところを見せるのは。でも、やっぱり心配です。この保養所にいられなくても、せめて近くに待機させてはいただけませんか」

真剣な表情。日向は照美と、ほんの短い時間見つめ合った。

ここに、自分を本気で心配してくれる人がいる。ありがたい話だと思う。けれど、心配してくれるからこそ、有能な看護師だからこそ、照美にここにいてもらうわけにはいかない。

日向はゆっくりと首を振る。

「大丈夫だよ。まだ病状もそれほど深刻ではないし、体調はむしろいいくらいだ。ふた晩くらい、どうということはない」

照美はまだ不服そうだったが、それでもうなずいた。

「仕方ありませんね。では東京に戻りますが、何かあったらすぐに連絡をしてくださいね」

日向は薄く笑う。「そうさせてもらうよ」

日向が従順さを見せたのに、照美はなおも迫ってくる。

「いいですか？　ＭＳコンチンを一日二回。これは守ってくださいよ。痛みが出なくても、さぼらないように」

「わかってるよ」

日向は苦笑した。「まだまだ自分の身体は大切だから」

モルヒネの服用には当初抵抗があった。しかし原谷の丁寧な説明のおかげで、安心して使用することができている。いわゆるインフォームド・コンセントがうまくいった例だろう。原谷の説明によると、MSコンチンで済んでいるということは、まだそう簡単には死なない証拠らしい。もっともモルヒネは治療薬ではない。痛みを取り除くことによって、患者の生活の質を向上させるものだ。ガンが進行してくれば、痛みはより激しくなる。それに対応するためには、もっと強い薬を使わなければならない。そうなってからでは、自分の望みを達成できないだろう。

やはりこのタイミングしかないのだ。治る見込みのないガン。しかし注意して行動すれば、周囲にはガン患者だとわからない。今の自分がそんな状態だ。今回の計画を実行するには、最高のタイミングだ。今実行しないと、もうチャンスはないだろう。

玄関まで送るという日向を制止して、照美は一人で日向の居室を出た。同行した秘書課長の小峰哲《さとし》がタクシーを呼んだから、タクシーで熱海駅まで行って、そこから新幹線だ。東京までひかりなら三十七分。都内にある原谷の病院からこの保養所まで、ドア・トゥ・ドアで一時間ちょっとで着いてしまうのではないか。熱海と東京は、そんなにも近い。

しかしいくら近くても、日向にとっては、照美がこの場にいないことが重要なのだ。万が一梶間が日向を殺し損《そこ》ねて、日向が重傷で発見されたとしたら。照美がここにいれば、彼女の的確な応急処置によって、日向は助かってしまうかもしれないのだ。

しかし彼女がいなければ、救急車が到着する前に、日向は無事死ねることだろう。梶間にとって、殺人は初めての体験であるはずだ。いくら彼が有能でも、確実に即死させられるとは限らない。その可能性を考慮すると、やはり照美は、東京に帰さなければならないのだ。照美のお節介な行動によって、土壇場ですべてを台無しにされてはかなわない。

「お節介か……」

日向は一人つぶやく。照美はお節介な女性だ。しかし彼女が指摘したように、日向自身もお節介焼きであることは否定できない。日向がここ熱海の保養所で行おうとしているのは、社員同士の「お見合い研修」なのだから。

ノックの音がした。ノックの音には癖が出る。今のノックは、小峰独特のものだ。もっとも、今現在熱海の保養所にいるのは、日向自身を除けば小峰だけだ。

日向が返事をすると、ドアが開いて小峰が姿を現した。日向の居室には鍵がつけられていない。日向はガン患者だ。病状が急激に悪化するなど、緊急に人が立ち入らなければならない場合、鍵がかかっていては対応が遅れてしまう。小峰の意志を汲《く》んで、日向も内側から鍵をかけないよう心がけているが、部屋に入って鍵をかけるのは、半《なか》ば無意識の動作だ。いざというときのために、やはり鍵自体を取り外してしまう方がいい。だから小峰は自らの判断で、本社ビルの社長室や、保養所の社長専用居室の鍵を取り外した。機密書類を鍵のかかる別室に移動させる手間などはあったが、小峰の判断は適切だったと思う。その配慮は嬉しかったし、日向の計画にももってこいだった。

小峰は四十代前半の、かっちりとした男だ。四角い顔に四角い眼鏡。おおざっぱにも見えないし、神経質そうにも見えない。会社員として信頼できそうな外見をしている。そしてその中身も、外見どおりだ。日向の信頼も厚く、社長にならないまでも、いずれ経営に参画することは間違いないと思っている。事実、ソル電機における秘書課長とは、執行役員の一歩手前だ。

小峰は執事の忠実さではなく、あくまで社員としての礼節を保ちながら言った。

「参加者が到着しました」

「そうか」

日向は傍《かたわ》らのステッキを握り、ゆっくりと立ち上がる。このタイミングだと、彼らは照美と顔を合わせたかもしれない。けれど照美は白衣を着ていたわけではない。たとえ顔を合わせたとしても、看護師とは思わないだろう。ハウスキーピングにやってきたパートのおばさんくらいに想像してくれるに違いない。

「全員、食堂にいるのか？」

日向の問いに、小峰は小さく首を振った。

「いえ。まだ玄関ロビーにおります。オリエンテーションをしておりませんので」

「なんだ。食堂でコーヒーを飲んでいるんじゃなかったのか」

「まだです。さすがに研修に来て、すぐさまコーヒーメーカーに手をつける豪傑はいないようです」

小峰の口調が少しだけ砕けたものになる。日向も秘書に笑顔を返した。しかし小峰の声が、すぐに真剣さを取り戻す。

「社長、ひとつお伺いしたいのですが」

「なんだね」

「今回の参加者に、材料部の梶間主事がいますね」

「ああ、いるね」

日向は単純に答えたが、それは小峰を満足させなかったようだ。

「梶間主事の実績、上長の考課、同僚や取引先の評価、どれをとっても、彼は幹部候補生として十分な能力を備えていると思います。ですが、この研修に限っては、ふさわしくないのではありませんか？

なぜなら彼は、まもなく日本を離れるからです。ここで知り合った女性社員と、その後交際を続けることができません」

「……」

日向は答えなかった。小峰は続ける。

「それでも彼を呼ぶ理由があったのですか？」

「理由か……」

日向はようやく口を開いた。小峰の疑念は晴らしておかなければならない。

「君の言うとおり、梶間主事はお見合い研修には向かない。けれど、社内で噂《うわさ》になっているような、幹部候補生研修にはふさわしいだろう。君が指摘したようにね。旅立つ彼に、この研修に参加したという箔《はく》をつけさせることは、それほど悪いことじゃない。一応他言無用の研修ではあるが、たいていばれるからな。欧州研修センターにも、その情報は伝わる。だから向こうでもやりやすくなるし、彼はいずれ帰国して、会社の中枢を担《にな》うだろう」

小峰は分厚い眼鏡の奥から日向を見つめた。

「失礼を承知でお聞きします。そのお気遣いは、やはり梶間主事が境《さかい》副社長のご子息だからですか？社長とご一緒に創業された方の」

「そうだよ」

日向はあっさりと認めた。

「梶間主事は、創業者の息子であることを隠して我が社に入ってきた。そして自分の努力だけで、実績を積み上げてきたんだ。私は、特別に彼を引き立てたことなど、一度もない。それは君がよく知っているだろう」

「はい」小峰は素直に首肯した。「私が保証できます」

「彼はいずれ上がっていく人間であると、既に周囲に認知されている。それならば、この機会に彼にお墨付きを与えるのは、会社にとっても悪いことではない。そして同時に、私は亡《な》き盟友に対して顔が立つわけだ。正直言って、将来は彼に社長になってもらいたい気持ちがある。公私混同かもしれないが、少なくとも会社に損はさせない自信がある」

社長の断言に、小峰は唇を引き結んだ。そしてしばらく無言だったが、やがてゆっくりと口を開いた。

「わかりました。情と理の両面から、納得できるお考えです。失礼なことを申し上げました」

小峰は頭を下げる。日向はそんな秘書に向かって片手を振ってみせた。

「小峰くんはそれでいい。私の独善と暴走を止めるのも、君の役割だ。十何年も前かな、この研修で、君はそれができる人間だとわかった。だからあえて間接部門である秘書課に異動してもらったんだから」

小峰はもう一度頭を下げる。

「恐れ入ります」

日向の見込みどおり、秘書課に来てからの小峰は、冷静沈着かつ的確な対応で、日向を助けてきた。今回の研修でも、そんな彼の能力が必要になる。自分が死んだ後、消防署や警察への通報などの後処理をしてもらわなければならないのだ。若い社員ばかりだとパニックを起こしてしまい、ソル電機の名前に傷を付ける危険もある。それを防ぐための小峰帯同でもあった。

日向は小峰に笑顔を向けた。

「奥さんは元気かね？」

小峰も笑顔を返す。

「ええ。毎日子供相手にがなりたてています。社長がご存じだった『総務の華《はな》』の面影は、影も形もありません」

二人で笑った。それは会話を終える合図で、どちらからともなく、玄関ロビーに向かった。

保養所には、小さいながらも玄関にロビーがあり、ソファが置いてある。研修の参加者はそのソファに座っていた。

玄関ロビーにいるのは、男性が二名、女性が二名。皆若い。二十代後半から、三十代前半。全員がスーツ姿で、顔に緊張の色を浮かべている。当然だろう。勤務時間外とはいえ、社長と面会するのだから。

日向が姿を現すと、参加者は一斉に立ち上がった。

「おはようございます！」

大声で挨拶《あいさつ》した。ソル電機では、挨拶を徹底させている。互いに挨拶をしない企業は活力を失う。日向はそのことをよく知っていた。日向も挨拶を返す。「おはよう」

梶間晴征《はるゆき》。
園田進也《そのだしんや》。
堀江比呂美《ほりえひろみ》。
野村理紗《のむらりさ》。

いずれも所属部署長が推薦し、日向自らセレクトした、優秀な社員だ。それぞれ部署は違っても、会社に多大な貢献をしている。つまり、辞めてほしくない社員たち。そして全員独身で、現在交際している特定の異性がいない。

日向は参加者の様子を窺《うかが》った。

最も緊張が面《おもて》に出ているのは、野村理紗だろう。広報部に勤務している彼女は、はきはきとして明るいから、社の内外で人気が高い。くりくりとした瞳が小動物のように見える、小柄で可愛らしい女性社員だ。しかしいくら対外的な態度がしっかりしていても、社長が相手となると話が違うようだ。いつもは明るい笑顔が、今は緊張に引き締まっていた。

もう一人の女性社員、堀江比呂美も緊張を隠せていない。顔が青白く見えるのはそのためだろう。彼女は営業部で顧客管理を担当している。いつも冷静な顔をしているから、今日の緊張は彼女のキャラクターをそれほどスポイルしていない。むしろ生真面目《きまじめ》さがより際《きわ》だって、彼女の魅力を増しているようにさえ見えた。

男性社員の一人、園田進也の場合は、単なる緊張とは違うようだ。あえていうなら、アスリートが試合前に感じる緊張に、雰囲気《ふんいき》が似ている。この週末は、社長の前で最高のパフォーマンスを見せてやろうという気負いが感じられる。彼の所属する企画部は、もともとプレゼンテーション能力が問われる部署だ。パフォーマンスも業務のうちだから、張り切るのも無理はない。若者らしくてけっこうなことだが、もう少し柔らかい物腰でいてくれた方が、理紗も比呂美もとっつきやすいだろう。まあ、おいおいほぐしてやればいい。

そして最後の一人、梶間晴征。彼の表情からも緊張が窺えた。しかしそれは、他の三人とは質が違う。女性二人が感じているのは、面接試験の緊張感だ。園田は武者震《むしゃぶる》いに近い。どちらとも、社員としての枠から外れていない。しかし梶間はそうではない。彼の緊張は、いわば覚悟に近いものに感じられた。

覚悟とは、もちろん殺人者になる覚悟だ。この週末、親の仇《かたき》を討つ。もちろん高揚感もあるだろう。犯行が露見する恐怖もあるだろう。しかし何より必要なのは覚悟なのだ。肚《はら》が据《す》わっているかどうか。意識して殺人を行おうという人間には、欠いてはならない要素だ。どうやら、梶間はそれを持ち合わせている。

日向はロビーに立ったわずかな間に、それだけのことを見て取った。そしてソファでなく、壁際の椅子に座った。頭上には、掛け時計。

日向は社員たちに、着席するよう促《うなが》した。

「せっかくの三連休なのに、よく来てくれたね。ここは保養所だ。遊びに来たつもりで、のんびりしてほしい。遊びに来たら、たまたま社長も来ていたという程度に」

いくら社長がそう言っても、額面どおりに受け取る社員はいないだろう。確かに今週末の研修は、会社として公式なものではない。目的も何も告げずに、社長名でただ「来い」と言っただけだ。休日出勤手当も出ないし、往復の交通費が支給されるものでもない。交通費は日向がポケットマネーで補塡《ほてん》しているし、保養所の利用料金も日向が負担しているが、基本的には休日を利用して、社員が保養所に遊びに来たというのが、表向きなのだ。なぜなら、業務でお見合いをやるわけにはいかないから。

だから日向は「これは研修ではない」と言わなければならない。もちろん日向は、これを単なる合コンで終わらせるつもりはない。日常業務とは異《こと》なるけれど、参加者はそれなりに頭を使うことになる。

日向は続けた。

「実は君たち社員以外にも、お客さんを招いている。彼らはソル電機の人間ではない。私の知り合いでね。悪い人間ではないから、親しくしてやってくれ」

狭いロビーがさらなる緊張に包まれる。日向は彼らの戸惑いが手に取るようにわかった。研修に社外の人間が立ち会う。それはいったい、どのような人間なのか。

可能性はふたつ。ひとつは、研修の講師だ。まさか社長本人が講義するとも思えないから、講師を外部から呼んだ可能性がある。

もうひとつの可能性は、試験監督というものだ。遊びに来たふうを装いながら、実は社員の行動や言動に目を光らせている。そして研修が終わった後に、社長にレポートを提出するのだ。彼女は有望だ。彼は口ばっかりだ、などと。そのどちらだとしても、油断はできない。参加者たちはそんなことを考えている。

ちなみにどちらも間違っている。社内では、日向と秘書の小峰だけが知っている、本当の理由。くだらない理由だけれど、研修本来の目的には必要な役回りだ。口に出しては効果が薄れるから、日向は社員たちが想像するのに任《まか》せていた。

「皆さん、お疲れさまです」

日向に代わって小峰が口を開いた。この研修は社長の個人的なもので、会社としての正式な研修ではない。だから通常研修を担当する人事部は関《かか》わっていない。そのため仕切役も、自然と社長秘書である小峰がやることになっていた。

小峰はクリアファイルを鞄《かばん》から取り出して、言葉を続けた。

「社長が言われたように、この週末は、これといった業務をやってもらうわけではありません。それでも一応スケジュールはあります。まず、各自のルームナンバーを言いますから、部屋に荷物を置いてきてください。荷物を置いたら、十時三十分に、ミーティングルームに集合してください。そこから十二時まで、軽く頭を使ってもらいます」

無言の反応。「軽く頭を使う」というのが、言葉どおりではないと思っているのだろう。そこから厳しい研修が始まると。

「正午から昼食。休憩を挟んで、午後一時から五時まで、続きをやります。五時から七時までは自由時間です。この間に入浴を済ませてください。夕食は七時から。その後は軽い懇親会を行います。社長もご同席されますから、今まで積もった恨《うら》み辛《つら》みを社長にぶつけるチャンスです」

お約束の笑いが漏れる。よしよし。笑わなければならないところできちんと笑えるのも、ビジネスをするうえでは重要なことだ。

「特に就寝の時刻は決めていませんので、眠くなった人から寝てください。明日の朝食は午前七時半から八時半の間です。九時から正午まで、今日の続きをやります。午後は今日と同じスケジュール。解散は明後日の朝です。それまで、原則的に外出はなしです。外出しなくていいように、休憩時のコーヒーや茶菓子、懇親会用のお酒とつまみは用意してあります。それでも必要が生じた場合には、私に申請してください。私の部屋は、一〇五号室です。ここいらをうろうろしていなければ、部屋を訪ねてください。以上、何か質問は？」

「はい」と挙手して立ち上がったのは、園田だった。眼球だけが動いて、一瞬日向を見る。

「会社のネットワークにつながる端末はありますか？」

小峰は小さく首を振る。

「ありません。この週末は、パソコンが必要になることはありません。それとも、休憩時間に通常業務をやる予定がありますか？」

いいえ、と園田は否定する。「レポートや何かで使うかもしれないと考えただけです」

着席する際、今度は梶間に視線を向ける。どうやら、今の質問はポーズだったようだ。研修が幹部候補生に対するものならば、出席者はみな出世のライバルだといえる。なんでもいいから自分をアピールしようというのは、それほど間違った考え方ではない。ただし梶間の方はあまり気にしていないようで、園田の視線にも気づいた素振りは見せなかった。

小峰が続けた。「他に質問は？」

挙手する人間はいなかった。小峰はひとつうなずくと、傍らのポーチを開けて、鍵を四つ取り出した。

「それでは、部屋の割り当てを発表します。まず梶間主事は一階の一〇三号室。園田主任は同じ一階の一〇一号室。堀江主任は二階の二〇三号室、野村さんは同じく二階の二〇一号室です。鍵を受け取ったら、まず部屋に荷物を置いてきてください。十時三十分までは自由時間とします」

各人には、部屋をひとつ飛ばしで与えている。間に一部屋置くことによって、お互いの部屋の音が漏れ聞こえないようにしてあるのだ。お見合い研修を始めて二十年以上になるが、今までに三組だけ、その晩のうちに一線を越えてしまった男女がいた。その音を聞かれないようにとの配慮だ。

もちろんこれは、梶間の殺人計画にも有利に働く。梶間が日向を殺そうとこっそり部屋を抜け出したとき、園田がすぐ隣の部屋だと、ドアを開け閉めする音が聞こえてしまうかもしれない。それを防ぐにはちょうどよかった。別にそれを理由にお見合い研修を殺人の場に選んだわけではないが、都合がよかったのは確かだ。

鍵を研修生たちに渡し終えると、小峰は、自分が着ている私服を参加者に示した。

「ここに滞在中は、服装は自由です。楽な服装で構いませんから、集合までに着替える人は着替えてください。ああ、それから、貴重品は必ず部屋に置かずに、自分で携帯するようにしてください。最近、この辺りの保養所で盗難被害が増えているそうです。ここはまだ無事ですが、用心するに越したことはありませんから」

小峰はそう締めくくり、一人ひとりに鍵を渡した。社員たちは座ったままの日向に一礼して、建物の奥に入っていく。

梶間が最後だった。目礼した梶間と、目が合った。一瞬だけ、梶間の双眸《そうぼう》から膨大な感情が漏れ出てきそうになる。しかし梶間はそれを抑《おさ》え込んだ。普通なら気づかない程度の揺らぎ。それでも日向は気づいた。

間違いない。梶間はやる気だ。

ただ憎んでいるだけの人間と、殺害を決心した人間とでは、醸《かも》し出す雰囲気が違う。あるいは迫力が。それは、他の人間にはわからない。自分に殺される憶《おぼ》えがあるからこそ、日向に伝わるのだ。彼が決心しているということが。精神的には、梶間はすでに川を渡ってしまっている。

日向は奇妙な安心を感じた。梶間が決心できていなくて、ただ自分を恨んでいるだけであれば、すべて日向の独《ひと》り相撲《ずもう》になってしまう。それでこそ、保養所に様々な仕掛けをした甲斐《かい》があるというものだ。

この研修は、梶間が標的である日向と向き合える、ピンポイントのチャンスだ。日向がそう仕組んだ。梶間はこのタイミングしかないと思っている。そして彼は、与えられた機会を逃さない人間だ。

「期待しているよ」

日向は梶間にそう言った。もちろん、傍にいる小峰には「研修の成果に期待しているよ」と受け取れるようにだ。梶間は短く「はい」と答えた。

日向は右手《て》を差し出した。梶間がその手を握る。二人の掌に力がこもった。

梶間くん。舞台は整えた。ここで君は私を殺さなければならない。私を殺さないかぎり、生きてここを出られない——そういうわけではないけれど、このタイミングを逃すと、君はこれからの人生、ずっと後悔に苛《さいな》まれるだろう。だから殺しなさい。君に舞台を上手に活《い》かす能力があれば、完全犯罪も可能だろう。なに、心配することはない。結果的にだけど、私にだってできたんだ。

日向は自らの意志と言葉を掌に込めた。もちろん、掌を通じてそれが梶間に伝わるわけはない。手はすぐ離れ、梶間は自室に向かう。

梶間の後ろ姿を見送りながら、日向は妙な感慨を抱いた。

会社のためによかれと思って始めたお見合い研修が、こんなことに役立つなんて。

日向は、もう何回目かわからない研修を始めるきっかけになったことを思い出した。

三十年以上前になる。大手電機メーカーを退職した日向は、一緒に辞めた境陽一《よういち》という技術者と共に、株式会社ソル電機というベンチャー企業を興《おこ》した。「ソル」とは太陽のことで、二人の創業者、日向貞則の「日」と、境陽一の「陽」から採《と》った社名だ。設立当初は苦労したものの、現在は蓄電システムに使用されるフライホイールの製造で、世界でもトップクラスのシェアを持つまでになった。そこからハイテク素材にも手を伸ばし、欧米の航空機メーカーに機体の材料を提供している。関連会社を含め従業員二二〇〇名、総売上高八五〇億円。それが現在のソル電機の姿だ。

ソル電機を大きな事業の柱を二本持つ優良企業に育て上げた日向を、世間は名経営者としてもてはやした。そして最近業績を落としている大手電機メーカーの最大の判断ミスは、日向を引き留めなかったことだとまで言われるようになった。

確かに自分は、この会社を上手に経営してきたという自負がある。起業したばかりの頃は、意気込みばかりが先行して、暴走気味の経営だった。あのまま突き進んでいたら、ソル電機は大きくなる前に倒れていただろう。しかし境の死をきっかけにして、自分は変わった。慎重で丁寧な経営を心がけるようになり、それがこの会社をここまで大きくした。その実績を評価されるのは、それなりに妥当だと思う。

けれどそれはすべてを言い表していないことを、日向は知っている。おそらくは古巣の経営幹部も気づいているだろう。彼らにとって最大のミスは、日向ではなく、境を引き留めなかったことだと。

日向たちが独立した頃は、ベンチャー企業を支援・育成しようとするシステムなどなかった。ほとんど徒手空拳《としゅくうけん》で始めた事業が潰《つぶ》れなかった要因は、すべては技術部門の総責任者だった境の腕前と人望にあったのだ。

早々と技術者としての自分に見切りをつけた日向は、新会社では経営に専念し、開発は境に任せる決心をした。それが正しい判断だとわかるのに、時間はかからなかった。経営の雑事を気にしなくてよくなった境は、大企業では狭いエリアに押し込められていた才能を存分に発揮した。自ら先頭に立って働き、部下の面倒見もよい。そんな境を若い技術者たちは慕い、一緒になって汗をかいた。そんな彼らの不休の努力が、他社に真似《まね》のできない蓄電技術を生み出したのだ。

核となる独自技術を持った会社は強い。そこからソル電機は成長を始めた。いわば境が核を造り、日向がそれを育てた。二人はそんな役回りだった。日向と境、この会社には二人とも必要だったのであり、どちらかでも欠ければ、現在の会社はなかったのだ。

しかし境が夭折《ようせつ》すると、残された技術者たちは動揺した。ソル電機に不満があるわけではないが、尊敬する境がいなくなった今、この会社に留まる理由はないのではないか。もっと待遇のいい会社は、他にもある――。

それこそが、日向の最も恐れていたことだった。

技術者たちは「この会社は好きな研究を存分にやらせてくれるから好きだ」、「若い会社だから、しがらみがなくて居心地がいい」と言ってくれるけれど、彼らの才能に見合った給料を支払っているかといえば、はなはだ心許《こころもと》なかった。仮に国内の大手家電メーカーが、彼らの前に札束を積み上げたら。あるいはアメリカの巨大企業が、札束を積み上げた上で好きな研究をやらせてあげると言ったら。彼らはあっさりと転職してしまうかもしれない。

人材流出を懸念した日向が取った手段は、ハイテク企業とは思えないほどアナログな手法だった。それは社内結婚だ。有能な技術者に社内の異性社員を紹介し、結婚させてしまうというのが、日向のアイデアだった。

社内結婚した社員は、社外で配偶者を見つけた社員よりも、離職率が低い。それは日向が以前勤めていた会社でも見られた傾向だったし、自分が経営している今の会社でも同様だった。だから彼らが転職の誘惑を受けたときに心理的なブレーキを働かせる手段として、社内結婚を奨励したのだ。

会社がまだ小さかった頃は、社長と社員の距離が近かった。よく若い社員たちを自宅に呼んで、バーベキューパーティーなどもしたものだ。それが社内合コンのような役割を果たしたし、結婚に至ったケースも少なからず存在した。もちろん全員ではないけれど、リスクマネジメントとしては、上出来な実績を残してきたと思っている。

しかし会社が大きくなってくると、社員に対して、社長である自分が気軽に声をかけられない環境になってきた。そのため各部署に腹心を配し、技術者に限らず優秀な、つまり辞めてほしくない独身社員に関する情報を、自分のところに上げさせた。それを日向自身が厳選し、本人にこっそり告げるのだ。熱海の保養所に来い、と。

それが社内で囁《ささや》かれている、「日向社長の幹部候補生研修」だ。見込みのある社員に対して、経営層に抜擢《ばってき》される日に備えて、最低限身につけなければならないことを伝授されるのだと。

ほとんどの社員は、その噂を真《ま》に受けている。日向がそれを肯定も否定もしないものだから、噂はいよいよ真実味を帯びているようだった。

実際、それほど間違っているわけではない。研修の内容は、けっして幹部候補生研修にふさわしいものではないけれど、そして独身という条件はあるけれど、幹部になりうる社員を集めているのは事実だ。だから社員にとっては真実なのだ。社員にとってもメリットがある。社長のお節介とはいえ、同じように優秀な異性と出会うことができて、しかも二泊三日の間、ずっと一緒にいられるのだから。

研修は毎年一回、どの部署もそれほど忙しくない一月半ばに行われる。だから今回も、同じように成人の日を含めた三連休に設定した。

日向はこの週末、招待するメンバーとして梶間晴征を選んだ。小峰が指摘したとおり、梶間は周囲も認める優秀な社員だから、彼が呼ばれることに関して、疑問の声はあがらないだろう。

それこそが日向の狙《ねら》いだった。大きくなった現在のソル電機では、一介の社員である梶間は、社長の日向に単独で近づくチャンスがない。しかし研修の最中ならば話は別だ。至近距離で話ができるばかりか、一緒に酒を飲んだりもする。殺すにはもってこいの環境に置かれるわけだ。梶間がきちんと準備しておけば、あるいはうまく立ち回れれば、完全犯罪で日向を殺せる環境に。

不思議なものだ。幹部候補生研修がお見合いの隠れ蓑《みの》となり、今度はお見合い研修が梶間の殺人の隠れ蓑となっている。しかしそれも、梶間が無能な社員だったら、利用できなかったことだ。梶間は幹部候補生研修にも、お見合い研修にも、ふさわしい人間に成長している。だからこそ成立する計画だった。

もっとも、日向はそれも当然だと考えている。なんといっても梶間は境陽一の息子なのだし、同時に境由美子《ゆみこ》の息子なのだ。夫の死後、由美子が人生をかけて育てた人間が、優秀でないはずがない。梶間に特別な思いを抱いている日向が、それを一切排除してすら、幹部候補として推《お》したいほどに。

そうなってほしいものだ。日向はそう思う。願わくばソル電機の頂点に上り詰めてほしい。それが日向の本音であり、生きているうちには決して実現しない夢だった。

＊　＊　＊

玄関ロビーを離れるとき、目が合った。

日向社長と顔を合わせることは、初めてではない。元々技術者出身であるためか、社長は技術報告を聞きたがる。それも部門長クラスからではなく、実際に手を動かしている技術者の話をだ。だから梶間晴征も、四半期に一回のペースで、社長を相手に開発の進捗《しんちょく》状況を報告している。

現場の技術者は、経営陣は技術のことなんて理解していないと思いがちだ。しかし日向社長は違う。報告の際に飛び出してくる質問は、問題の本質を正確に捉《とら》えていなければ出ないものばかりだ。質問は、答えられるものもあるし、答えられないものもある。後者の場合は素直に「今は結論が出ていません。データが揃《そろ》ったら、あらためてご報告申し上げます」と告げる。すると大抵、わかったとうなずいてくれる。

おそらく社長は、そこまで研究が進んでいないことを問題視しているのではない。社員が現状を把握した上で、変にごまかしたりせずに、正確な報告をしたかどうかを重視しているのだと思う。つまり、社員の報告内容よりも、社員そのものを見ているわけだ。開発の最前線にいる技術者の状態を確認することで、ソル電機がこれからも技術で業界をリードする存在であり続けられるかを、確認しているのかもしれない。

　梶間は技術者としての自分の能力に、多少の自信を持っている。しかし万能ではないことも知っているから、必要以上に自分を大きく見せたりはしない。そんな梶間を、社長はじっと見つめることがある。それで目が合うのだ。

　社長と目が合うと、妙な気分になる。

　彼は自分の素性に気づいているだろうか。

　気づいていないわけはない、と思う。父が死んだ後、身重の母をずっと支援してくれたのは、若き日の日向社長だった。万事抜かりのない社長のことだ。生まれた子供がどう成長し、どういった道に進んだかを調べていることだろう。母方の祖父母が母の結婚に反対していたから、父の死後実家に戻った母に、旧姓に戻させたことも。そのため息子である自分も、境ではなく梶間姓を名乗っていることも。そして母の希望でソル電機に入社したことも、知っていると考えて間違いない。

　それでも自分を特別扱いせずに、他の社員と同等に扱ってくれるのはありがたかった。共同創業者の息子というだけで引き上げられてしまっては、こちらも居心地が悪いし、周囲の妬《ねた》みも生じるだろう。それに、父親が創業者だからいい仕事ができるというものでもない。変に取り立てたりせず、自分が能力を発揮できる環境に置いてくれていることに、感謝しなければならないのだろう。

　しかし。

　日向貞則は、恩人なのだろうか。それとも仇なのだろうか。

　その答えを、梶間は既に得ている。どちらも正解だという答えを。母が元気だった頃は、感謝の念しかなかった。しかし昨年の、死の床にあった母の言葉。それを聞いたとき、梶間の日向社長に対する印象は一変した。それまでの感謝の念が、その強さを保ったまま、彼に対する怒りに変じた。いや、そうではない。日向社長に対する感謝の念はそのままに、まったく同質量の怒りが発生したのだ。

梶間は日向社長に対して、ふたつの怒りを同時に抱えている。父の仇としての怒りと、母の仇としての怒りだ。それは決して同一ではないことを、梶間は知っていた。

父の仇としての怒りは、どちらかというと、静的なものだ。志《こころざし》半ばで、誰よりも信頼していた盟友に殺された父。その無念は如何《いか》ばかりであったか。息子として、無念を晴らしてあげたいという気持ちがある。父が殺されたのは、自分が生まれる前のことだ。だから知らない父への憧憬《しょうけい》は、梶間の人格形成において重要なパーツになっている。そのパーツが、静かに命じるのだ。殺せ、と。

一方、母の仇としての怒りは、もっと感情的なものだ。母は、決して安らかな気持ちで死を迎えはしなかった。父の死後、ずっと抱いていた重荷。それを抱えたまま、その重さに苦しんだまま母は逝《い》った。自分を今まで育ててくれた母。これからいくらでも楽に暮らしてほしいと思っていた。理系の常か、自分も早く結婚することはなかった。それでもいずれは自分にふさわしい相手を迎えて、母に孫の顔を見せてあげたかった。しかしそれはかなわぬまま、母は鬼籍《きせき》に入ってしまった。重苦しいものを飲み込んだままで。それはすべて日向社長の責任なのだ。いくら彼が、名前とは逆に、影ながら自分たち母子を支援してくれたとしても。だから人間としての梶間の感情は、シンプルに命令する。ぶち殺せ、と。

親の仇なんて、時代劇の中にしか存在しないと思っていた。そもそも今までの梶間は、復讐という概念は不合理そのものだと考えていた。相手を殺したからといって、殺された人間が生き返るわけではない。相手を殺して財産を奪うというならまだ合理性があるが、それは復讐ではなく強盗だろう。

そんな認識でいたのに、自分の中に突然復讐の炎が灯《とも》った。それは重苦しい不快感を伴《ともな》っていた。この炎は消さなければならない。

復讐心は病気に似ている。存在するかぎり、常に自分の精神に影響を及ぼし続ける。病気ならば、治療しなければならない。そして治療法はただひとつ。復讐の相手を殺害することなのだ。

まともな頭で考えれば、復讐しても、いいことはひとつもない。経済的な利益を得られるわけでもなく、会社で出世できるわけでもない。それどころか、経営者が突然いなくなることにより、自分が勤務している会社が傾くかもしれない。梶間自身も逮捕のリスクを負うことになる。

それでもやらなければならない。これは自分の内面の問題なのだ。簡単な言葉に直せば、「腹が立ったから殺した」に近い。それを否定するつもりはない。高尚な気持ちで殺人を行うわけでもないのだ。復讐とはそういうものだと、梶間は知っていた。

この週末に自分は殺人者となる。

梶間はその決心を、他人事のように冷静に認識していた。なぜそれほど冷静なのか。理由はわかっている。殺人の動機が復讐だからだ。復讐は絶対の正義だ。正義を行うのに、びくびくする必要はない。むしろ感じているのは、わずかな高揚感だ。とはいえ復讐だろうとなんだろうと、日本の法律では殺人が犯罪であることに変わりはない。だから逮捕されないよう、うまく立ち回らなければならない。

梶間は大きく深呼吸をした。あまり思い詰めてはいけない。今回の研修の参加者は、知らないか、知っていても言葉を交わしたことのある程度の人間たちだ。日常の梶間を知っているわけではないから、多少日頃と違っていても気づかれないと思う。それでもあまりに緊張や意気込みが顔に出れば、不審を招くだろう。立ち上がって軽く身体を回した。そのついでに部屋を見回す。

秘書課の小峰課長に告げられた一〇三号室は、二人部屋だった。意外に思う必要はない。熱海の保養所には、二人部屋と四人部屋しかないからだ。二人部屋は友人同士、あるいは若夫婦が宿泊するための部屋。そして四人部屋は家族で泊まるためにあつらえられている。福利厚生が充実しているソル電機の、人気施設のひとつだ。

しかし今回は研修で使用している。社長も訪れる研修時に、他の社員が泊まりに来るとは思えない。貸し切り状態になっているはずだ。ということは、人数に対して部屋数の方が多い。だから一人一部屋になるだろうと予想していたが、正解だったようだ。

梶間にとって、それはありがたい的中だった。自分には、遠くから一撃で仕留めるような技術はない。やはり一定時間、二人きりになる必要があるだろう。そんなチャンスがどれくらいあるか。

あるとすれば、一日に三回だろう。昼食時の昼休み。研修が終わってから夕食までの自由時間。そして懇親会の後の、就寝時間だ。

より可能性が高いのは、最後のタイミングだろう。解散してから、部屋をこっそり抜け出して日向社長の居室を訪れたとき。その際、同室の人間がいると困る。だから個室を与えられたという事実は、状況がいい方向に向かっているということだ。梶間はあえてそう楽観視した。

部屋は、シャワールームとトイレが付いた洋室だ。ベッドがふたつ並んでいる。仕様はホテルに似ている。何年か前にリフォームを行ったため、内装は綺麗だった。梶間は窓に近い方のベッドを寝る場所と定め、もうひとつのベッドにバッグを置いた。腕にかけていたコートも、同様にベッドに放り投げる。

梶間はふうっと息をついて、眠る方のベッドに腰掛けた。

保養所での研修は、殺す環境としては、最適とはいえない。けれど自分には、ここしかない。

母が死んでから、梶間は日向社長をいつか殺害しようと考えていた。が、現実問題として、そう簡単に実行できるものではない。ソル電機は消費者に直接買ってもらうような製品を作っていないから、一般的な知名度は低い。けれど業界では一目置かれている企業だ。そんな企業の創業者であり、現役の社長である日向貞則の周囲には、必ず誰かがいる。他人の目があるところで、復讐を実行することはできない。

たとえば、技術報告をしているときに、いきなり襲いかかったとしたら。報告の際、自分と社長との間には五メートルほどの距離がある。突然ダッシュして、社長に襲いかかる。隠し持ったナイフで社長を刺す。それで殺せるだろうか？

できるとは断言できない。自分は人を刺した経験がない。日常業務で重い物を持つことは珍しくないから、それなりに腕力はある。それでも人間を服の上から刺すというのが、どの程度の力と技術を要するものなのか、梶間にはわからないのだ。いくら相手が老人でも、うまく刺さらないということは、十分に考えられた。事前に哺乳《ほにゅう》動物を使って練習することも考えたが、たとえ動物であっても、恨みもない相手を殺すことには生理的な嫌悪が伴う。梶間は実行をためらい、結局練習しないまま、本番を迎えることになったのだ。

仮に技術報告のときに、刺し殺すことに成功したとしよう。しかしそれでは、すぐに周囲の人間によって取り押さえられてしまう。そして残りの人生を、牢屋の中で過ごすことになる。それは自分の望むところではないし、両親も喜んだりはしないだろう。結局、社内で社長を殺すことは不可能なのだ。

では、社長の自宅ではどうか。日向社長は夫人に先立たれてから、一人暮らしだと聞く。子供もいない。ハウスキーパーを雇《やと》っていたとしても、住み込みということはないだろう。それならば、犯行現場を誰かに目撃されることもない。いけるのではないか。

　社長はときどき母に手紙をくれていたから、自宅の住所はわかる。夜中に、強盗を装って侵入し、殺害する。それは実現の可能性が高い手段だという気がした。だから一時は真剣に考えた。

　しかし、やはり自分には難しいだろうと思う。なぜなら、社長の自宅には、それなりのセキュリティシステムが導入されていると考えるべきだからだ。プロの犯罪者でない自分には、システムを破って侵入することなどできない。

　入るとすれば、客人として堂々と玄関からだ。自分は、共同創業者の一人息子だ。そう名乗って会いたいと言えば、おそらく社長は承諾してくれるだろう。プライベートなこと、つまり両親の思い出話をする目的であれば、社長室は適切な場所ではない。だから自宅に呼んでくれるだろう――そう考えたが、それも思い直した。

　なんといっても相手は社長だ。会食が重要な業務のひとつという立場の人間だから、梶間が会いたいと言ったら、自宅ではなく、高級レストランか料亭をセッティングするのではないだろうか。なにしろ一人暮らしなのだ。自宅に呼んでも、たいしたもてなしができるわけではない。せいぜいが高いスコッチを開封する程度だろう。それならば、社長という立場から、そして相手が盟友の遺児という立場から、外で会うことを選択する方が、むしろ自然だと思える。かといって、こちらから「自宅でお会いしたいのですが」などと言いだすと、不審を招く。つまり、社長の自宅に入りこむのは、簡単そうで意外と難しいのだ。

　ではどうすればいいのか。梶間には妙案を思いつけなかった。殺すことはもちろん、その後逮捕されないことが、これほど難しいとは。さあ困ったと悩んでいたところに降って湧いたのが、今回の研修だった。

　チャンスだと思った。熱海の保養所は、本社や自宅ほどセキュリティが厳しくない。しかも秘書課からの案内では、研修中は社長も同席するという。ということは、研修中ずっと社長の傍にいることになる。社長の居室も訪ねやすい。たぶん行われるであろう夜の懇親会の後、「実は」と梶間が名乗り出れば、既に知っていたとしても、社長は喜ぶだろう。社長自身が、本社や本社にいる取り巻きから逃れて、気が緩《ゆる》んでいることもある。自室に梶間を招き入れて、積もる話をしたがる可能性が高い。殺すには、最適な状況がそこに生まれる。

もちろんリスクもある。というか、大きい。なにしろ保養所には、数人の社員しかいないのだ。警察は当然、その場にいた社員を疑うだろう。物的証拠を残せばもちろんアウトだし、容疑者扱いされて厳しく取り調べられれば、自分は耐えることができるだろうか。

それには自信がなかったが、実はそれほど厳しく追及されないだろうとも思っている。その理由のひとつは、矛盾《むじゅん》するようだが、ここが熱海の保養所だということに由来する。保養所はセキュリティシステムがない。あるのはドアや窓の鍵だけだ。つまり、どこかの鍵をひとつ開けておくだけで、外部犯の可能性が浮上してくる。ただでさえこの周辺は空《あ》き巣《す》被害が多いという。空き巣がソル電機の保養所を狙っても不思議はない。そして偶然空き巣と出くわした社長が、空き巣に殺される。そのようなストーリーには、警察も食指を動かすだろう。

理由はそれだけではない。事件が起きたのが、幹部候補生研修の最中だからだ。その事実は、事件後に重要な意味を持ってくる。滞在している社員は全員、社長に目をかけられている人間ということになるからだ。そんなとき社長が死んだらどうなるか。社長が替われば、社内の力関係も変わる。次期社長一派なる一団が台頭してきて、前社長一派を排除しにかかることも考えられる。そして前社長に目をかけられた人間は、前社長一派なのだ。つまり、社長を殺せば、出世のチャンスがなくなる可能性が高くなる。そのような状況を警察が把握すれば、研修の参加者には動機がない、むしろ積極的に社長を守らなければならない立場であることがわかる。もちろん梶間もその一人だ。

しかも梶間は、父の死後、日向社長に支援してもらった人間だ。それに感謝し、恩返しの意味でソル電機に入社した。三十年以上前の犯罪、日向社長が父を殺したという事実を警察が把握していない以上、梶間は犯人から最も遠い存在だということになる。

梶間はそこまで考えて、研修での実行を決めた。もっとも、状況がどうなるかは、そのときになってみないとわからない。あくまでチャンスがあれば、ということだ。けれどなんとしてでも、このチャンスをものにしなければならない。このタイミングを逃すと、次に社長に近づけるのは、社長が天寿を全《まっと》うして、棺《ひつぎ》に入った後ということになりかねない。

バッグを開ける。現地では私服でいいと、小峰課長から事前にメールで連絡を受け取っていた。だから私服の準備はしてある。とはいえ研修なのだから、結局はスーツだろうと考えていた。しかし小峰にああ言われてしまっては、スーツのままだと、逆に状況を理解していない奴だと思われる。梶間はスーツを脱ぎ、ボタンダウンのシャツとカーキ色のチノパンを身につけた。その上から薄手のセーターを着る。暖房の効《き》いた室内だから、このくらいで十分だ。スーツとコートは、ドア近くのワードローブに吊《つる》した。

バッグを閉める際、中身を確認する。替えの衣類。シェーバーや歯ブラシなどの身だしなみ用品。文庫本が一冊。システム手帳と筆記用具。そして、紙片の入った封筒が一枚。

これは凶器ではない。紙片も封筒も人を殺さない。けれど、復讐に必要なものだ。紙片を社長に見せなければならない。これを見れば、社長も梶間の復讐の正当性を理解してくれるはずだ。だからといって、素直に殺されてくれるとも思えないけれど。

バッグを閉める。腕時計を確認すると、十時二十二分になっていた。研修は十時半からということだった。それならば、そろそろミーティングルームに行った方がいいだろう。

梶間はシステム手帳と筆記用具を持って、部屋を出た。封筒は、いつでも使えるようにシステム手帳に挟んでおく。

廊下に出ると、社長の背中が見えた。社長はミーティングルームに向かって、ゆっくりと歩いているところだった。

梶間は後を追うようにミーティングルームに向かい、ドアの前で社長に追いついた。社長も梶間に気づいた。梶間は目礼する。社長も小さくうなずく。

梶間は先に立ってドアを開けた。中には誰もいない。梶間はドアを手で支えたまま、社長に言った。

「どうぞ」

「ありがとう」

社長が返し、ミーティングルームに入る。梶間は廊下にも人影がないことを確認して、中に入った。

ドアが閉まった。

ざわっと背筋の毛が逆立《さかだ》った気がした。

二人きりだ――。

いきなりのチャンスだった。

できるのか。誰もいないミーティングルームで、すぐさま社長を殺す。そして自分の部屋に戻る。そして十時半直前に部屋を出て、死体を発見する。あるいは、先に発見した誰かの悲鳴を聞いて部屋を飛び出す。そんなことが自分にできるのか？

どうやって殺す。社長は老人だ。そして自分は若い。まともに戦ったら、絶対に自分が勝つ。ではどうすればいい。正面に立って、いきなり腹を殴る。みぞおちにヒットすれば、人は悶絶《もんぜつ》して声を出せなくなる。ダメージを与えておいて、首を絞めるか。

何で？　社長が締めているベルトはどうだ。セーターの裾《すそ》で握れば、指紋も付かない。梶間は左の拳《こぶし》を握りしめた。

ふっと、その力が抜ける。

ダメに決まっている。首を絞めても、人間は即死しない。死ぬのを待っている間に、他の研修生か小峰が現れるのは明らかだ。今殺すのなら、即死させられる武器が必要だ。しかし梶間には、武器の持ち合わせがなかった。今じゃない。殺すのは、今じゃない。

そう判断した次の瞬間、ドアの向こうから「すみませーん」と声がした。小峰の声だ。梶間がドアを開けると、小峰が両手で紙ファイルを何冊も抱えて立っていた。梶間はドアを手で押さえて、小峰をミーティングルームに入れた。小峰は「サンキュ」と短く言って、紙ファイルを机に置いた。

梶間は気づかれないように、ふうっと息を吐いた。実行しなくてよかった。やっていたら、腹を殴られた社長が床にうずくまったところを、小峰に発見されるところだった。最もみっともない失敗の仕方だ。

慎重に、慎重に。

梶間は自分に言い聞かせた。そして大胆さも忘れてはいけない。慎重も過ぎれば、チャンスを逃すことになる。チャンスを窺うときは慎重に。チャンスだと認識したら、そこからは大胆に。そうしなければならない。

自分に言い聞かせたら、少し落ち着きを取り戻した。ミーティングルームの中を見回す。

ミーティングルームは、二十畳ほどの多目的施設だ。雨の日に子供たちが遊べるスペースにもなるし、会議室にもなる。そして今回のように研修にも使用できる。今回は研修らしく、横長の机が並べられていた。右端に日向社長が着席しており、傍に小峰課長が立っている。机の上には、先ほど小峰が持ち込んだ紙ファイルが重ねられていた。研修に使うのだろうか。文房具も揃えられていた。丸められた模造紙、七十五センチの物差し、テープカッター台に取り付けられたセロハンテープ、ポストイットなどが見える。

他の研修生もやってきた。全員が揃ったことを確認すると、社長が咳《せき》払いした。

「先ほど小峰くんが言ったように、これから君たちには頭を使ってもらう」

社長の言葉に、研修生たちの間に緊張が走った。面白いのは、理紗が軽くのけぞったのに対し、園田は少し前のめりになったことだ。二人の、研修に対する心構えが表れているようで、興味深い。おそらく園田はやる気満々で、理紗はやや引き気味なのだろう。表情を変えていない比呂美は、少し戸惑っているように見える。

対照的に、社長の表情はリラックスしたものだった。リラックスせよと、社員に告げているようにも見える。

「頭を使うといっても、ゲームみたいなものだ。この週末、君たちはソル電機の経営陣だ。そしてまもなく、私が呼んだゲストがやってくる。彼らは投資家という設定だ。君たちは会社を投資家の皆さんに売り込んで、株を買ってもらわなければならない。ソル電機のことを何も知らない人たちに、会社に興味を持ってもらい、投資の価値ありと判断してもらうためのプレゼンテーションが、ゲームの内容だ」

無言のざわめき。社長は社員たちの反応に満足したように続ける。

「そのための資料として、会社案内のパンフレットと、有価証券報告書のコピーを用意してある。後は、君たちの日常業務や会社生活を参考にしてほしい。文房具も必要なら使ってくれ。もちろんホワイトボードに板書しても結構だ」

とすると、机に積まれた紙ファイルが、パンフレットと有価証券報告書か。

社長は掛け時計を見た。

「午前中は、作戦タイムだ。四人で話し合って、どのようなプレゼンをするか、打ち合わせするといい。昼食を挟んで、プレゼンは午後一時から行う」

社長が立ち上がる。

「私はそこらでうろうろしているよ。それでは、スタート」

日向社長はミーティングルームを出ていった。ステッキの先が床を打つ音だけが、残響として残った。

取り残された社員は顔を見合わせる。

「予想外」

そう言ったのは、園田だ。「座学があるものだとばかり思ってた」

理紗が大きなため息で答える。

「ほんっと、そのとおりですよね」

「いきなり会社案内をしろと言われてもね」

梶間も同感だった。ここに呼ばれた四人は、それぞれ自分の部署で実績を残して将来を嘱望されている人間なのだろう。しかし経営者の視点と、社員の視点は違う。それなのに、いきなり経営者のつもりで会社をアピールしろというのは、無謀きわまりない。自分たちは、経営者としての最低限のスキルを身につけてもいないのだ。つまり、言葉どおりゲームの域を出ていない。

「でも、指示された以上、やらなきゃいけませんよね」

比呂美が冷静に言った。正論だ。だったら指示に文句を言う前に、作戦会議を開かなければならない。

小峰が紙ファイルを参加者に配りながら、にやにやと笑った。「頑張ってね」

その笑みを見て、なんとなく想像がついた。このテーマは、幹部候補生研修で毎回行われているものなのだろう。そして秘書課の小峰はそれに毎回立ち会っている。参加者の戸惑いを見慣れているから、そのような笑みが浮かぶのだ。今回の連中は、どう対応するかな、と。

　仕方がない。比呂美の指摘したとおり、指示された以上、やらなければならない。自分たちは会社員なのだし、相手は社長なのだ。

　梶間は保養所に到着するまで、日向社長のことしか考えていなかった。二人きりで、他に邪魔者はいないのではないかと思ってしまうくらいに。

　けれど現実は、他の参加者と一致団結して、いいプレゼンテーションをしなければならない。それを聞くのは社外から来るゲストだ。プレゼンテーションを無難にこなした後に、ようやく社長と向き合えるわけだ。

　なに、焦ることはない。サッカーの試合と同じだ。試合時間が九十分あったところで、ゴールが決まるプレイは、ほんの数秒ということも少なくない。同様に、殺人自体はごく短い時間で終わるだろう。それまでの長い時間は、やはり研修を受けることで潰さなければならない。だから目下のところ、真面目に研修に取り組むことが、最も正しい行動だ。

　焦ることはない。期限は、明後日の朝まであるのだ。

＊　＊　＊

「章吾《しょうご》、よく来てくれた」

　日向は甥《おい》の安東《あんどう》章吾に、柔和な笑顔を向けた。

　保養所には、管理人が常駐していない。管理会社と契約していて、利用する直前に連絡して、掃除などのメンテナンスをしてもらうことになっているのだ。家族連れが大人数で利用するときには、世話役として管理人に来てもらうこともあるが、少人数の研修では、管理会社の人間が立ち会わないことも多い。今回もそうだから、玄関の呼《よ》び鈴《りん》に、社長自ら足を運んだ。日向はそのようなことが苦にならない質《たち》だし、来たのは自分が呼んだゲストだろうと見当をつけていた。

玄関ロビーに出てみると、はたして今回のゲストが到着したところだった。

日向は右手にステッキを持って、玄関まで出てきた。やはり体力を奪われているのが、自分でもわかる。そのためのステッキだ。これがあるだけで、日常の歩行はずいぶん楽になる。それでもずっと立っているのはきついから、先ほども使った椅子に腰掛けた。

章吾は、ステッキを見て怪訝《けげん》な顔をした。

「叔父さん、お身体の具合でも？」

「ああ、これか？」日向はステッキに視線をやる。

「最近足腰が弱くなってね。会社の人間から無理するなと言われて、仕方なく使ってる。まあ、写真撮影のときの一脚と思えば、さほど気にならない」

若い頃の日向は、山歩きをしながら高山植物の写真を撮《と》るのが趣味だった。それを意識しての発言だ。章吾にはガンのことを告げていない。だから章吾は日向の説明に、一応の納得をしたようだ。

「叔父さんも、今朝こちらにいらしたんですか？」

日向は首を振る。「いや、昨夜から小峰と一緒にこちらに来ている。前泊だ。昨夜は人と会う予定もなかったし、早起きしてあわただしく移動するよりも、朝ゆっくりしたかったからね。そしてここで研修生たちを待ちかまえていたわけだ」

「手ぐすね引いて」

「そうだ。到着した途端に社長が現れたら、社員たちはいやがうえにも身が引き締まるからな」

「厳しい社長だ」

玄関ロビーに笑い声がこだました。

「親父さんは元気か？」

日向の問いかけに、章吾は頭をかいた。

「もう、元気そのものですよ。伊豆《いず》の別荘で、釣りと陶芸三昧《ざんまい》です。自分で釣った魚を自分で焼いた皿に載《の》せて食べるのは最高だなんて、嬉しそうに言っています」

「そうか」

日向は満足してうなずく。章吾の父、安東豊《ゆたか》は、日向の義理の兄に当たる。正確にいうと、日向と安東豊が古くからの親友であり、日向は親友の妹と結婚したのだ。だから今でも日向は安東兄妹のことを、妻とその兄というより、親友とその妹と捉えてしまう。

「親父に叔父さんと会うことを話したら、よろしく言っておいてくれ、とのことでした。そのうち別荘にも遊びに来てほしいと」

「それは嬉しいな」

日向は笑顔で答える。国内有数の流通企業を経営していた安東豊が、社長の座を後進に譲り、経営から退いたのは、六十五歳のときだった。以前から、その年齢で引退すると決めていたらしい。二人の子供も独立しているから、夫婦で伊豆高原の別荘にこもって、趣味三昧の生活を送っている。

日向も別荘に遊びに行ったことがあった。そのときは妻もまだ生きていて、安東夫妻と四人で短い休暇を過ごしたものだった。しかし妻が亡くなったのを境に、自然と足が遠のいていた。そして残念ながら、自分は二度と親友に会うことはない。

「兄貴はどうだ？　身体を悪くしたっていってなかったか？」

少しウェットになった気持ちを切り替えるように、日向は話題を転じた。

「もう大丈夫です」

そう答えながら、章吾の表情が少しだけ曇る。

「成城《せいじょう》のペンションも、以前と変わりない盛況ぶりです。――あんな騒ぎがあったわりには」

安東家には、二人の子供がいる。長男が秀和《ひでかず》で、次男が章吾だ。章吾は経営者の家系でありながら翻訳家になった変わり者だが、兄の秀和は、安東一族の人間らしく商才に長《た》けた男だ。フランスに渡り、本場のフランス料理を身につけたと思ったら、帰国すると成城学園前の祖父宅をペンションに改装して、そこのオーナーシェフに収まった。高級住宅地に本場のフランス料理を出すペンションができたものだから、話題になるのは当然のことだ。若い女性を中心に、ペンションは大盛況だった。しかし秀和が体調を崩して、ペンションは一時休業した。その後療養していたと聞いていたが、どうやら回復して、営業を再開したらしい。

あんな騒ぎ、と章吾は言った。それは閉鎖期間中に起きた、ペンション内で人が死んだという事件のことだろう。確か、二年ほど前のことだっただろうか。章吾がその事件に関わっていたという話は、日向の耳にも入ってきていた。しかし詳しい話は知らなかったし、章吾から聞き出そうとも思わなかった。成城の安東邸は、自分にとっても思い出深い場所だ。そこが現在も有効利用されているとわかっただけで十分だった。

甥から近況を聞き出すのを一段落させて、日向は章吾の横に立っている女性に視線を移した。

「国枝《くにえだ》さん、よく来てくださいました」

日向の言葉に、国枝真里子《まりこ》がぺこりと頭を下げた。

「お久しぶりです。今回もお招きいただき、ありがとうございます」

現代女性として平均的な身長。栗色に染めた髪にはウェーブがかかっている。そしてガーネット色の縁《ふち》の眼鏡。日向の会社にも、このような女性は珍しくない。つまり、現代っ子だということだ。しかし真里子は浅薄な人間ではない。冷静で観察力に優れ、その結果を行動に直結できる人間だ。しかも雑誌の編集者という職業の特性か、フットワークがいい。信頼できるタイプだ。前回の研修を通して、日向はそのことがよくわかっている。そして彼女の左手薬指には、前回にはなかった指輪がはめられていた。

「章吾」日向は甥に優しい視線を向けた。「いい人を選んだな」

前回、真里子は章吾の恋人として現れた。そして今日、真里子は章吾の婚約者としてこの場にいる。章吾はまた頭をかく。優秀だがお坊ちゃん臭さが抜けきらない章吾と、てきぱきと実務をこなしていくタイプの真里子。お似合いのカップルだと思う。叔父として幸せなことだし、そんな二人をゲストとして呼べることは、ソル電機としてもいいことだ。

玄関には、甥と婚約者の他に、もう一人の女性が立っていた。日向はその女性に視線を向けた。

「碓氷《うすい》さん、久しぶりです」

女性――碓氷優佳《ゆか》が丁寧にお辞儀をする。

「またお世話になります」

身長は真里子より少し低いだろうか。黒々とした長髪が、お辞儀をした頭から垂れている。整った顔だちの和風美人だ。化粧も控えめで、飾らない人柄を想像させる。理系の女子に共通する地味さ、そして朴訥《ぼくとつ》とも表現できそうなまっすぐな感じが、その佇《たたず》まいからうかがえた。年齢は二十代後半と聞いているが、「純真な女の子」といった雰囲気が漂《ただよ》っている。前回の研修に参加してもらったときと、まったく変わっていない。

少女のような瞳が、日向を捉えた。じっと見つめる。

「日向さん？」

その口調に、日向は少しだけ首を傾《かし》げた。

優佳は日向のことを「日向さん」と呼ぶ。前回の研修のときに、最初に「社長」と呼んだのを、日向がやめてもらったのだ。社員以外の人間に「社長」と呼ばれるのは好きではない。優佳は日向の希望を容《い》れて、「日向さん」と呼んでくれる。だから、その呼び方は以前と変わりない。気になったのは、優佳の言い方には、不審が入り交じっていたからだ。

優佳は言葉を続けようか、少し迷っていたようだったが、口を開いた。

「日向さん。今、緊張してらっしゃいますか？」

「えっ？」

一瞬、何を言われたのかわからなかった。戸惑いを込めて優佳を見返す。優佳は少し困ったような顔になっていた。

「緊張って？」

日向の問いに、優佳は瞬《まばた》きを返した。

「緊張しているというか、意気込んでいるというか……。なんとなく肩に力が入ってらっしゃるように感じたので」

どきりとした。

「そうですか？」

肩を回す。そして力を抜いて上下させた。

「ついさっき、うちの社員たちに檄《げき》を飛ばしてきたので、その余韻が残っていたのかもしれません」

「ああ、なるほど」

優佳は笑顔を作った。「やくざ映画を見た後は、無意識のうちに肩をいからせて歩くようなものですか」

「そんなところです」

二人で笑った。

日向は笑いながらも、動悸《どうき》が速くなるのを抑えられなかった。

そうだった。危うく忘れるところだった。碓氷優佳という女性は、とんでもなく優秀なのだ。そして見た目よりもずっと芯《しん》が強い。あるいはしたたかだ。長年社会の荒波を渡ってきた日向が知っている、最も侮《あなど》ってはいけないタイプ。あるいは可能なかぎり、味方につけておきたいタイプだった。

日向の脳の中で危険信号が明滅した。

お見合い研修の際には、必ず社外のゲストを呼ぶようにしている。それも、とても雰囲気のいい恋人同士を。表面的にはあまりべたべたしていなくても、とても幸せそうに見えるカップル。そのような連中を傍に置くことで、社員たちにもその気になってもらう。そして脈ありと見込んだ男女をさりげなく煽《あお》るというのが、ゲストの役割だった。

前回の研修の際に日向が選んだのは、甥の章吾だった。三十を過ぎても気楽な独身生活を続ける甥を心配していた日向は、甥に恋人ができたと知って、すぐさま呼びつけたのだ。そして章吾に告げた。彼女と、友人の中でうまくいっている恋人同士を連れてこいと。そして現れたのが真里子と優佳、そして優佳の恋人だった。

研修は大成功だった。二組のゲストはこちらの趣旨をよく理解してくれたとみえて、幹部候補生研修と意気込んだ社員たちの緊張をほぐし、若い男女を煽ることに成功した。そのおかげで、参加した八人の社員のうち、実に二組の男女が、現在交際を続けているという。

あまりにもうまくいったものだから、日向は今回も同じゲストを選んだ。計画を無事遂行するために、他の要素でのトラブルは避けたかった。そのためには、既に実績があり、しかも気の利《き》くゲストを連れてくるのが正解だと思えたからだ。しかしそれは正しい選択だったのだろうか。なんといっても、ゲストには優佳がいる。

この研修中に、日向は梶間に殺されることになっている。梶間もそのつもりだろう。両者の思惑が一致して、日向はめでたく殺され、梶間は捕まらない。そんな展開になる。ガンを告知されてから、いや、告知される前から種は蒔《ま》いてきた。この週末、それが花を咲かせるはずだ。

しかし、そこに優佳が入りこむ。優佳はその優秀な頭脳によって、日向の計画に悪影響を与えないだろうか。

大丈夫だ——日向は危険信号に対して、そう答えた。彼女がどれほど優秀でも、情報があまりに少なすぎる。この週末に日向が死亡したとしても、それが日向自身の意志に基《もと》づくものだとは、いくらなんでもわからないだろう。

「彼は、今回欠席だそうですね」

日向はそう発言することで、意識を現実に引き戻した。前回のゲストと違う点、それは優佳の恋人がいないことだ。優佳が申し訳なさそうな顔をする。

「はい。急な出張が入ってしまったので。今はカリフォルニアに行っています。せっかくご招待いただいたのにキャンセルすることになって、申し訳ありませんとのことです」

「いや」日向は軽く手を振る。「彼の負担になってしまったのなら、逆に申し訳ありませんでした」

そうか。彼は今回欠席か。

優佳の恋人は口が達者で、研修生をその気にさせるのが非常にうまかった。その彼が欠席と聞いて、日向は落胆しかけたが、すぐに思い直した。優佳の恋人もまた優秀な人間だ。優佳だけでも危険因子なのに、彼までもが加わったら、日向が制御しきれなくなる可能性が出てくる。これはむしろ喜ぶべきことだろう。

ゆっくりと立ち上がった。大きな九谷《くたに》焼の花瓶を撫《な》でて、日向は言った。

「食堂に来てくれ。長旅で疲れただろう。まずは休憩だ。コーヒーの一杯も飲んで、くつろぐといい。そうしたらすぐに昼食だ」

「嬉しいですね」章吾は靴を脱ぎながら微笑んだ。「ここのコーヒーはおいしいですから」

日向はにやりと笑った。

「コーヒーの味に妥協するなと、ソル電機の社内規定で厳しく定められているんだよ」

食堂でコーヒーを淹《い》れようとする日向を、甥の章吾が止めた。

「僕たちがやりますから、座っててください」

「そうかい？　じゃあ、お言葉に甘えて」

日向は妻に先立たれてから、多少の家事は自分でやっている。だからゲストにコーヒーを淹れるくらい手間には感じなかったけれど、ここは甥に甘えることにした。

ゲスト三人が共同作業で、コーヒーメーカーを仕掛けた。前回も来ているだけあって、動きに淀《よど》みがない。あっという間に四人分のコーヒーが出来上がった。

「本当においしいコーヒーですね」

優佳がお世辞ではない口調で言った。日向は笑顔を返す。

「でしょう？」

コーヒーは小峰が本社から持参した、新鮮な豆を使っている。社内規定はさすがに冗談だが、日向が来客用にと、高級なコーヒー豆を取り寄せさせているのは事実だ。だからペーパーフィルターを使うコーヒーメーカーでも、十分おいしい。熱いコーヒーを飲むと、病《や》んだ身体に活力が注入されていくような気がした。冷めないうちに飲み干《ほ》して、ホッと息をつく。

章吾はコーヒーを飲み干すと、立ち上がって肩を回した。

「ずっと運転してきて、少し身体が硬《かた》くなったかな。叔父さん、ちょっとその辺をうろうろしてきていいですか？」

「構わんよ。十二時から昼食だから、それまでに戻ってきてくれればいい」

「いえ、建物の中と庭だけです。外に出ても、おなじみの熱海の風景ですから」

日向はゆっくりと腰を上げた。

「それじゃ、私も一緒に行こう。少しは身体を動かさないとな。そういえば、みんなをまだ部屋に案内してないな。ついでに荷物を部屋に置いてくるといい」

日向はゲスト三人を引率するような形で廊下に出た。建物はセントラルヒーティングが効いているから、廊下も暖かかった。病んだ身体には、ありがたい設備だ。

ソル電機の熱海保養所は、海岸線とJR線の間に挟まれた、繁華街の端にある。この辺りはホテルなどの観光施設も多いが、企業の保養所も多い。境と二人で起業したとき、「いつか熱海に保養所を持てるほど大きな会社にしよう」と誓い合った。当時、熱海に保養所を持つことは、企業にとってステイタスだったのだ。そして日向は見事に実現させた。もっとも、境がこの保養所を見ることはなかったのだけれど。

最近の熱海は、観光地として人気を落としている。そのためか、街全体が寂《さび》れている印象があった。ソル電機でも、福島県いわき市の保養所の方が新しく、風光明媚《めいび》な場所にある。だからお見合い研修としては、実はそちらの方がムードがある。実際、いわきの保養所で実施することも多い。しかし今回に限っては、熱海の方が日向の計画に適していた。街中にあり、近所に他企業の保養所も多いロケーションが重要なのだ。つまり、空き巣被害に遭《あ》う可能性が高いというロケーションが。

「前回来てもらったときと、たぶん何も変わってないと思うけど、まあ久しぶりだから案内しよう。食堂の隣がミーティングルームで、研修をやるところだ。前回もそこでやりとりをしてもらったから、憶えているだろう。今はうちの若い衆が午後からのプレゼンに向けて、準備をしている最中だ。せっかくの保養所なのに、朝からコーヒーも飲まずに頑張ってるよ」

章吾がにやりと笑う。「今年も、美男美女が集まりましたか」

日向は苦笑を返す。

「別に顔で選んじゃいないけど、好感の持てる連中だよ」

「そう願いたいですね。ああ、確かそこが談話室でしたっけ」

保養所の一階は、玄関ロビーからまっすぐに長い廊下が延びていて、その両側に部屋が配置されているという造りだ。玄関ロビーから見て右側にミーティングルーム、そして食堂がある。章吾が示したのは、食堂から廊下を挟んで斜め前の部屋だった。

「そう。くつろぎのスペースだ。ここでは一切、仕事の話はなし」

そう言いながら、日向は談話室に入った。談話室にはソファとテーブル、書籍や雑誌が置いてある棚。雑誌類は社員が持ってきて、そのまま置いていったものが大半だ。大きくて重い、取引先の社史も置いてある。捨てるわけにはいかないが、まず絶対に読まない種類の本だから、保養所に置いてあるのだ。目立つ場所に置けば、それなりに立派に見えるし。そしてここにも椅子。それから大画面テレビが備え付けられている。

「そうそう」日向は甥に向かって言った。「最近テレビを買い換えたんだ。六十五型のハイビジョンプラズマだぞ」

日向は自慢げに鼻の穴を膨《ふく》らませた。窓を背にした大画面テレビは存在感がある。日向はテレビに近づいた。ちらりとテレビの背後を見る。ちょうどテレビに隠れるように、窓のクレセント錠が見えた。クレセント錠は、日向が仕組んだとおり、鍵が外れていた。

「すごいですね」真里子が感嘆の声を漏らす。「章ちゃん、うちでも買おう」

章吾がげんなりした顔をする。

「どこに置くんだよ。こんなでかいテレビ」

「大画面の置ける部屋に引っ越せばいいじゃない」

「本末転倒な気がするけどなあ」

なかなかいいテンポの掛け合いだ。その調子で参加者をその気にさせてもらいたいものだ。横では、優佳がにこにこしながら聞いている。邪気のない、純粋に見える笑顔で。

日向は談話室を出た。隣室のドアを開ける。

「隣は喫煙室だ。みんなは煙草を吸わないから、まあ関係のない場所だな」

「叔父さんは吸うんでしたっけ」

「いや、ずいぶん前に止めた」

「それは素晴らしい」

そう。煙草を止めた自分は、この部屋に入ることはない。梶間も喫煙者ではないから、喫煙室に仕込みをしても、無駄になってしまうだろう。だから仕込みをする必要がないと考えはしたが、念のために重いガラス製の灰皿を置いておいた。喫煙室のドアは、談話室や食堂と同様、中が覗《のぞ》けるガラス窓がはめられている。通りがかりの梶間がドア越しに灰皿を見つけて、利用することを期待したのだ。梶間は喫煙者ではないから、凶器が灰皿とわかった段階で、彼が犯人である可能性が、わずかでも低くなる。そんな期待を込めて置いた灰皿を、日向は窓越しに確認した。重量感のある灰皿は、テーブルの上で存在感を放っていた。

廊下に戻る。喫煙室と二階に続く階段の間にも、椅子を置いてある。

一階の客室は、手前の一〇一号室から奥の一〇五号室まで、計五部屋ある。そして廊下の突き当たりが、日向の居室だ。

日向は客室まで行かず、階段の前で立ち止まった。

「ここから奥は、客室と大浴場だ。今回大浴場をどうしようかと思ったんだけど、人数も少ないから、沸《わ》かさなかった。すまないが、客室のシャワーを使ってくれ」

それは問題ないと、章吾が答えた。

階段を使って二階に上る。二階は客室だけだ。日向はポケットから鍵をふたつ出した。

「じゃあ、荷物を置いてきてくれ。章吾と国枝さんは二〇六号室、碓氷さんは二〇五号室を用意させてもらった」

章吾と優佳が鍵を受け取り、それぞれの部屋の鍵を開けて中に入る。荷物を置いて、すぐに出てきた。

「じゃあ、庭に出てみようか」

日向がそう促し、一同は階段を下りた。玄関ロビーに向かう。

玄関ロビーの仕込みはふたつ。ひとつは掛け時計の下の椅子だ。玄関ロビーにはソファもあるが、ソファは低くてふかふかしすぎるから、歩いていてちょっと休憩という用途には向かない。むしろ簡単に腰掛けられる椅子の方が、小休止には適する。日向がそう言って、小峰に用意させた。椅子は玄関だけではない。やはりソファしかない談話室や、自室に向かう途中の廊下にも配置した。実際にあると楽なのは事実だから、小峰に嘘を言ったわけではない。

配置は自分で行った。掛け時計の真下に。つまり掛け時計が何かの拍子に留め具から外れて落下したときに、直撃する場所だ。掛けてある時計は、大きくて重い。直撃すれば死は免れないという代物だ。

掛け時計は、通常壁の中央部にかけられる。そして椅子も中央に置いた方が自然だ。だからそんな配置になっても、誰からも不審は抱かれないだろう。いくつもの椅子に紛れ込ませた、ひとつだけの危ない配置。

梶間がそれに気づけば。ちょっと留め具に細工をするだけで、掛け時計を日向の頭部に直撃させることができる。いや、細工というほどのこともない。壁に釘《くぎ》が打ちつけてあって、掛け時計の裏側の穴に引っかけているだけだから、その引っかかりを浅くすれば、日向が壁に背中をぶつけただけで落下する。梶間はその可能性に気づくはずだ。だからこそ、梶間を含む研修生たちが到着したときに、わざわざ目の前でこの椅子に座って見せたのだ。

そしてもうひとつは、九谷焼の花瓶だ。この研修の直前に搬送させたものだ。もらいもので、本社には置く場所がなくて、そのまま倉庫に死蔵されそうになったものだ。首を握って殴りかかるのに、ちょうどいい大きさと重さ。花瓶を置いてある台も、成人男性が花瓶を握りやすい高さにしてある。この週末は社員の慰安のためではなく、研修に使用されているから、花瓶に花は活《い》けられていない。それも日向の狙いどおりだった。花が活けられていると、花が邪魔になって、とっさに花瓶を握りにくいからだ。

このような仕掛けを随所に施してある。いつでもどこでも、チャンスさえあれば、すぐに梶間が日向を殺せるように。あちこちに凶器を配置し、彼が罪を逃れるための細工をした。細工のひとつひとつには、すべてもっともな理由がある。普通の人間ならば気づかないだろう。

しかし梶間なら気づく。そして上手に利用する。日向はそれを信じていた。梶間は炭素繊維の製造技術の開発という、最先端の研究をしているが、手近なものを使って、便利な実験器具を作るのが得意な人間でもあるのだ。その辺りは父親によく似ている。だから彼は状況をうまく利用しようとするだろう。そのための布石《ふせき》だった。

玄関から外に出ると、寒風が痩《や》せた身体を襲った。思わず身をすくめる。

「広くて気持ちがいいですね」

優佳がはしゃいだ声で言った。寒さを微塵《みじん》も感じていないような優佳の態度に、日向は一瞬羨望《せんぼう》を感じた。たとえ今日殺されなくても、日向は数ヵ月後には確実に死ぬ。しかし優佳に人生を謳歌《おうか》できる時間は、山ほどある。それは彼女の当然の権利なのだ。若いとは、なんて素晴らしいことだ。あらためてそう思わざるを得ない。

「庭でバーベキューができる道具もあるけど、冬は無理だね」

日向は心の動きを察知されないように、抑制された口調で言った。歩き出す。庭はテニスコートくらいはあるだろうか。いや、さすがにもっと狭いか。芝を植えて、専門の業者に管理を委託している。今は冬だから茶色いが、夏になれば青々とした芝生の上でのんびりできる。家族連れの社員が遊びに来たときに、子供を芝の上で遊ばせたいと思って、そのような仕様にした。

その芝の上をゆっくりと歩く。何気なく建物を見る。窓をひとつひとつ見ながら進み、談話室の窓に目を凝《こ》らす。大画面テレビの背面が、窓の向こうに見えた。覗きこめば、クレセント錠がきちんとかかっていないことも確認できる。よしよし。

クレセント錠は、半月形の錠を回転させ、留め具をロックするシステムになっている。窓に使われる錠前だが、構造上、一度かけてしまうと、ガラス切りで窓ガラスを切り取らない限り、外側からは解除できない。昨今の泥棒はガラス切りくらい準備しているだろうから、百パーセント安全とはいえない。厚い窓ガラスを切り取る手間と、他の物件を探す手間と、どちらが効率的かを泥棒がどう判断するかだが、少なくともピッキングで簡単にやられてしまう錠前よりは安全だろう。

ただし、クレセント錠には欠点がある。窓が完全に閉まっていない状態で半月形の錠を回転させてしまうと、錠が留め具を引っかけられずに回転してしまい、鍵がかからないのだ。それでいて、クレセント錠を回した人間は、鍵がかかったつもりでその場を離れる。


しかもクレセント錠の施錠状態は、窓ガラスが透明なら、外から確認できる。談話室の窓は、外からだと成人男性の胸の高さにある。侵入するには適当な位置だ。泥棒は窓が開けられる状態であることを確認したら、入ることをためらわないだろう。

そこに、外部犯説が成立する余地がある。

日向が死体で発見されたとき、警察は内部犯を疑う。当然だ。事件当時保養所には、日向自身を除いて八人も宿泊しているからだ。全員を取調室で締めあげれば、簡単に自供すると考えるだろう。

しかし、クレセント錠があれば。

談話室のクレセント錠は、かかっていなかった。おそらくはかけたつもりで、実はかかっていなかったという状態だ。警察がそれに気づけば、彼らは外部犯の可能性を考えざるを得ない。庭には芝が植えられているから、侵入者の足跡からは判断できない。防犯対策がずさんだ、と非難されるかもしれないが、それは事件解決には寄与しない。警察は内部犯と外部犯の両面から捜査した挙《あ》げ句《く》、どちらともいえないという結論を出すのではないだろうか。

日向が狙ったのは、まさにそこだった。梶間が自分を殺した後、逮捕されずに出世していくために。おそらくは梶間本人も気づかない、外部犯の可能性を残す仕掛け。これは、ある意味親心だ。

仕掛けがきちんと機能していることを確認すると、日向はゲストの動向を確認した。

優佳と真里子は二人で庭を歩いている。寒いせいか、寄り添っているように見える。女性は男性と違い、同性の身体が接近することを嫌がらない。腕を組んだり、手をつなぐ光景も珍しくない。だからなのか、ゲストの女性二人も、肩がぶつかるくらい近い距離で歩いていた。

日向の視線に気づいたのか、真里子が顔を上げ、こちらを見た。

「どうされましたか？」

女性をじっと見ていたことを咎《とが》められた形だが、これしきのことで動揺する経営者はいない。

「いや、姉妹みたいだなと思ったんですよ」

実際、そう見えたのは確かだ。優佳が微笑《ほほえ》んだ。真里子を見る。

「真里子さん、お姉さんになってくれます？」

若い女の子の戯《ざ》れ言《ごと》に聞こえたが、真里子がそれを聞いて笑いだした。

「優佳ちゃんには、ちゃんとお姉さんがいるでしょ？」

優佳が舌を出した。「いますね、一人」

はじめて聞いた。日向が正直にそう伝えると、優佳はそつのない笑顔で答えた。

「実は、姉がいるんですよ。姉は安東さんの大学の後輩で、その縁でわたしも安東さんと知り合ったんです」

「そうだったんですか」

前回の研修の際、章吾からは「親友とその彼女を連れて行く」と聞いていた。だから優佳と安東との関係は、優佳の恋人を介してのものだと思い込んでいた。しかしそれだけでなく、優佳の姉も絡《から》んでいたのか。

「いくつになったんだっけ、お姉さんのお子さんは」

真里子が尋ねると、優佳は花が咲いたように笑った。

「ちょうど一歳です」

「可愛い盛りでしょう」

真里子のコメントに、優佳は同意半分ながら困った顔をした。

「それはもう。でも、はいはいで家中を動き回るから、油断なりません。うっかりしていると、ティッシュペーパーを次々と引き出されたり、CDラックを開けられて中のCDをバラバラにされたりと、大変なことになります。触ったり口に入れたりすると危険なものを遠ざける必要もあります。ですからよく姉から、子守兼監視役を頼まれます」

優佳は、まるで自分の子供のように、姉の子供について語った。甥だか姪《めい》だかを世話する、若い叔母として最も適した表情で。

いずれ、優佳も母親になるのだろうか。

日向はそんなことを考える。真里子は近いうちに章吾と結婚し、子供を作るだろう。しかし優佳とその恋人については、具体的な将来の計画を聞いた憶えはない。それでも二人は結婚すると、日向は感じていた。特に理由があるわけではないが、前回のお見合い研修の際に感じた雰囲気が、そうだったからだ。

優佳の彼氏は、優秀ではあるが、優佳の尻に敷かれているという印象があった。それならば、優佳が望めば、彼は結婚を承諾するだろう。優佳が彼の子供を産む可能性は、決して低くはない。

一人取り残された章吾は、広い庭で軽い体操をしていた。最近章吾は太ってきた。ずっと机に向かって英語と格闘しているのだから、太って当然だろう。体操をしているのを見ても、身体が窮屈そうだ。やがて章吾は体操を止めて、腕時計を見た。

「ああ、もう十一時五十分だ。そろそろ戻りますか」

隣で真里子が自分の身体を抱いた。

「身体も冷えてきたしね」

＊　＊　＊

どこかで腕時計のアラームが鳴った。顔を上げて周囲を見ると、小峰課長が腕時計を操作して、アラームを止めていた。反射的に自分の腕時計を見る。いつの間にか十一時五十五分になっていた。

「はーい、午前の部、終わり。昼食にしよう」

小峰の明るい声がミーティングルームに響く。梶間は大きく伸びをした。正面では、理紗が同じように伸びをしている。無防備に伸びをするものだから、対面している梶間に胸を見せつけるような恰好《かっこう》になっていた。膨らみがセーター越しにはっきりと認識できて、梶間は目のやり場に困った。

自分が普通の精神状態だったら、嬉しいんだろうな。

そんなことを考える。広報部の野村理紗とは、マスコミの取材に応対したときに、一緒に仕事をしたことがある。小柄だけど動きがきびきびとしていて、好感が持てる女性だった。ひとつひとつの言葉が短く、明晰《めいせき》だから、開発系の男性社員には特に人気がある。梶間も例外ではない。ただし可愛らしいといっても童顔だし、あまり色気を感じるタイプでもないから、好感以上のものは抱いていなかった。けれどこうやって私服姿を見ると、やはり大人の女性なのだと実感できる。三十を過ぎたとはいえ、梶間も枯れるにはまだまだ早い。研修を機会に理紗と仲良くなろうとしても、自分の心の動きとしては、それほど不思議ではないと思う。

けれど、現在の梶間の関心は、日向社長殺害に向けられている。片方の脳で殺人を企《たくら》み、もう片方の脳で女性を口説《くど》くほど、自分は器用ではない。残念ながら、理紗は研修仲間の域を超《こ》えないだろう。

姿勢を元に戻した理紗と目が合う。恰好悪いところを見られたと思ったのか、照れたように笑った。その笑顔もまた、魅力的だった。

「こんな準備でいいのかなあ」

園田がのっそりと席を立つ。「ゲストの人が本当の投資家だったら、木っ端微塵《こっぱみじん》だぜ」

「社長は『投資家という設定』とおっしゃいました」比呂美が素っ気なく答える。「だから本物じゃないと期待していいんじゃないでしょうか」

言い方が冷たいと感じたのか、園田は口をへの字に曲げた。

「大丈夫だよ」梶間も立ち上がった。「爆発するなら、全員一緒だ。園田くんだけじゃない」

梶間のフォローに、園田は安心したような顔を見せる。「一緒に討ち死にしましょうね」

そうだなと返事をして、ミーティングルームを出る。この研修の狙いはわからないが、与えられたテーマは、最初の印象どおりゲーム程度のものだ。だから失敗したところで、どうということはないと考えていた。梶間にとって大切なのは、研修のおかげで社長に近づけることだから、研修の中身がどのようなものかはあまり重要ではない。

とはいえ、多少は気になっている。あくまで噂ではあるが、日向社長の幹部候補生研修は、ずいぶん前から何回も何回もくり返されてきたという。多忙な社長業務の間にスケジュールをやりくりして、自ら主催する研修が、意味のないものだとは思えない。でもまあ、考えても結論の出る問題ではない。結論が出ないのなら、放っておこう。

研修生四人と進行役の小峰は、ひと塊《かたまり》になって食堂に入った。

食堂には新顔があった。男性が一人と、女性が二人。男性は自分と同年代か、少し上だろうか。女性は二人とも年下に見える。三人は日向社長と談笑していた。社長の表情から、かなり親しい相手であることが見て取れる。歓談中に入っていいものか少し迷ったが、入口で立っていても仕方がないから、入ることにした。

視線が集まる。食堂は、四人がけの四角いテーブルがいくつも並んでいる。梶間は軽く会釈《えしゃく》して、他の研修生たちと共に、彼らからふたつ離れたテーブルに座った。

「ゲストですかね」

座りながら、小声で園田が言った。あまり意味のない発言だと思ったが、そうだろうね、と答える。

理紗も視界の端にゲストを捉えていた。

「スーツを着たおじさんが来るのかと思っていました」

どうやら理紗は、ゲストとは講師のことだと想像していたようだ。投資のプロで、プレゼンテーションのやり方を採点してアドバイスするような。梶間もその可能性を考えていたから、「講師にしては若いね」と答えた。理紗は「言わんとしたことをわかってくれて嬉しい」という微笑みを返してきた。

「本当に、お知り合いを保養所に招いたって感じですね」

比呂美も囁いた。「プロの投資家にも見えません」

比呂美は冷静な口調で続ける。その冷静さは、やや冷たく、つっけんどんな感じを受けた。聞きようによっては、他人から反感を買いそうなトーンだ。しかし梶間は、それが彼女の素《す》であるというより、感情を押し殺しているから、そんな喋り方になっているように感じた。では、彼女はどんな感情を押し殺しているのか。緊張か、それ以外の感情か。

園田と理紗は、仕事で顔を合わせたことが幾度かある。だから知らない仲ではなかったが、梶間は比呂美とは初対面だ。梶間のように基礎研究に携《たずさ》わる人間は、営業部には縁がない。

はじめて見る比呂美は、全体的に物静かな印象を受ける女性だった。営業部とはいえ内勤だと、それほど愛想も必要ないのだろうか。大人っぽい美人といった顔だちも、おかしないい方になるが、素っ気ないしゃべり方に似合っている。理紗と好対照だ。たぶん笑えば素敵な人だろうと思ったが、梶間の目的は、彼女を笑わせることではない。

小峰が立ったまま、一同に声をかけた。

「みんな揃いましたね。では、昼食にします。その前に、テーブルをくっつけますから、梶間主事と園田主任、手伝ってください」

テーブルをくっつけるということは、大きいテーブルを作って、全員でそれを囲むということだろう。昼食のときに、ゲストを紹介してくれるのかもしれない。そう考えて、梶間は立ち上がった。

梶間と園田、そして小峰の三人で、四人掛けのテーブルを五つ繋げて、横長のテーブルを作った。小峰がうまく差配して、社員とゲストが向かい合う形で着席した。社長はゲスト側、髪が短い男性の隣に座った。先ほど最も親しげに社長に話しかけていた人物だ。ちょっと驚いたのは、社長が末席に座ったことだ。もっとも、社長といえどもゲストを迎える立場なのだから、当然といえば当然か。

テーブルは奥から、社員側は園田、理紗、比呂美、梶間、小峰の順に座っている。女性二人を男性二人が挟む形だ。ゲスト側は黒髪の女性、ガーネット色の眼鏡をかけた女性、髪の短い男性、そして社長の順だ。つまり、梶間の目の前に社長がいる。社長と目が合い、なんとなく会釈した。

あまりよくないな、と梶間は思う。他人が同席する場所で親の仇が真正面にいるのは、精神衛生上よろしくない。どうしても、相手の顔をじっと見てしまうのだ。こちらの心情まで相手に伝わっていく気がする。ここは園田に協力してもらって、席を移動することにしよう。

「園田くん。悪いけど、席を替わってもらえないかな」

園田が怪訝な顔をする。「それはかまいませんが、どうしてですか？」

梶間は左の肘《ひじ》を小さく振った。

「僕は左利きでね。このまま食事すると、僕の左手と堀江さんの右手がぶつかってしまう。園田くんの席なら左端だから、問題解決だ」

ああ、なるほどねと、園田は快《こころよ》く席を替わってくれた。彼としても、自分を売り込むためには社長の近くに行きたいだろう。どちらの得にもなって、素晴らしいことだ。

梶間の正面は、黒髪の女性になった。軽く会釈する。瓜実顔《うりざね》に黒目がちな瞳。綺麗な人だと思った。

「最近は、左利きの人も増えたねえ」

おしぼりで手を拭《ふ》きながら、小峰が言った。「もっとも、増えたわけじゃなくて、小さい頃に矯正されなくなっただけだろうけど」

「そうですね」梶間は端の席から答えた。「母が、そういうことに興味のない人でしたから」


一瞬。一瞬だけ日向社長の身体が揺れた。おそらくは誰も気づかなかったほどの、小さな揺らぎ。しかし梶間は見逃さなかった。

日向社長は、突然母の話題を出されて動揺したのだ。少し奇妙な気もする。社長は自分を呼んだ時点で、いずれ両親の話が出ることを予想しているはずだ。それなのに、母の話に動揺している。それだけ社長にとって境家とは、特別なものなのだろうか。もちろんそうだろう。それは彼の罪と切り離せない名前だから。

予想外に社長にダメージを与えることができたが、ここではこれ以上何も言わない。あまり両親の話題を引っ張ると、こちらの意図を勘づかれてしまうかもしれない。せっかく真正面の席から逃げたのだ。単なる左利きの話題で終わらせてしまう方がいい。梶間はそう判断した。

食事はテーブルまで運んでもらえるが、お茶はセルフサービスだ。梶間たちがテーブルを作っている間に、理紗と比呂美がお茶を淹れてくれていた。礼を言って受け取る。そうしているうちに、料理が運ばれてきた。

保養所には厨房《ちゅうぼう》があるが、専属の料理人が常駐しているわけではない。毎日の利用があるわけではないからだ。だから利用者がいるときには、契約した熱海市内のレストランのスタッフに来てもらうことになっている。腕のいい料理人を選んでいるらしく、食事はとてもおいしい。今日の昼食は、ミックスフライランチのようだ。カキ、白身魚、イカ、エリンギなどのフライに、キャベツの千切りがつく。そしてドーム状に整形されたポテトサラダ。スープはコンソメだ。そしてパンでなく、ライス。「洋食」という言葉がよく似合うメニューだった。

トレイが並び終わってから、小峰が口を開いた。

「じゃあ、食事の前に、簡単にゲストの方に自己紹介をしてください。座ったままで構いません。じゃあ、年長者順に、梶間主事から」

自己紹介と言われても、相手の立場もわからない。どういった自己紹介をすればいいのだろうか。仕方がないから、とりあえず会社員としての普通の挨拶にした。

「はじめまして。材料部材料開発課の梶間晴征と申します。よろしくお願いいたします」

三人のゲストが会釈する。続いて園田、比呂美、理紗の順に挨拶していった。園田もここではパフォーマンスに走ることなく、短く済ませた。目の前に料理が並んでいるのだから、長々と喋ったらひんしゅくを買う。それはわかっているようだ。

続いてゲストが自己紹介した。といっても名前だけだ。髪の短い男は安東章吾といった。眼鏡をかけた女性は国枝真里子、そして髪の長い女性は碓氷優佳と名乗った。名前だけで、どのような立場の人間かには、言及しなかった。

最後に社長が口を開いた。

「彼らは私に縁のある人たちでね。無理を言って来てもらった。この週末は、よろしく頼むよ」

園田が緊張する気配があった。社長に縁のある人たちと聞いて、どんなVIPかと思っているのだろう。社長の友人というには若すぎるから、おそらく親類縁者だろうと、梶間は見当をつけている。なぜ研修に親戚を呼んだかは謎だが、研修が始まればわかることだ。

食事が始まった。とはいえ、初対面の人間を相手に、そうそう談笑できるものでもない。社員側だって、親しい人間同士が集まっているわけでもない。ましてや社長が同席している。ぎこちない沈黙の中、参加者たちは黙々と料理を食べていった。

「しまった」

突然安東が言った。隣の真里子が安東の方を向く。「どうしたの?」

安東が情《なさ》けない顔をした。

「カキフライが入ってる。カキは苦手なんだ」

「あら、そうだっけ?」

「うん。以前ひどい目に遭って、それ以来ね」

「それじゃあ、カキはわたしが引き受けるわ。代わりに何かいる?」

「逆に、何を取られたくない?」

「鱈《たら》」

「じゃあ、イカをもらおうか」

「はい」

真里子は自分の箸《はし》でイカフライをつまむと、安東の皿に移した。そのままふたつのカキフライを奪取する。

「サンキュ」

安東が言うと、「経済的にはわたしの方が得したわよ」と真里子が返した。

どうやら二人は恋人同士のようだ。名字が違うから夫婦ではない。結婚間近というあたりだろうか。決してべたべたしているわけではないが、会話の流れや仕草が、それを表している。雰囲気のいいカップルだった。真里子の左手薬指にダイヤの指輪が光っているから、婚約中だろうか。理紗もそれに気づいたのか、目を細めて正面の男女を眺めている。その目つきに少しだけ羨望が入っているような気もしたが、気のせいかもしれない。

静かな食卓の状況を打破するためか、理紗が優佳に話しかけた。さすが広報担当。初対面の相手にも、にこやかだ。

「碓氷さんは、どちらからいらっしゃったんですか？」

優佳が柔らかい表情で答える。

「川崎です。神奈川県の」

「じゃあ新横浜まで出て、そこから新幹線ですか」

「いえ、安東さんの車で連れてきてもらいました。真里子さんも一緒に」

理紗は安東に視線を向ける。「それはどうも、お疲れさまでした」

突然話しかけられた安東は、それでも動じることなく答えた。

「いえいえ。運転は好きな方ですから、熱海では近すぎるくらいです」

「お車は何に乗ってらっしゃるんですか？」

入っていけそうな話題になったからか、園田が会話に参加してきた。安東がちょっとだけ嬉しそうに答える。

「サーブです」

「サーブというと、スウェーデンの？」

「ええ。二十年以上前のポンコツですが」

ヨーロッパ車のことは、多少はわかる。あまり黙っているのも、やる気がないと思われるから、梶間も参加することにした。

「二十年以上前というと、900ですか？」

安東が口を「ほお」という形にした。「ご存じですか」

「ええ、まあ。空力性能に優れたデザインなので、印象に残っています」

「本当に古い車なんですよ」

真里子が不満そうに言った。「最近の車に比べたら燃費も悪いし、エアコンの効きも良くないし。早く買い換えてくれればいいのに」

結婚したら自分も運転するんだから、と聞こえた。非難された安東は慣れっこになっているのか、表情を変えずに応《こた》える。

「君だって運転できるだろう？」

「一応、右ハンドルだからね。でもウィンカーとワイパーの位置が逆だから、やりにくいったらありゃしない」

「慣れればいい」

安東に買い換える気は全くないようだ。今どきサーブ900に乗る人間は、相当の趣味人だ。だとしたら、愛車に並々ならぬ愛情を抱いていることだろう。それを手放して、平凡な国産車を買えと恋人に言われ続けて、さぞ困っているに違いない。

「お察しします」

梶間は安東にそう言った。意図は伝わったようで、安東は苦笑を返した。そこに、意外なところから声がかかった。

「梶間さん、でしたっけ」

碓氷優佳だった。梶間はええ、と答える。優佳はほんの少しだけ首を傾げていた。

「ひょっとして、梶間さんも昔の外国車に乗っていますか？　左ハンドルの」

虚を突かれた。とっさに返事ができない。しかしすぐに態勢を立て直す。

「ええ。かなり前のフランス車に乗っています。おっしゃるとおり、左ハンドルの」

安東が目を見開いた。首を回して優佳を見る。

「優佳ちゃん、なんでわかった？」

同感だった。梶間は、自分もそうだなんて、ひと言《こと》も言っていない。それなのになぜ、優佳はわかったのだろう。

優佳は小さく首を振った。

「正確に言えば、わかっていません。なんとなくです」

　しかし安東は納得しない。

「なんとなくでも、根拠はあるんだろう？」

　安東は、優佳を責めているわけではない。表情は怒っていない。ただ、諦めに近い色を浮かべている。あえていえば、「またか」に近いかもしれない。どういう意味の「またか」なのかは、わからないが。

　優佳は瞬きした。

「単に、梶間さんが『お察しします』とおっしゃったことが気になっただけです。お察ししますという言葉には、共感の響きがあるでしょう？　だから同じ境遇なのかと考えたんです。つまり、同乗者から買い換えろと責められるような古い車、しかも運転しにくい外国車に」

「外国車イコール左ハンドルではありませんよ」

　そう言ったのは、意外にも日向社長だった。

「英国車なら右ハンドルです。また本国が左ハンドルでも、日本向けに右ハンドルになっている方が多数です。事実、章吾のサーブも右ハンドルですし。それでも左ハンドルだと考えた理由はなんですか？」

　自分よりずっと年長者から反論されても、優佳はまったく動じなかった。

「これは完全にあてずっぽうです。あえて理由を挙げるとすれば、梶間さんが左利きだからです」

「えっ？」

　そう言ったのは、梶間と、安東と、社長だった。優佳は困ったような笑顔を浮かべる。

「左ハンドルだと、ギアチェンジするとき、右手でシフトノブを握りますよね。利き手をハンドルから放さずに済むから、より安全なわけです。それなら左利きの人は、右利きの人よりも左ハンドルに抵抗がないんじゃないかと考えたんです。抵抗がないというか、理由が必要というか。実際問題として、日本の道路事情だと、左ハンドルにいいことはあまりないですよね。昔の外国車が好きで、手に入れようとしたら左ハンドルだった。そんなときには、選択肢《し》はふたつあるでしょう。日向さんがおっしゃるように、日本仕様の右ハンドルを探すか、左ハンドルのまま乗るか。仮に右ハンドル仕様がなかった場合、理性を納得させる理由が必要になります。自分は左利きだから、左ハンドルの車を選ぶのは必然性があるというふうに」

「……」

梶間は少なからず驚いていた。車を買ったときの、自分の心の動きを正確にトレースされてしまったからだ。梶間はひとつ息をついて、口を開く。

「そのとおりです。車を買うときには、そのことも考慮しました。まあ、実際に運転してみると、利き腕とハンドルの位置にはあまり関係はなかったのですが」

園田が両手を使ってハンドルとシフトノブを操作する仕草をした。右と左、どちらでもやってみる。

「なるほど。碓氷さんのおっしゃることがわかりました」

すごいですね、と付け加えた。

同感だった。本人も言っているように、優佳の考えは、それほど論理的なものではない。ヨーロッパでも右利きの人が圧倒的大多数だし、左利きの日本人が全員左ハンドルの車に乗っているわけでもないからだ。古いヨーロッパ車は左ハンドルが多く、梶間が左利きだから、そんな連想をしたに過ぎない。自然な仮説ではあるけれど、確実にそうだと自信が持てるレベルのものではない。それでも当ててみせた。あのような思考法をなんというんだっけ。そうだ、推理だ。彼女は目の前の情報から、推理によって、梶間が左ハンドルの車に乗っているという仮説を導き出したのだ。論理というより発想。その思考の柔軟さに、梶間は感心した。普通ならば聞き流してしまうことに対しても、必ず意識のフィルターにかける。しかも、ただの思いつきで終わらせることなく、すぐに確認する。彼女の意識の中では、一連の流れが習慣化されているのだろう。ゲストの役回りはまだわからないが、さすがに日向社長が連れてきただけのことはあると思った。

そしてそれと同時に、梶間は優佳の言葉から、ひとつの教訓を得ていた。自分は左利きだ。刃物を使うときも、普通に左手を使う。だから仮にナイフで社長を刺し殺す場合、自分は無意識のうちに左手を使うだろう。その事実は、死体を調べた警察の知るところとなる。自分への取り調べは、よりきつくなるだろう。

社長を殺すときには、右手を使わなければ。

梶間はそれを肝《きも》に銘《めい》じた。そしてそれを教えてくれた優佳に、心の中で感謝した。

社長を殺すときには、か。

梶間は改めて、自分がここに来た目的を思い返す。恩人であり、仇でもある社長を殺害することを。こっそり社長を見る。社長はゆっくりとしたペースで食事を続けていた。

十二時三十五分。日向社長はまだ生きている。

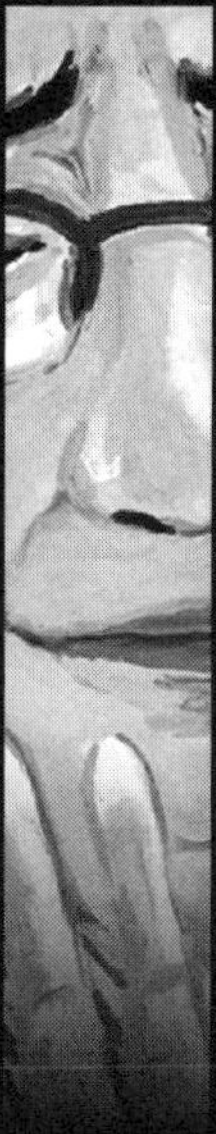

第二章
研修

あの日、東京は雨だった。

札幌は大雪だった。羽田《はねだ》行きの定期便は、千歳《ちとせ》飛行場から飛び立てない。どうやら、境陽一は今夜中に東京に戻ってこられそうにないようだ。困ったことになったな——日向貞則は、羽田空港に掲げられた「欠航」という表示を見て、小さく舌打ちした。

当時、ソル電機は、札幌にあるベアリング製造会社と共同研究をしていた。腕はいいが、小さい会社だ。まだ設立して間もないソル電機を相手にしてくれる企業は、都心を離れた中小企業しかなかったのだ。

ソル電機の技術部門の総責任者である境副社長は、ベアリング製造会社に出向いて、実験をくり返していた。副社長といっても、ソル電機には社員が八名しかいない。だから境自ら取引先に足を運んだのだ。もともと自分で手を動かす方が好きな質《たち》だし、フットワークもいい。社長である日向も、自分たちのようなベンチャー企業が大企業に先んずるには、研究への惜しみない投資とスピードが大切だと知っていたから、思い立ったらすぐに高価な旅客機を利用する境を責めなかった。

しかし今回に関しては、それが裏目に出たかもしれない。羽田—千歳便は利用者が多いから、便数も多い。境はその日も遅くまで仕事をして、最終便で帰京しようとしたが、それまで空は持ってくれなかった。境が搭乗する予定の便は、早々と欠航が決まってしまった。

「——そうですか。それでは、日向が『了解した』と申していたと、お伝えください」

そう言って、日向は公衆電話を切った。顔を上げると、一人ぽつんと立っている境由美子が見えた。

由美子は境陽一の妻であり、ソル電機の社員でもある。東京にいれば毎日遅くまで残業し、そうでなければ出張する、休日出勤もあたりまえという夫を持つ由美子は、夫婦の語らいに飢えていた。本人がそれを表に出すことはないけれど、敏感な日向はそれを感知した。だから由美子を羽田空港に誘ったのだ。札幌での仕事に疲れて戻ってきたときに由美子が迎えに来ていれば、境も喜ぶだろうと思ったのだ。

だが、それも無駄になってしまった。盟友二人の喜ぶ顔が見られなくて、日向はあるいは当人たち以上に落胆していた。

「境は、もう一晩札幌だ」

日向は由美子に歩み寄り、そう告げた。「境が今朝まで泊まっていたホテルに電話してみた。欠航が決まってから、もう一泊したいとホテルに電話があったそうだ。今は飛行場からホテルに移動中らしい。俺と君に対して、明日戻るから心配しないでくれとの伝言が、フロントに託されていたよ」

「そう」

由美子は、どこかぼんやりしたような口調で答えた。彼女らしくないその様子は、日向を少し不安にさせた。

「わざわざ来てもらったのに、すまなかった。無駄な時間を使わせちゃったな」

日向が謝ると、由美子は小さく首を振った。

「こっちこそ、ごめんね。わたしたちの心配までしてくれて」

少しの沈黙。日向は腕時計を見た。

「少し遅いけど、飯でも食うか」

由美子はすぐには答えなかった。やはりぼんやりした表情で、発着案内板の「欠航」という文字を見つめていた。

「そうね。家に帰っても、することがないし」

二人で東京モノレールに乗り、浜松町《はままつちょう》で国鉄山手線に乗り換えた。有楽町《ゆうらくちょう》で下りて、銀座《ぎんざ》に向かう。由美子は中華料理が好物だ。中華ならば銀座にいい店がある。社長とはいえ懐《ふところ》具合が暖かいわけではないが、今夜は奮発するつもりだった。

帰りが多少遅くなっても心配ない。境はフロントからメッセージがきちんと伝わったことを知らされたら、直接電話をかけてこない。そんな奴なのだ。だから境が自宅に電話をかけたのに、由美子が出なかったという事態は起こらない。

食事中、二人ともあまり喋らなかった。由美子と一緒にいることはそれほど稀《まれ》ではないから、別に気詰まりでもない。ただ、由美子が心配だった。

梶間由美子は、日向たちと一緒に大手電機メーカーに勤めていた女性社員だった。日向、境、由美子は同期入社で、ウマの合う仲間だった。その頃から由美子は境とつき合っていて、境の退社と共に会社を辞めて、ソル電機を興《おこ》す直前に結婚した。境はそんな時期の結婚にためらいを感じたが、由美子が決心させた。まず家庭を安定させた方が、安心して仕事に打ち込めるからというのが、由美子の考えだった。

由美子の両親は、二人の結婚に反対していたらしい。交際を始めた頃は、むしろ積極的に賛成していたと聞く。しかし境が退職して起業するとわかった途端、反対に回ったのだそうだ。

気持ちはわからないでもない。せっかく大企業に就職し、そこで将来有望な男性社員を捕まえたのだ。相手がそのまま組織に残ったなら、安定した生活が手に入る。それでこそ娘を安心して任せられるのに、どういうつもりで明日をもしれない中小企業に身を落とすのかと。

両親の反対を押し切って結婚した手前、由美子は泣き言《ごと》を一切漏らさなかった。新興企業が忙しいのはあたりまえだし、夫が活き活きと仕事をしているのを知っているからだ。前の会社にいた頃は、境陽一はあんな表情をしていなかった。

「わかってるのよ、あの人は、正しい選択をしたって」

　由美子は、日向にそう語った。料理が盛られていた皿は空《から》になっていたが、それは料理がおいしかったからというよりも、誘ってくれた日向への義理からだという気がした。

「でもね」由美子は小さく言った。「あの人が活き活きするほどに、わたしが沈んでいくのがわかるの。バカよね。あの人に好きなようにやらせてあげて、それが嬉しいのに、同時に前の会社にいたときみたいな平凡も求めているのよ。ずっと一緒にいられるような」

「今だけだよ」

　日向はそう答えた。「会社はもっと大きくなる。そしたら、境も楽になる。ソル式フライホイールは、もう実用段階まで来ている。中心となる技術は、すでに特許を申請した。もうすぐ、境の努力は報われるんだ」

　突然。突然、由美子の目から涙がこぼれ落ちた。日向は慌《あわ》ててポケットからハンカチを出して渡そうとしたが、由美子はそれを制して、手許《てもと》のおしぼりで涙を拭いた。

「日向さん、ありがと」

　不意にどきりとする。正直言って、由美子は整った顔だちはしていても、日向の好みからは遠く外れている。だから境から「俺たち、つき合ってるんだ」と聞かされたときも、うらやましくも悔しくもなかった。会社を辞めて、二人が結婚して、新たに会社を興してからも、それは変わらなかった。

　でも。今日の由美子は何かが違った。由美子の顔が変わったわけではない。おそらく変わったのは、自分の方だろう。会社のためといいながら、境を馬車馬のように働かせ続けている自分。そしてしわ寄せを受けた形の、由美子に対する申し訳ない気持ちが、日向の理性に微妙な影響を与えているのだ。

　前の会社に在籍していたときから、日向と境はずっと起業の準備をしていた。そして準備が調《ととの》ったところで、同時に退職したのだ。日向が境を強引に退職させたわけではない。だから境の家庭の事情について、日向が気に病む必要はない。そのはずなのだが、それでも考えてしまうのだ。自分たちの選択は正しかったのかと。

日向はまだいい。日向は独身だ。背負うべき家庭がない。失敗しても、自分一人ならばどうにでもなる。しかし境は違う。彼は由美子という家族に責任を持っている。そのことを考えたとき、日向の心に迷いが生じる。境の独立という選択は、本当に正しかったのかと。由美子の両親が主張したとおり、会社に留まった方がよかったのではないか。

普段はそのようなことを考えはしない。そんな余裕もない。しかし、目の前で由美子の涙を見てしまうと、やはり考えてしまうのだ。境は、大切なものを犠牲にしていないか。

日向だって、境一人に苦労を押しつけているわけではない。日向は日向で、毎日奔走していた。今日もすり切れるほど働いた後、羽田空港で落胆を味わった。挙げ句の果てに、由美子の涙だ。疲れた心に紹興酒《しょうこうしゅ》がてきめんに効いた。店を出るときに、少しふらついた。

「さ、帰ろう」

通りに出て、日向はそう言った。由美子は答えずに日向の傍に立った。

銀座の夜は、平日でもタクシーに乗るには行列覚悟だ。こんな寒い雨の日に長時間並びたくはなかったが、仕方がない。列に並んでいると、偶然手が由美子の手に触れた。いつもなら自然な動作で離れるのに、なぜか手は離れなかった。日向の手も、由美子の手も。はっきり意識したという自覚はない。それでも、どちらからともなく、手を握り合った。

由美子は上目遣《づか》いで日向を見つめた。

「寒いね」

「フライホイールというのは」

ホワイトボードを前に、梶間晴征が言った。その声に、日向は我に返った。

「日本語でいえば『はずみ車』です。独楽《こま》の親戚といった方がわかりやすいかもしれません。ホイールというくらいですから、本体は円盤みたいなものです。それに一度力を加えて回転を与えてあげると、慣性で回り続けるんです。その特性を利用して、電気を蓄えるシステムを作るのが、ソル電機の得意技です」

「電気を蓄える？」安東章吾が軽く首を傾げた。「どうやってですか？」

それに答えたのは園田進也だ。

「簡単に言えば、電気を使ってモーターでフライホイールを回転させるんです。回り始めたフライホイールは、電気の供給を止めても、勝手に回り続けます。この時点で、電気エネルギーが回転エネルギーに変換されたことになりますね。後は、電気が必要なときにフライホイールの回転で発電機を動かして、また電気エネルギーに戻してやればいいんですよ」

「なるほど」国枝真里子がうなずいた。「蓄電池みたいなものですか」

「そうです。役割は同じです」

野村理紗が首肯する。

「でも蓄電池は、実は蓄電効率があまりよくないんです。どんどん劣化していきますし、感電の危険もあります。それに比べてフライホイールは、非常に蓄電効率がいいばかりか、稼働後はほとんどメンテナンスフリーで使い続けることができます。電気を蓄える手段としては、蓄電池よりもずっと適しているんですよ」

さすが広報部。理紗はさりげなく自社製品の優位性をアピールしている。しかし碓氷優佳が軽く首を傾げた。

「でも、独楽が回転するということは、軸と軸受けの間で摩擦が発生して、回転エネルギーは次第に減衰していくでしょう。それでも効率がいいんですか？　それに、大電力を蓄えようとしたら、大きなフライホイールが必要になりますよね。回転の角速度も相当なものになるでしょう。フライホイールに負荷がかかりすぎて、バラバラになってしまいそうな気がします。ですから、小規模発電にしか利用できなそうな気もしますが」

理紗は返答に詰まる。入社後に勉強したとはいえ、専門性の高い指摘には対応できない。しかし理紗は慌てずに「それは梶間がお答えします」と切り抜けた。梶間は苦笑しながら答えを引き継ぐ。

「碓氷さんのおっしゃるとおりです。しかしご指摘いただいたフライホイールの欠点こそが、実はソル電機をここまで育てたのです」

「というと？」

「エネルギーの損失を極限まで抑える軸受けの構造、具体的には非接触ベアリングを開発しました。そして大電力を蓄えられる頑丈で軽量な材質を、自分たちで開発しました。だからこそ、私たちはこの分野でトップクラスのシェアをいただいているんです」

説明する梶間の目が輝いていた。

それも当然だろうと日向は思う。非接触ベアリングの技術は、父親である境陽一がその基礎を創《つく》りあげた。そして梶間自身は、軽くて丈夫な新素材を開発している。梶間は親子で成し遂《と》げた成果に、誇りを感じているのだ。

日向は少し離れた席で一人うなずいた。研修は順調に進んでいる。四人の研修生は、最初はややたどたどしかったが、すぐに流暢《りゅうちょう》に会社の宣伝ができるようになった。それを聞くゲストも、前回の研修で同じ内容をプレゼンテーションされているから、知らないふりをして的確な質問をすることができる。秘書課の小峰哲も、ゆとりを持って見ていられるようだ。

だから気が抜けたのだろうか。それとも昼食時に、梶間の口から由美子のことを聞いたためだろうか。日向はあの日を思い出してしまった。一晩だけの、過《あやま》ち。

あの晩、札幌に雪が降らなければ。

日向貞則は、虚《むな》しいことを考えた。もう、三十年以上も前のことなのに。

確かにあの晩、境が帰京していれば、あんなことにはならなかった。三人で中華料理を楽しみ、日向は境夫妻をタクシーで帰した後、自分は終電で帰っただろう。

しかし境は帰ってこなかった。それが事実なのであり、その事実が残された二人の理性を狂わせたのも、また事実なのだ。そう、間違いなく、日向の理性は狂っていた。その証拠に。

日向は避妊しなかったのだ。

「我が社の技術を最初に認めてくれたのは、実は日本国内ではなくアメリカでした」

堀江比呂美が、細身の身体に似合わない低い声で言った。

「アメリカの大手銀行や証券会社が、世界に先駆けて情報化を進め、大規模なコンピューターシステムを導入している時期でした。ところがアメリカの電力事情というのは、実はあまりよくありません。急な停電によってシステムが停止してしまうのを恐れた企業は、無停電電源装置を必要としていました。そこで我が社のフライホイールを使った無停電電源装置を導入していただいたのです」

「うわあ」章吾が大げさにのけぞった。

「やっぱり最初はアメリカなのか」

章吾のオーバーアクションに、比呂美が小さく微笑んだ。研修が始まってから、はじめて見る比呂美の笑顔かもしれない。お澄まし顔も似合うけれど、やはりこの娘も笑顔の方がいいと日向は思う。いくつになっても、男が女性を見るポイントは変わらない。

「続いてヨーロッパが、そして日本の企業が、アメリカでの実績を知って、声をかけてくださいました。無停電電源装置はセキュリティに属する項目なので、具体的な企業名については申し上げられませんが、多くの企業や官公庁が利用してくださっています」

ふむ、と真里子が自らの顎《あご》をつまんだ。

「それって、ぜんぶ小規模なシステムですよね。無停電電源装置なんて、そんなに大きなものではありませんから。大型のフライホイールは、どのように使っているんですか？」

「それはですね」

比呂美が口を開く前に、園田が答えた。

「電力インフラの整備に利用することを検討しています。現代でも、電力事情の悪い地域はたくさんあります。そんな地域すべてに発電所を作るのは非効率です。ではどうすればいいのでしょうか。遠くの発電所で作った電気を大型フライホイールに充電して、それを運べばいいのです。そして現地で発電機につないで電力を供給する。そんな事業計画があります」

真里子がほほう、というふうに口を開ける。園田は続けた。

「たとえばアフリカ。電力事情の悪い地域の代表格です。しかしアフリカは中東に近いですから、中東の原油で発電して、それをフライホイール船でアフリカに運べば、少ない投資でアフリカに電力を供給できます。この事業は、すでに国家間プロジェクトとして動いており、弊社もその事業に参画しております。同業他社も他の産油国と組んで、似たようなプロジェクトを進めているようですが、私どもの方が先駆者です」

プロジェクトはすでに公式に発表されており、有価証券報告書にも記載されている。だから公知の事実だ。そしてプロジェクトは、園田の所属する企画部が中心になって進んでいる。確か園田はプロジェクトには途中参加だったはずだが、ここは園田が、ぜひ自分の口から言いたいことだったのだろう。しかし押しのけられた格好の比呂美は、眉《まゆ》をひそめていた。

よくないな——。

日向はそう思う。研修でこのようなテーマを設定した理由。それは参加者に、愛社精神と一致団結を求めるためなのだ。部外者に自社の説明をすることで、あらためて自分が所属する会社について見つめ直すことができる。また幹部候補生研修ともなれば、どうしても参加者間に対抗意識が生まれるが、一緒になって説明しなければならないとあれば、団結せざるを得ない。団結は共感を生み、それが好意に発展することが起こりうるのだ。

狭い場所に押し込められ、顔をつきあわせて共同作業をする。あまり期間が長いとケンカになるが、短期間であれば、仲間意識と信頼関係を醸成するには好都合だ。そして二泊三日という期間は、親密さが強くなる最適な長さだと、日向は経験から知っていた。

いくら隠れ蓑《みの》とはいえ、お見合い研修を実施した以上、今回もそれなりの効果も期待したい。社長という人種は欲ばりだから、つい二兎《にと》とも得ようとする。また隠れ蓑の目的に注力してこそ、自分の真の目的がカムフラージュされることもあるだろう。

今回、梶間は女性社員に好意を抱くどころではない。とすると残る男性社員である園田が、理紗か比呂美と仲良くなってくれなければ、この研修は、お見合い研修としては無駄骨になってしまう。だから園田にはあまり出過ぎることなく、切れ者の好漢をアピールしてもらいたいものだ。

比呂美が咳払いした。

「今園田が申しましたように、弊社は海外の事業にも積極的に乗り出しています。いわゆるBRICsはもちろんですが、弊社が特に重要視しているのは、中東と東欧です。これらの事業に対応するため、一昨年ブリュッセルに欧州研究センターを設立しました」

日向はこっそり梶間の様子を窺う。梶間は、わずかに表情を動かしかけただけで、発言しなかった。ここで自ら欧州研究センターに赴任することを喋るかなと思ったが、自慢話と受け取られかねないから黙っているのだろう。

日向は思う。梶間は、自分のヨーロッパ赴任が、日向の仕組んだものだと気づいているだろうかと。

もちろん梶間の赴任自体は、不自然でもなんでもない。海外の一流研究者と切磋琢磨《せっさたくま》できる欧州研究センターには、研究者の中でも特に優れた者しか赴任させない。能力的にも、現在の研究テーマからも、梶間という選択は万人の納得するところだろう。仮に日向が推薦しなくても、いずれ渡航していたはずだ。

けれど今回、あえて日向が自ら動いて、梶間のヨーロッパ行きを決めた。就労ビザが下り次第、彼はベルギーに向けて旅立つことになる。おそらく、二月上旬だろう。このタイミングが大切なのだ。一旦欧州研究センターに赴任してしまうと、数年は帰ってこられない。それほど腰を据えて取り組まなければ、実現できない研究をするからだ。つまり、梶間は一度日本を離れてしまうと、数年間日向を殺すチャンスがなくなることになる。

ヨーロッパ赴任を命じられて、梶間は焦ったことだろう。梶間は日向が末期ガンに冒《おか》されていることを知らない。それでも日向は高齢だ。しかも若いときに相当無理をして働いている。そのツケが今になって現れ、突然倒れるかもしれない。自ら手を下すことなく相手が死亡する。これは復讐を志す者にとって、最悪のシナリオだ。父の仇を討ちたい梶間は、何とかして日本にいるうちに行動を起こしたいと思うだろう。しかし本社や日向の自宅のある東京では、そのチャンスがない。とすると、この研修を活かすしかなくなる。

日向には時間がない。限られた時間の中で梶間に殺させるには、梶間からも時間を奪えばいい。それがガンの告知を受けたときに、日向が出した結論だった。今のところは、順調に進んでいる。ここ、ミーティングルームにも凶器を配置した。といっても、特別なものを持ってきたわけではない。文房具は凶器の宝庫だ。ここにあるものでいえば、金属製の重いテープカッター台と、七十五センチの物差しだ。梶間はこれらを「使える」と認識するだろう。後は、自然な形で隙《すき》を見せてあげれば、梶間ならばきちんと目的を達成してくれるはずだ。

優佳が手を挙げた。

「現在の事業計画はよくわかりました。それでは、これからの開発の方向性は？　どのような技術に注力していく予定なのでしょうか」

研修生の視線が交錯する。どこまで話していいものかと判断に迷っているだろう。一拍おいて、梶間が口を開いた。

「発電機との統合ですね」

「というと？」

「簡単にいえば、自然エネルギーを効率的に電気エネルギーに変換するシステムです。たとえば太陽光発電、そして風力発電。これらはエネルギー密度が低く、しかも一定に得られるエネルギーではありません。太陽光ならば晴れた昼間だけ、風力発電ならば風のあるときだけです。それなら発電できるときに発電してもらって、得られた電力をフライホイールに蓄えておけば、夜間でも無風のときでも電気が使えます。家庭から出る二酸化炭素の量は増え続けています。こういったシステムを実用化することにより、家庭レベルでの環境保護が可能になります。環境に優しい家庭用電力としては、他には家庭用燃料電池があります。しかし燃料電池はまだまだ高価です。一方このシステムが実用化されれば、さほどの投資は必要ありません。現状では燃料電池の十分の一以下です。このような環境対応の技術は重要であり、かつ高い成長を見込める分野だと、弊社は考えています」

ほほう。日向は少し感心する。梶間の答えは、実は質問の答えになっていない。コストはともかくとして、技術的にはさほど難しいものではないからだ。到底将来に向けた研究とは言い難《がた》い。しかしいかにも未開拓の市場を狙っているという印象を与えるし、環境に優しい企業というイメージも抱いてもらえる。とっさに出たにしては、まずまずの回答だ。優佳も納得顔で「わかりました」とうなずいていた。

日向はぱんぱんと手を打った。

「いい感じだね。そろそろ休憩しようか」

日向の言葉に、全員一斉に壁の掛け時計を見た。午後三時。二時間もの間プレゼンテーションをしていたことになる。さすがに全員疲れただろう。

途端にミーティングルームの空気が緩むのを感じた。小峰が立ち上がる。

「コーヒーは、食堂のカウンター横にコーヒーメーカーがありますから、それを使ってください。茶菓子も食堂です」

梶間が園田に声をかけた。

「昼飯のときは女の子にお茶を淹れてもらったから、今度は男がやるか」

園田もうなずく。「そうっすね」

お茶を淹れるのは女性社員の仕事だなんて会社は、今どきない。二人の男性社員は、なんのためらいもなくコーヒーメーカーに向かった。

よし。コーヒーを淹れに行ったら、近くにあるアイスピックに気づく。それもまた、日向が用意したものだ。昨晩ウィスキーを飲むからと、日向がアイスペールやグラスと共に置いたものだ。そこにアイスピックも紛れ込ませた。アイスペールの横にアイスピックがあるのは、収まりがいい。不審には思われない。

久しぶりに頭を使うと疲れるなと言いながら、章吾が椅子に座ったまま伸びをする。そのまま上半身のストレッチをやっていた。真里子は女子社員と共に茶菓子を受け取りに、食堂へと向かう。優佳は黙ってミーティングルームを出て行った。おそらく手洗いだろう。女性は男と違って、トイレに行くとき申告しないものだ。

誰にも聞こえないように、日向はホッと息をついた。身体の力を抜く。

今までだったら、この程度の研修に立ち会ったところで、疲労することはなかった。病とは嫌なものだ。

それとも、梶間が襲ってくるときに備えて、無意識のうちに身体に力が入っているのだろうか。

いけない、いけない。

日向は両肩を回してほぐした。今から緊張しても仕方がない。梶間は他人の目があるところで襲いかかったりはしないだろう。

日向自身が自然に振る舞うことは大切だ。先ほど優佳が、日向が緊張しているのではないかと指摘した。そのときはうまくごまかせたが、自ら殺されたがっていることは、絶対に知られてはならない。特に、梶間には。

自分の意志を梶間に知られてしまっては、梶間は単に自殺の道具になってしまう。二人とも納得ずくの上での。それでは意味がないのだ。

梶間にとっても、自分にとっても。

＊　＊　＊

コーヒーメーカーはミル付きだった。梶間は人数分のコーヒー豆をコーヒーミルにセットして、ボタンを押した。小気味よい音がして、豆が挽《ひ》かれていく。

「いい香りっすね」

園田が鼻をくんくんさせながら言った。梶間も異論はなかったから、「そうだね」と答える。

ソル電機で飲まれるコーヒーは、味がいいことで有名だ。他社と比べたことがないから、梶間にはよくわからない。けれど取引先の間でも話題になっているくらいだから、よほどの味なのだろう。社長がコーヒー好きだからだという噂もある。真偽はともかく、コーヒー豆が挽かれる香りは心地よかった。挽かれた粉をバスケットに移し、スイッチを入れる。わずかな間を置いて、ぽこ、ぽことコーヒーが抽出されていく。

コーヒーメーカーは、食堂と厨房をつなぐカウンターにある。だからコーヒーを淹れている間、厨房の中が見えた。昼食を作ってくれたレストランのスタッフは、片づけを終えて帰った後だ。がらんとした厨房を漫然と眺めるふりをしながら、厨房に置いてあるものをチェックした。凶器として使えそうなものがないか。

梶間は保養所に来るに当たって、殺人計画らしいものを立てなかった。それどころか、凶器すら持ってきていない。理由は簡単。他人の行動は制御できないからだ。保養所にいるのが自分と社長だけであればともかく、実際は他の研修生もいる。しかもここに来るまで、参加人数すら聞かされていなかった。いくら綿密な計画を立てたからといって、実際に周囲の人間が思いどおりに行動してくれなければ、なんの意味もない。かえって、計画が予定どおり進まないことに、焦りを覚えるだろう。焦りは失敗を生む。実現しない計画ならば、はじめから立てない方がいい。

凶器も同じだ。研修の期間中、いつ社長を殺すチャンスが生じるかわからない。そのときに備えて、ずっと凶器を持ち歩くことはできない。暖房の効いた保養所内では、みな軽装だ。大ぶりのナイフなんて持っていたら、簡単に見つかってしまう。かといって軽装でも目立たない、ポケットに隠せるような小さなナイフで、人を殺す自信はない。そのことを考えると、凶器を所持するという発想自体に、現実味がないことがわかる。

だから、梶間はただの研修生としてここにいる。決めているのはひとつだけ。外部犯の可能性を残しておくこと。それだけでいい。

そのためには、保養所の内部について、よく観察しておかなければならない。どこに何があるか。自分が立ち入って不自然でない場所に、使えそうなものはあるか。あるいは、ちょっとだけ加工すれば使えるものはないか。

すでにいくつか見つけている。まず玄関ロビーの花瓶。そしてミーティングルームのテープカッター台と物差し。いずれも社長の頭を殴るのにぴったりだ。玄関ロビーの掛け時計を、社長が座った椅子に落下するよう細工することも考えたが、確実性が低いからやめることにした。やはり、直接攻撃を加えられるものがいい。

厨房にある凶器として、真っ先に考えつくのは包丁だ。昼食を調理した際、包丁を使ったはずだ。その包丁は、ここに備え付けのものだろうか。それともスタッフが持ち込んだものだろうか。後者である可能性が高いと思う。プロの料理人は、いつも使っている道具を使いたがるだろうからだ。しかし、だからといって厨房に包丁がないとは思えない。それはどこだ。ここからは見えない。

食事に使うナイフもあるはずだ。しかしステーキを食べるときなどに使うナイフは、人を刺すには向かない。むしろフォークの方が凶器としては適当だ。それらはどこにあるのか。やはり見えない。どこかの引き出しだろうが、それを探しているところを他人に見られてはいけない。今晩、みんなが寝静まってから探し、明日の晩に決行するか。それも選択肢《し》に入れておこう。

いや待て。外部犯の可能性を残しておくんだった。外部から侵入してきた人間が、わざわざ厨房から刃物を探して社長を殺すだろうか。ばったり出くわしてしまい、とっさに手近なもので襲いかかったというストーリーは最低限必要だ。それならば、厨房の中に凶器を探すという選択肢は、採《と》るべきではない。

そんなことを考えていたら、意外に近いところに凶器が見つかった。アイスピックだ。水割りを作るときに使うセットが、カウンターに置いてあった。ウィスキーグラス、アイスペール、トング。それと共にアイスピックが置いてあった。夜の懇親会に使用するために出したのだろうか。すぐに使えるようにとの配慮からか、わかりやすい場所に置いてある。これは使える。金目のものを探して建物の中を徘徊《はいかい》している泥棒が、食堂に飲み物を取りに来た社長と出くわして、思わず近くのアイスピックで刺した。いかにもありそうな話だ。よし。これもまた、凶器候補だ。

コーヒーメーカーが、コーヒーを作り終えた。トレイにカップを並べて、梶間が丁寧にコーヒーを注ぐ。コーヒーメーカーの傍には、ペットシュガーとコーヒーミルクのポーションが、籐《とう》の籠《かご》に入った状態で置かれていた。

「砂糖とミルクは、ひとつひとつ皿に載《の》せましょうか」

園田が言った。梶間はちょっと考え、首を振った。「いや、籠ごと持っていこう。一度個人に渡してしまうと、使わなくても籠に戻すのは気が引ける。かといって使わずに捨ててしまうのは、もったいなさすぎる」

「経費削減の一環ですね」

「そういうこと」

園田とは、これが初対面ではない。以前一緒に仕事をしたことがあって、そのときから梶間は三つ年下の企画部社員のことを、なかなかの切れ者だと思っていた。しかし彼の言動や仕草から、自分自身しか見えていないように感じたことを憶えている。

そんな園田は、噂の幹部候補生研修に呼ばれて、さぞかし誇らしく思っているだろう。それはそれでいい。彼には出世のための研修に集中してもらって、こちらの動きなど気にしないでもらいたいものだ。

二人がコーヒーを配ると、カップがひとつ余った。人数を確認すると、優佳がいない。「すぐに戻ってきますよ」と安東が言うものだから、カップは優佳のいた席に置いておいた。

梶間が座るのと入れ替わりに、小峰が立ち上がった。日向社長の方を向く。「社長。ちょっと空気がこもっているようです。換気をしてよろしいでしょうか」

室温を一時的に下げてよいか、という確認だ。社長はうなずく。

「いいよ。空気を入れ換えた方が、頭もすっきりするだろう」

ありがとうございます、と小峰が礼を返し、出入口に向かう。振り返って、唯一まだ立っている園田に声をかけた。

「園田主任、窓をひとつ開けてくれないか」

了解です、と園田が窓に向かい、クレセント錠を回して、窓をひとつだけ開けた。小峰は出入口のドアを開けて、くさび形のゴム製ドアストッパーを嚙ませた。それでドアが開いた状態で固定された。ドアストッパーはドアを開放状態にするためのもので、各部屋に置いてある。小峰はそのまま廊下に出て、廊下の窓をひとつ開けた。空気の通りがよくなり、ミーティングルームに冬の寒気が入りこんできた。

二分も開けておけば十分だろう、と小峰はつぶやき、腕時計を見ながらきっかり二分で、ドアと窓を閉めた。部屋全体が暖まっているから、空気もすぐに元の温度に戻るだろう。そして、まるで室温が戻るのを待っていたかのように、優佳が戻ってきた。

コーヒーと茶菓子を友に、雑談が始まった。ゲストは自分たちと同世代で、しかも尊大な態度を取ったりしていないから、社員たちも研修を通じて親近感を感じたようだ。梶間以外の三人も、昼食のときより親しげに話をしていた。比呂美の表情も、今は柔らかい。

「御社は海外を相手にしているから、商習慣や生活習慣のギャップがあって大変でしょう」

安東が言うと、理紗が困った笑顔を浮かべた。

「商習慣や生活習慣よりも、英語が大変です。取引先との文書は、ほぼすべて英語ですから。それなのに社内には、わたしを含めて英語が苦手な人間は少なくありません」

実は理紗の言ったとおりで、梶間自身も論文を読んだり仕事に関する会話はなんとかできるが、とても得意とはいえない。すると真里子が隣の安東を見た。

「翻訳してあげれば？」

安東は苦笑して社長に顔を向けた。「翻訳料、払ってくれますか？」

社長は意地悪な笑顔を返す。「まあ、時給六百円かな」

「安っ」

ミーティングルームに笑いが起きた。理紗が笑いを収めると、安東に話しかける。

「安東さん、英語がお得意なんですか？」

ええ、まあと安東があいまいな返事をする傍から、真里子が答えた。

「この人は、英語専門の翻訳家なんです。技術文献などに強いので、あちこちから重宝がられています」

ほほう、と感心した声が漏れる。梶間も感心した一人だが、同時に安東がサラリーマンとは少し違った雰囲気を持つ理由がわかった気がした。

「堀江さん。さっき、お客さんは海外に多いっておっしゃいましたよね」

安東が自分から話題を逸《そ》らせるように尋ねると、比呂美は「ええ」と答えた。

「ということは、やっぱり海外出張も多いんですか？」

「そうですね」

答えたのは、またしても園田だった。

「部署によりますし、多い部署でも多い人と少ない人がいます。私は多い部署の中でも多い方です。自分で行きたいと主張すれば、行かせてもらえる会社なんですよ。私は同僚を差し置いて、自ら希望しています。大変だけど刺激になりますから」

なるほど、と安東が頭を振る。「やっぱり、海外旅行と海外出張は違うんでしょうね」

「それはもう」園田が嬉しそうな顔をする。「緊張感が違います。でも実は、先方の好意で、空き時間に観光できたりもするんですが」

「あっ、ずるい」

理紗が頰《ほお》を膨らませ、笑いが起きた。比呂美だけは笑っていなかった。

安東は園田以外の社員に目を向けた。

「他の皆さんはどうですか？」

理紗が首を振る。

「いえ、わたしは全然。出かけるとしても、国内の事業所だけです」

広報部ならそうだろう。理紗はフットワークよくいつも飛び回っている印象があるが、長期出張したという話は、ついぞ聞いたことがない。

安東は、今度は比呂美に微笑みかけた。

「堀江さんは営業部とおっしゃいましたね。だったら得意先に出向くことも多いんですか？」

比呂美は形ばかりの笑顔を返して、「そんなことはありません」と答えた。

「わたしがやっているのは顧客管理ですから、本社で端末を叩《たた》いてばかりです。そうでなければ分厚い紙のファイルをめくっています。出張とは、まったく縁がない世界です」

「ありゃ」安東が変な声を出した。社長の方を向く。

「女性は内にこもって、男が外に働きに行くんですか。ずいぶんと古い会社ですね」

からかいの口調だったから、本気ではないのだろう。そんな口を利くくらいだから、やはり安東は社長と相当親しいようだ。社長もつき合って、大げさに傷ついたふりをする。

「そんなことはない。たまたまだよ。今回はたまたま、内勤の女性社員が研修に参加しただけだ。バリバリと外に出ている女性社員もたくさんいるぞ。園田くんの企画部なんて、多いだろう？」

「ええ」園田はうなずいた。他人を褒《ほ》めておいた方が印象がいいと思ったのか、ずいぶんと素直だ。

「うちの女性陣はたくましくって、圧倒されます。中にはアラビア語ペラペラなんてすごい人もいました。あの人なんか、プロジェクトに最適だったのに、辞めてしまって残念です」

社長の口が小さく動いた。どうやら、それはもったいない、と言ったようだ。はっきりと声に出したのは理紗だった。

「ああ、あの人ですか。確か、西田奈美《にしだなみ》さん。去年退社されましたね。優秀な方だったのに、もったいない話です」

「まあ、女性は寿《ことぶき》退社という必殺技があるからね」

園田がしたり顔で言う。理紗の目がわずかに見開かれた。

「あれ？　西田さんは寿退社だったんですか？」

しかし園田は首を振る。

「知らない。理由は聞かなかったから、なんとなくそう思っただけ」

なあんだと、理紗が拍子抜けした声を出す。他人の恋愛話をネタに、休憩時の雑談に花を咲かせようと思ったらしい。笑いが起きたが、比呂美は笑わなかった。ずっと黙っていた。

梶間の関心を惹《ひ》いたのは、比呂美がただ黙っていたのではなくて、口を真一文字に結んでいたことだ。なぜそんな硬い表情をしているのだろう。梶間にはわからなかった。そして梶間同様、比呂美を訝《いぶか》しんでいる人物がいることにも気づいていた。真里子だ。安東の恋人、真里子は、一緒になって笑いながらも、視界の片隅に比呂美を捉えていた。そして少しだけ不審げな表情を浮かべたが、すぐに笑顔の環《わ》に戻った。

梶間はここで口を挟むことにした。

「おいおい。うちの会社は、別に結婚が決まったら辞めなきゃいけない社風じゃないだろう?」

安東が目を丸くする。「あ、そうなんですか?」

「もちろんですよ」

「なんだ。『結婚すると辞めなきゃならないとは、なんて古い会社だ』って、またいじめようと思ったのに」

「ひどい甥だ」

社長は天をあおいだ。それを聞きとがめた理紗が、大きな目をぱちくりさせた。

「安東さんは、社長の甥御さんなんですか?」

「そうですよ」

安東が、まだ言っていませんでしたっけ、というような顔で答える。そして神妙に頭を下げ、「叔父がいつもご迷惑をおかけしております」と言った。

さすがにここで「本当に迷惑です」などと、冗談でも言える社員はいない。梶間をはじめ、社員たちは「いえ、そんなことは」と口ごもる。

「わかりました」安東が軽く手を振った。「ソル電機は、寿退社を迫るような会社ではないし、女性社員も積極的に海外に出す社風だということですね。うん、十分進歩的です」

「そうだとも」社長がやや芝居がかった口調で言った。「うちの社員は、素晴らしい人間ばかりだ。そんな社員の能力を、十全に発揮してもらわなくてどうする」

それはそうですね、と安東は叔父の主張を認めた。

梶間は、ふと気がついた。一連の会話、海外出張のネタ振りから、最後の会社に対するコメントまでは、仕組まれたものだったのではないだろうか。休憩時間の雑談にかこつけて、会社の内情、あるいは空気といったものを社員がどう捉えているかを探ったのか。社長が見ている研修の最中は、みんないいことしか言わない。研修のテーマが会社の宣伝なのだから、なおさらだ。しかし休憩時間の雑談からうまく話を展開させることで、社員の本音を引き出すことは可能だ。安東がそれをやり、真里子と優佳が観察する。そして社員たちの反応から、誰が幹部としてふさわしいのかを判断する。彼らはそんな役割を担っているのではないのだろうか。

横目で園田を見た。園田は一瞬だけ、苦虫を噛み潰したような顔をした。ゲストの口車に乗って、ソル電機が古い体質の会社であるかのような発言をしてしまったことを、後悔しているのだろう。そしてその科白《せりふ》は、社長が既に聞いている。日向社長がそのようなことを気にするとも思えないが、園田自身は失点と考えているだろう。なぜなら、古いのは会社の体質ではなくて、園田自身の考え方だからだ。これからは、彼はもっと慎重になるに違いない。それでいい。園田はますます自分のことしか考えられなくなってくる。それは梶間にとっても好都合だ。

「梶間さん」突然名前を呼ばれた。安東だった。「開発部門の方は、やっぱりよく海外出張に行かれるんですか？」

梶間は一瞬どう答えていいものかと迷ったが、当たり障《さわ》りのない答え方を選択した。

「そうですね。先ほど園田が申しましたとおり、人によりけりです。正確には、研究テーマと、顧客がどこの国の会社かで変わります。私の部署は炭素繊維などの素材開発ですから、欧米に多くの顧客がいます。ですから海外出張は、まあそれほど少なくないと思います」

安東が軽い口調で続ける。

「梶間さんもやっぱり、自分で主張して海外に行ったりするんですか？」

梶間はまた返答に困る。適当にごまかそうかとも思ったが、社長も小峰もこの場にいる。会話の流れを恣意《しい》的に曲げては、不審に思われるだろう。仕方がないから、梶間は安東が作った流れに乗ることにした。

「いえ。私の場合は、むしろ行ったきりです」

「行ったきり?」

「ええ」梶間は薄く笑ってみせる。「もうすぐ、ベルギーの欧州研究センターに赴任するんですよ」

梶間の答えに反応したのは、安東よりもむしろ社員の方だった。園田と理紗、そして比呂美が、一斉に首をぶん、と動かして梶間に顔を向けたのだ。梶間は心の中で舌打ちをした。これが嫌だったから、素直に答えたくなかったのに。

社内では、欧州研究センターに出向できる人間は、ごく一部の選ばれたエリートと思われている。まるでこの研修みたいに。実際はそのようなことはなくて、単にヨーロッパや中東との共同研究が業務になっている者が赴任するのだ。もちろんどうしようもない奴には行かせられないが、もともとそんな奴は開発部門にいられない。梶間の場合は材料開発をやっているから、ドイツの航空機メーカー、ユーロシャトル社との共同研究に呼ばれただけの話だ。それどころか、梶間が左ハンドルのヨーロッパ車に乗っているのを上司が知って、「あいつなら欧州暮らしさせても大丈夫だろう」と思われたのではないかと、梶間は疑っている。

それなのに会社では、欧州研究センターに行くと聞いただけで、見る目が変わる。まるでその後の出世を約束されたかのような、羨望の視線を送りつけてくるのだ。まだ設立してから二年しか経っていないのに、赴任経験者が出世するなんて、いったい誰が決めたんだろう。迷惑な話だ。こっちは、おかげで日向社長を殺すチャンスを制限されて、困っているというのに。

案《あん》の定《じょう》、社員の反応は大きかった。理紗は「すごい！　すごいですね、梶間さんってば！」と場に不似合いな大声を出すし、比呂美は口笛を吹く真似をした。園田も「すごいっすね」と言ったが、こちらは表情が強張《こわば》っていた。そんな社員たちの反応を、真里子が興味深そうに眺めていた。

気をつけた方がいいな。

梶間はそう思う。今回のゲストは、みんな鋭そうだ。優佳は昼食時に見せたような思考力を持っているし、安東は軽さを装いながら会話をコントロールしている。そして真里子はこちらを冷静に観察している。社長は親戚を連れてきたと言ったが、やはり試験監督として、それなりの能力を持った人間を呼び寄せたのだろう。

彼らの前では、うかつなことはできない。梶間が抱いている、社長に対する殺意。十分気をつけているつもりでも、何かの弾《はず》みでそれが表層に現れてくるかもしれないのだ。そんな場面をチェックされていて、梶間が社長を殺害した後、「そういえば、梶間主事が社長を怖い顔して睨《にら》んでました」などと証言されたくない。今まで以上に慎重にならなければ。

会話が途切れたところで、優佳の耳元に、真里子が何か囁きかけた。小声だったから、聞き取れない。優佳は「そうです」と答える。その後に続く言葉は、やはり聞き取れなかった。しかし真里子は満足そうにうなずき、立ち上がった。「ちょっと失礼します」と言って、ミーティングルームを出て行く。その後ろ姿を見て、小峰が何事かに気づいたような顔をした。腕時計を見る。

「あと五分で再開しましょう。トイレに行きたい人は、今のうちに行っておいてください」

ガタガタッと席を立つ音が重なった。理紗と比呂美、そして園田が次々と部屋を出て行った。安東と小峰も続く。

おそらく、真里子は優佳にトイレの場所を尋ねたのだろう。

梶間はそんなことを考える。優佳が中座していた時間が長いように感じたのは、勝手のわからない保養所で、トイレを探していたからかもしれない。いや待て。優佳は真里子の質問に対して「そうです」と答えている。場所を教えるには不適切な言葉だ。場所に関して「そうです」という回答があるとすれば、それは確認のための質問に対するものだ。場所と確認。

ああ、そうか。

梶間は理解した。優佳は、一階のトイレではなく、自分の客室に戻って用事を済ませたのだ。客室のトイレは綺麗だし、温水洗浄器も付いている。それに一階の共同トイレにまでは、セントラルヒーティングは効いていない。客室の方が快適に用を足せる。真里子はおそらく「自分の部屋で済ませてきたの？」と尋ねたのだ。

梶間は心の中で苦笑する。推論に推論を重ねただけだ。あまり論理的でない。それでも正解である可能性は高いと思う。まるで昼食時の、優佳の推理のように。

ミーティングルームには、梶間と社長、そして優佳が残った。

「梶間主事は、トイレに行かなくていいのかね？」

社長が尋ねてきた。梶間はうなずく。

「ええ。あまりトイレに行かない体質でして。五時まで待っても大丈夫です」

そうか、と社長は短く答えた。梶間を見る目が、細められた。

「君の共同研究先は、ユーロシャトルだったね」

「はい」優佳を横目で見ながら答える。部外者がいる以上、話す内容には気をつけなければならない。

「無茶な要求ばかり出してくる連中です。けれど彼らも、機体を今以上軽量化するには、うちの炭素繊維しかないということを知っていますから、それほど高飛車《たかびしゃ》な態度には出てきません。まあ、今のところは仲良くやっていますす」

「それはよかった。先方の研究所は、フランクフルトにあるんだったかな」

「はい。ですから向こうに行ったら、ブリュッセルとフランクフルトの間を頻繁に往復することになると思います。日本とは当分お別れですが、今どきネットがあれば、日本の情報なんて、いくらでも手に入りますから」

そうか、とまた社長は言った。その目が、優佳に向けられる。

「梶間主事は、ドイツのユーロシャトルという会社と仕事をしているんですよ。ユーロシャトルというのは、二十席から百席くらいの小さな航空機を作っている会社です。それくらいの小型機で短距離を結ぶ路線が世界中で増えていますから、小型機の需要が伸びていましてね。そのため最近になって急拡大した会社です。そしてユーロシャトルは、もっと燃費のいい航空機を開発するのに、軽量化しようと考えました。そこで目をつけたのが、我が社の炭素繊維です。炭素繊維は軽くて丈夫なので、航空機には最適なんですよ」

説明してもらって、優佳が納得顔をした。

「なるほど。それで欧州研究センターですか。今なら電子メールで情報のやりとりはできるでしょうが、やっぱり顔をつきあわせて一緒にやった方が、仕事は進みますものね」

「ええ」

社長は嬉しそうにうなずいた。

「図体はでかくなりましたが、うちの会社にはいまだにベンチャー精神が残っていましてね。うだうだ言う前に相手のところに飛んでいけ、という会社です。私と一緒に会社を興した人間がそういう質《たち》でしたから、それが今に続いているわけです」

どくん。

心臓が鳴った。

梶間は首を振って社長の顔を見たい衝動に、必死になって耐えた。

なぜ社長は、突然父のことを？

社長は、梶間の内部に起こったさざ波に気づいた素振りも見せず、話を続ける。

「かといって、日本とヨーロッパを頻繁に往復するのも効率が悪い。ですからいっそのことと思って、向こうに研究センターを作ったんです」

優佳は梶間を見た。

「そんなわけで、梶間さんが赴任されることになったんですね」

優佳に返答しなければならない。しかし今は精神を立て直している最中だ。とりあえず「ええ、まあ」と答えておいた。それで一秒と少しくらいは間が持つ。

この局面では、どのような反応がふさわしいだろうか。社長は話に出した共同創業者が、梶間の父だと知っている。梶間の目の前でそれに言及したということは、梶間が名乗り出ることを期待しているのだろうか。社長は梶間が自分を殺すつもりでいることを知らない。だから他の社員のいないこのタイミングで、ドラマのクライマックスのような場面が欲しいのだろうか。

どうする。自分が境陽一の息子だと、この場で社長に告げることと、告げないこと。どちらがふさわしいのか。

社長の期待に応えることに対するメリットは、社長を完全に油断させられることだ。今まで支援してくれたことに対する感謝を述べれば、社長は喜ぶだろう。その後二人きりになりやすいこともある。

しかしデメリットもある。それは、自分と社長の関係を、部外者の優佳に聞かれてしまうことだ。社長が死体で発見されたときに、いくら外部犯の様相を呈《てい》していても、優佳は社長と梶間を結びつけるだろう。そこから彼女がどのような証言をするか、想像がつかない。

では、告げないメリットはあるか。あまりない。梶間は今まで、社内では父親の名前を隠してきた。

創業者の息子というブランドではなく、自分の実力で評価されたかったからだ。それをこの局面でも継続する。その自然さがメリットといえばメリットだ。デメリットは、社長をがっかりさせてしまうことだ。梶間が社長と距離を置いていると認識されると、二人きりになりにくいかもしれない。

それぞれのメリットとデメリット。それらを天秤《てんびん》にかけて、梶間は答えた。

「僕の身体にも、『うだうだ言う前に相手のところに飛んでいけ』というDNAが受け継がれていましてね。格安航空券を使えば、ヨーロッパ出張もさほど経費がかかりませんが、毎回片道十二時間以上エコノミークラスの狭い椅子に押し込められるくらいなら、行きっぱなしの方がましです」

視界の隅に、社長がぴくりと反応するのが見えた。よし。満点の解答だ。優佳に気づかれずに、社長のメッセージに返信できた。自分は境陽一の息子であると、社長に伝えられたのだ。

ひょっとすると、社長は赦免状が欲しかったのだろうか。社長は父を殺している。そして梶間がそのことを知らないと思っている。境陽一の息子が社長に対して感謝の言葉を述べれば、禊《みそ》ぎは済んだと思いたいのかもしれない。

いいだろう。社長には、そう思わせておこう。梶間は頭をかくふりをして、社長を見た。目が合った。ほんの少しだけうなずく。あなたからのボールは受け取ったと。後ほど改めて挨拶するからと。

社長は梶間の意図を察したようだ。やはりほんのわずかに首を動かして、了解の合図を送ってきた。

よし。

これで、後になって社長の部屋を訪れても、社長は意外に思わない。殺せる環境は整った。

＊　＊　＊

休憩の後も研修は続けられた。

午後の後半は、主に会社の財務状態や、拡大政策などについて語られていた。

日向に上がってきたデータによると、理紗を除く三人は、社員向けの通信教育制度を使って、財務の勉強をしている。そして広報部の理紗は業務の一環として、公開された会社の数字は把握している。だから研修生たちは、ソル電機に株主を安心させるだけのキャッシュがあることを、自信満々に説明してくれた。

しかし投資家は甘くない。キャッシュがあるということは、資産の持ち腐れと紙一重だ。持っている資金を使って事業拡大に乗り出さないと、無駄の多い会社ということになる。

拡大政策とは、現業のシェアをより強固なものにするのか、それとも新規事業に乗り出すのかということだ。どちらにせよ自前で行うのか、他社をM&Aで買収するのか。それについての質問がゲストから飛んだ。彼らも二回目の招請《しょうせい》で、事前に勉強してきたのだろうか。まるで本物の投資家のように鋭い質問を浴びせていた。

だから時間が経つのはあっという間だった。話の切れ目で、小峰が立ち上がった。

「じゃあ、今日はこの辺で終了しましょう」

壁の掛け時計は、午後五時十分になっていた。社員たちが大きく息をついた。小峰がその様子を見て笑った。

「疲れたかい？」

「もう、くたくたですよ」

園田が指示棒で肩を叩きながら、力ない笑みを浮かべた。それでもそれなりにパフォーマンスを発揮できたと感じているのか、満足そうだった。

ちょっと待ってねと言いながら、小峰がデジタルカメラを取り出して、ホワイトボードの板書を撮影した。

「今から七時までは自由時間です。部屋で休むなり、談話室でくつろぐなりしてください。入浴もこの時間帯に。七時から夕食ですから、七時になったら、また食堂に集まってください。では、解散」

軽く伸びをしながら、章吾が日向の方を向いた。

「叔父さんは、これからどうしますか?」

日向はステッキを手に取る。

「部屋で休んでいるよ。風呂に入るのは、食事の直前にしよう」

その方がビールがおいしいからね、と続けた。

「じゃあ、しばらくしたら部屋に伺っていいですか? 親父から渡すよう、ことづかったものがあるんです。それから、僕からも」

梶間がぴくりと反応するのを、日向は視界の隅に捉えた。しかし梶間を無視して甥に答える。

「ああ、いいよ。一階のいちばん奥の部屋だ。トイレに入っているかもしれないが、鍵はかかってないから、勝手に入ってくれ」

わかりましたと言って、章吾は真里子と立ち上がった。研修生たちに「それではみなさん、お疲れさまでした」と挨拶して出ていく。続いて優佳も、ぺこりと頭を下げて出ていった。

残された研修生たちは、筆記用具などを片づけながら、お互いの顔を見た。解散と言われても、誰も席を立たない。

「どうします? 反省会とか、します?」

園田が梶間に話しかけた。梶間はシステム手帳のボタンを留めて、園田の方を向いた。

「そうだね。明日の研修内容によっては、やっておいた方がいいかもしれない」

「小峰課長。明日はどんなことをやるんですか?」

理紗が小峰に尋ねた。しかし小峰は笑って首を振った。「まだ内緒」

ええーっ、と理紗が唇を尖《とが》らせる。しかし小峰は笑顔を崩さない。

「そんなことより、社長の講評を聞いた方がいいんじゃないかな」

緩んでいた空気が、途端に締まった。視線が日向に集まる。日向は椅子にかけたまま、ステッキを両手で握る。

「諸君、お疲れさま」

お疲れさまです、と研修生たちが答える。

「ずっと研修を見させてもらったが、君たちはなかなかよくやったと思う。投資家の質問にも、そつなく答えていた。会社のアピールとしては、まずまずだろう」

ここで日向は表情を引き締める。

「しかし、プレゼンの内容が、やや実務により過ぎているように感じられた。それぞれが担当している、個々の仕事を詳しく説明しようとしすぎだ。投資家は専門家じゃない。彼らが知りたいのは我が社の技術ではなく、技術力なのだ。そしてそれが市場に与える影響。君たちは、成果ではなく、社会に対して何をなし得るかを説明しなければならなかった。梶間主事がそれに近いことに言及していたが、まだまだ甘い」

ミーティングルームはしん、となった。研修生たちの視線が、やや落ちる。日向は口調を少し変えた。

「もちろん、最初からそうできたら苦労はない。これまで何回も研修を行ってきたが、君たちは最高レベルの対応をした。週明けからまた通常業務に戻ることになるが、私が指摘した点について、常に念頭に置いていてほしい。将来、君たちが会社の中枢部を担うときのために」

日向が口を閉ざすと、小峰が立ち上がった。「全員、起立!」

がたがたっと椅子が引かれる音がして、全員が起立した。

「ありがとうございました!」

小峰が大声で言うと、研修生たちも「ありがとうございました!」と唱和して、日向に向かって礼をした。日向は軽く手を挙げて応えると、立ち上がる。顔を上げた研修生たちに、笑顔を向けた。

「反省会をするなら、コーヒーを飲みながらだ。酒は、夕食まで我慢だぞ」

くすり、と理紗が微笑むの確認して、日向は研修生たちに背を向けた。出口に向かって歩き出す。社員たち、特に梶間の視線を感じながら、ドアを開けて部屋を出た。

廊下に出ると、ふうっと息をついた。午後いっぱい、それなりに集中して研修に立ち会ったから、さすがに疲れた。

背中が痛い。主治医である原谷の話では、膵臓ガンは背中の痛みが出ることが多いという。そのせいだろう。

もっとも、聞いたからそう思っているだけで、背中は以前から痛んでいた気もする。いや、背中だけではない。身体のあちこちが痛むのだ。ガンがどうこういう以前に、身体が今までの酷使に悲鳴をあげているのだろう。

変な言い方になるが、ガンになるまで、身体がよくもったものだ。日向はそんなことも思う。創業当時から走り続けてきた。自ら招いたこととはいえ、境が死んでからは忙しさに拍車がかかった。それをなんとか乗り切り、会社を軌道に乗せ、発展させ続けた。しかし七十を目前にして、とうとう限界に近づいた。そういうことなのだ。たとえガンにならなくても、いずれ身体が耐用年数を超えていただろう。

いや、むしろ、間に合ったと言っていいのかもしれない。自分の命が尽きる前に、梶間が自分に対して殺意を抱いてくれたのだから。

まさか、由美子が自分よりも先に死んでしまうとは思わなかった。

由美子の病状がいよいよ危なくなってきた頃、日向は由美子を見舞った。由美子は日向や境と一緒に会社を辞めて、ソル電機を興した盟友だから、見舞うのは当然のことだ。しかし自分が見舞うことによって、由美子は思い出してしまった。自分たちの罪を。

　おそらく由美子は、自分の過ちを息子である梶間に伝えたのだろう。由美子の死後、梶間の雰囲気が変わった。四半期ごとの技術報告。その際に日向に向ける視線が、これまでと違っていることに、日向は気づいていた。それまでの恩人を見る目から、より複雑なものに。梶間の視線は複雑さを増していき、やがて殺意を含んだものになった。もちろん本人は注意深く隠していたことだろう。周囲の人間にわかるはずもない。しかし日向は気づいた。なぜなら、日向自身に殺される覚えがあったから。

　そして日向も不治の病に冒された。由美子と同じガンだということに、特別の意味を感じたりしない。日向にとって大切なことは、梶間の殺意が、ガンが日向を食らい尽くす前に成熟したということだ。そう、梶間は間に合ったのだ。

　体力が失われている。自分の部屋まで戻る気力もない。ミーティングルームを出たら、目の前は玄関ロビーだ。椅子に座って、ちょっと休もう。そう考えて、玄関に向かった。自室の反対方向だが、現在位置から最も近い椅子は、そこだ。ちょっと休めば回復する。日向は重い身体を引きずるようにして歩いた。歩くといっても、十歩くらいだ。それだけ両脚を交差させて、玄関にたどり着いた。椅子は、掛け時計の真下に設置した。自然に時計を見上げた。自分の腕時計と時刻を照合してみる。さすが電波時計。秒単位まできっちりと合っている。そのまま視線を下げる。日向が置かせた椅子が、きちんとそこに——。

　ない。

　いや、正確には、椅子はちゃんとある。ただし、時計の真下にではない。向かって左側に一メートルほど、椅子が移動していた。

　どういうことだ？　日向は訝しんだ。午前中、章吾たちを迎えに玄関ロビーに来たときは、椅子は時計の真下に置かれていた。実際にそこに座ったのだから、間違いない。

　研修が始まってから今まで、掃除が入ったりもしていない。誰かが歩いていて椅子にぶつかってしまい、椅子がずれたのだろうか。いや、それならばこんなにずれない。木製の小振りな椅子ではあるが、ちょっと蹴とばして大きく動くほどでもない。しかも一メートルといえば、何者かのはっきりとした意志が介在しないと動かない距離だ。

　それに、誰かがぶつかったのなら、椅子の角度は傾いているはずだ。しかし椅子は移動しているだけで、きちんと壁に沿って置かれていた。そのまま日向が座っても、不便には感じない。そこにも意志が感じられる。誰が椅子を動かした？

　日向が最後に椅子に座ったのは、章吾たちを迎えたときだ。その後、庭に出る際に確認した。庭から戻ってきたときにも確認した。ということは、昼食の直前までは、椅子は本来の場所にあった。自分が玄関を通ったのは、それが最後だ。とすると、午後の研修の間に誰かが動かしたのか。

　日向は首を振る。仮に梶間以外の誰かが椅子が掛け時計の真下にあることに気づいたとしても、掛け時計が落下する可能性には思い至らないものだ。なぜなら、一旦掛けてしまえば、掛け時計の存在は永続的なものだからだ。落下するという発想はない。それを利用して、掛け時計をあえて落下させようという視点がないかぎり。

　日向は深呼吸をした。考えすぎるな。誰かが何かの理由で椅子を動かしたとしても、それは日向を意識してやったことではないだろう。日向の計画は誰にも知られていない。ずれたのなら、戻せばいいだけのことだ。日向はステッキを壁に立てかけて、椅子を時計の真下に戻した。そこに座る。身体の力を抜いた。が、直後に再び身体を緊張させた。

　椅子が移動させられていた。それでは、花瓶はどうだ？

　日向は身体をねじって、花瓶の方を向いた。花瓶は先ほどと変わらず、台の上に乗っていた。安心して、筋肉を弛緩《しかん》させる。ほぼあり得ない可能性だが、もし誰かが日向の計画に気づいていたのなら、花瓶も移動させるだろう。目につかない場所に置くか、それともとっさに握れないように低い場所に置くかだ。それをしていない以上、椅子が移動したのは、別の理由によるものだろう。

少し休むと、なんとか動けるまでに回復した。よし。日向はステッキを握り直し、玄関ロビーを離れた。

自室に戻ると、章吾はまだ来訪していなかった。安楽椅子に掛けて休んでいると、ノックの音がした。小峰のものとは違う音。返事をすると、やはり章吾だった。真里子を連れている。優佳はいなかった。日向は二人を招き入れ、ソファを勧《すす》めた。これでも一応、社長の居室だ。それほど豪華ではないが、他の客室に比べると広いし、応接セットくらいある。日向も安楽椅子からソファに移動した。

「叔父さん、お疲れですね」

からかい半分、いたわり半分の口調だった。日向は苦笑する。

「こっちはじじいだよ。若者のペースについていくのはくたびれる」

では、手早く済ませましょうと言いながら、章吾は手に持った紙袋から、平たい包みを取り出した。

「父から叔父さんへ、とのことです」

受け取って開けると、出てきたのは平皿だった。魚を一匹載せるのに、ちょうどいいサイズだ。既製品ではない。

「これを、親父さんが？」

章吾の父、安東豊が焼いた皿なのかと確認すると、章吾は申し訳なさそうにうなずいた。

「素人《しろうと》の下手《へた》な作品を、プレゼントなんてするなと言ったんですが。そのうち高値が付くから、大切に保管しておくようにとのことでした。すっかり陶芸家気取りです」

日向は声を出して笑った。安東豊は、現役時代とまったく変わっていないようだ。あらためて皿を見る。日向は陶芸の鑑定眼など持ち合わせていない。それでも素人としては、よくできていると思う。漫画だったら、鰯《いわし》一匹載せただけで割れてしまうんだろうけど、安東の作品らしく、頑丈そうだった。

「ありがたくいただいておくよ。ただし、大切には取っておかない。毎日使ってやる」

「その方が、父は喜びます」

章吾は、まるで自分の作品がほめられたように、嬉しそうな顔をした。

日向はこんな甥が好きだった。経営者に必要な酷薄さを持ち合わせていないから、章吾を雇って経営の中心に据えようとは思わない。それでも彼は彼らしい仕事を選んだのだし、こんな年寄りの酔狂につき合ってくれるゆとりも持ち合わせている。いい人間に成長したと思う。

日向は立ち上がって、リビングボードに向かった。もらった皿をブロンズ製の置物の隣に置いて、ソファに戻った。

「それから」章吾は嬉しそうな顔を、照れくさそうな顔に切り替えた。隣に座った真里子が丁寧な仕草で、一通の封筒を差し出した。

ひと目見てピンと来た。結婚式の招待状だ。

「いつだね？」

封筒を受け取って、開封する前に尋ねる。

「十月にしました。暑くなく、寒くなく、天気もよさそうなので」

十月。今が一月だから、九カ月先だ。つまり、仮に梶間が殺さなくても、自分はもう生きてはいない。

胸が苦しくなるような切なさが、突然日向を襲った。彼らが結婚するときには、自分は死んでいるのだ。

自分は死んでいるのだ。

原谷に余命六カ月と診断されてから、正直なところ、自分の死について実感が湧かなかった。締切があるという程度の感覚で、余命を捉えていた。だから自分は泣き崩れなかったし、自暴自棄にもならなかった。それはそれでよかったのだが、今になって突然、死に神に肩を叩かれたような恐怖を感じた。甥と婚約者の最も幸せな瞬間に、自分は立ち会えない。

「――叔父さん？」

章吾の声に、我に返った。顔を上げると、章吾と真里子が心配そうな顔をこちらに向けていた。

「どうしました？　固まっちゃって」

「ああ、いや」

日向は取り繕《つくろ》おうとした。「十月に、何か会社の行事があったかなと、思い出そうとしたんだよ」

「いえ、お忙しければ、無理には」

慌てて真里子が言うのを、日向は制した。

「いえ、万難を排して出席させていただきますよ。絶対に招待しろと言ったのは、私の方ですからね」

ライティングデスクから、老眼鏡とペーパーナイフを持ってきた。封筒を開けて、中の招待状を見る。確かに十月だ。場所は、成城のペンションになっている。兄の秀和が経営する、高級ペンションだ。

「ほう。あそこでやるのか」

章吾が困ったように笑う。

「ええ。兄貴が絶対使えと強要するものですから。仕方なく」

それは秀和の心遣いだろう。成城のペンションは、ホームウェディングを模《も》したパーティに最高だと、雑誌の記事で読んだことがある。ただしいつも人気のペンションだから、借り切ってのウェディングパーティを行うのは至難の業《わざ》だとも書いてあった。秀和は、他の予約を断ってでも、弟のために確保したのだ。おそらく利用料も取らないだろう。弟の結婚を、自分なりの方法で、最高のものにしようとしているのだ。

日向は章吾に笑顔を向けた。「二倍行きたくなったよ。成城の家には、もう二十年近く行っていないからね」

ありがとうございます、と章吾が頭を下げる。

「ところで、今回の研修生だが」日向は話題を変えた。結婚つながりでちょうどよい。

「章吾たちの目から見て、どうだね？　彼らの中から、この後もつき合いそうなカップルは生まれそうかな」

「そうですね」章吾は腕組みをする。「少なくとも、園田さんは『ない』と思います」

「やっぱりそうか」

日向は安心したような、残念なような複雑な気持ちで答える。章吾も複雑な笑顔を返してきた。

「園田さんの目には、出世しか見えていません。つまり、叔父さんしか。彼は堀江さんや野村さんのことを、ライバルとして見ることはあっても、かわいらしい女性社員とは捉えないでしょうね」

章吾の言うとおりだった。日向自身はそんな野心を抱く若手を嫌いではないが、少なくともお見合い研修には向かないタイプだった。

「選抜ミスだったかな」

日向が言うと、章吾は正直にうなずいた。

「でも、彼がものすごく身勝手で、出世のために他の参加者を蹴落とすような人間かどうかはわかりません。職場や私生活では、いい人なのかもしれませんよ。実際、愛想よく快活な感じはしますから。それなりに女性にはもてるんじゃないでしょうか。この研修は社内で、幹部候補生研修と噂されているんでしょう？　そんな研修に呼ばれたからこそ、女性社員に視線が向かないだけかもしれません」

もっとも、自分自身しか見えていないところは、他の状況でも変わらないでしょうが——章吾はそう続けた。

日向はほろ苦い気持ちで、章吾の観察眼が鈍っていないことを喜んだ。甥の園田に対するコメントは、半日の研修を通じて日向が感じたそのままだったからだ。

　日向は心の中で顔をしかめる。カムフラージュとしてのお見合い研修なのだから、もう一人の男性社員には、もっと女性に対して積極的な奴を選ぶべきだったか。多少能力が低くても。しかし研修には小峰が立ち会う。今までの研修の多くを担当し、日向がどのような人物を選ぶかを熟知している小峰が。うかつな人物を選んでしまったら、今度は小峰が怪しむ。そう考えて日向は、複数の候補者の中から、最も若くて活動的な園田を選んだのだ。しかしいくら日向が気に入っても、女性たちがお気に召《め》さなければどうしようもない。

　まあいい。この研修での園田は、周囲に目もくれず自分をアピールするだけの存在でよい。どんな劇にだって、道化は必要だ。

「とすると、残る男性社員は梶間主事だ。彼はどうかな。二人の女性社員に気に入られているだろうか」

　日向はあえて梶間に言及した。園田のことを聞いておいて、梶間を無視するのは不自然だからだ。

「それは保証します」

　今度は章吾も柔らかい表情になった。「堀江さんも野村さんも、梶間さんのことを否定的に見ていません。まあ、今のところは『一目置いている』に近いですが」

「一目、か」

　章吾の言い方がおもしろく、日向は表情を崩した。しかし章吾は逆に変な顔をした。不意に思い出した、そんな感じで。

「そういえば、梶間さんはベルギーに赴任するっていってましたよね。それならつき合うことはできませんか」

「そうでもない」そんな指摘は予想済みだと言わんばかりに、日向は自信満々に答えた。

「出発までに仲良くなれば、超遠距離恋愛ではあるが、つき合い続けることは可能だろう。欧州研究センターに赴任しても、仕事で日本に帰ってくることは、わりと頻繁にあるんだ。だから、月に一回くらいのペースで会える。梶間主事がどちらかとつき合っても、さほど困らないんだよ」

社内の事情を知る小峰と違って、章吾は部外者だ。だから事実をやや歪曲《わいきょく》した。本当のことをいえば、欧州赴任者は、頻繁に帰ってくるわけではない。年に一回、クリスマス休暇に帰ってこられるかどうかだ。しかし研修のメンバー選定がはじめから破綻していることを甥に気取られないように、あえて日向はそう言った。

「梶間主事が遠距離恋愛するとして、どちらの可能性が高いと思う？　堀江主任か、野村さんか」

章吾はやや野次馬《やじうま》口調で答える。

「今のところ、野村さんの方が、より梶間さんを気にしているように見えました。でも研修が終わった後にも頻繁に会ったりするのなら、堀江さんもそういった仲になることは、十分に考えられます。野村さんはわりと感情をストレートに出すタイプと見受けられましたが、堀江さんは内に秘める印象でしたから。内に秘めた感情は、表に出るときは爆発的です。研修が終わったとたんに、即行で梶間さんに電話をかけるかもしれませんよ」

もっともな意見だった。章吾の比呂美評は日向の鑑定とも合致していた。だから日向はうなずいたが、そこで真里子が口を開いた。

「堀江さんといえば、彼女は園田さんが気にくわないようですね」

「というと？」

日向は聞き返した。そこまでは見ていなかった。真里子はうなずく。

「紹介されたばかりの堀江さんは、とても硬い表情をしていましたね。そのときは社長も立ち会う研修に呼ばれて、緊張しているのかなと思いました。その後昼食を挟んで研修が始まると、だんだん慣れてきて、表情もソフトになっていったんですが、唯一園田さんに対するときだけ、表情が硬く戻るのです」

　真里子は難しい顔で言った。笑顔がかわいい女性だが、真面目な表情になると、気難しそうに見えるのが、欠点といえなくもない。

「園田さんって、わりと人がしゃべろうとするのを押しのけて、自分が話しだしますよね。そのときの堀江さんが怒りの表情を見せたんです。ほんの一瞬だけれど、はっきりとした怒りを」

「でもそれは」章吾が横から口を挟んだ。「堀江さんもやっぱり園田さんをライバル視していて、出し抜かれたような気がしたからじゃないのかな」

　もっともな章吾の意見だったが、真里子は首を振った。

「もちろん印象なんだけど、ムッとしたって感じでもなかったの。気分を害したというより、明確な怒り。なんていうかな、あえていうなら、『だからこいつは』に近い気がしたの。堀江さんは園田さんのことをずっと知っていて、ずっと嫌っている。そんな印象を受けたのよ。これは優佳ちゃんも同じことを言っていたから、間違いないと思う」

「ふむ」と章吾は自分の顎をつまみ、日向に顔を向けた。

「叔父さん。園田さんと堀江さんは以前つき合ったことがあって、その後別れたとかいうことはなかったんですか？」

「そこまではわからんよ。一応研修には、近い部署の人間は呼ばない。知らない同士か、知っていても深いつき合いのない人選をしているつもりだ。でも何かのつながりで知り合いになっているかわからないし、部署間の合コンなんかで知り合っている可能性はあるな」

　真里子が首をひねる。

「そうかもしれませんね。でも、仮に以前つき合っていたのなら、園田さんは堀江さんに対して、もっと馴《な》れ馴れしく接する気がします。ほら、男性ってそういうところがあるでしょう？　たとえ別れていたとしても」

「あ痛っ」

章吾がのけぞった。日向にとっても耳が痛いが、納得のできる意見だった。章吾が仲間を見る目で日向を見た。

「実は園田さんは、社内での評判がよくないのかもしれませんね。特に女性社員の間では。そんなことはありませんか？」

「ないな」

研修の参加者を選定する際には、実績や上司の推薦だけでなく、周囲の評判も調査する。いわゆる三百六十度評価というやつだ。もちろん百パーセントいい人なんて存在しないから、候補者を悪くいう意見もある。しかし全体的に見て、これならば異性の社員に紹介しても問題ないと思われる人選をしているのだ。だから園田のキャラクターにやや癖があったとしても、選抜に値《あたい》するという結論を出した。日向がそう説明すると、章吾も真里子も納得の表情を浮かべた。

「そのとおりなんでしょうね。だとしたら、やっぱり調査の網にかからなかった、二人だけの関係があるのかもしれません」

真里子が言うと、章吾もうなずいた。

「とすると、僕たちがしなければならないのは、園田さんに対して堀江さんが爆発して、研修の雰囲気がめちゃくちゃにならないよう気を配ることだね。場の雰囲気がよければ、野村さんにせよ堀江さんにせよ、梶間さんといい関係になりやすい」

「そこまで考えてくれて、感謝に堪えないよ」

日向は素直にそう言った。場の雰囲気をよくしてくれた方が、梶間も動きやすいだろう。

章吾は皿を入れていた紙袋を畳むと、立ち上がった。

「僕たちも、夕食まで部屋で休ませてもらいます」

「そうするといい。そういえば、碓氷さんは一緒じゃなかったね」

　ええ、と真里子が答える。

「一時間ほど外をぶらぶらすると言っていました。結婚報告をするわたしたちに、気を遣ってくれたようです」

「外を？」日向は思わずくり返す。窓の外を見た。カーテンはまだ引かれていなかった。「もう暗いのに」

「あの娘《こ》も大人ですよ」章吾が苦笑した。「ニューヨークじゃあるまいし。出歩いて危険なことはないでしょう。それに、まだ六時前ですよ。平日ならば、余裕で仕事をしている時間です」

「それもそうか」

　温かな笑いを残して、結婚間近の二人は部屋を出て行った。一人部屋に残された日向は、身体を意図的に震わせて、気持ちを引き締め直す。

　章吾の来訪によって、自分の心は揺れた。今までずっと理性的に受けとめていた自分の死に、はじめて感情が反応した。そんな感じだった。

　いけない。泣こうがわめこうが、自分は死ぬのだ。どうせ消えゆく命なら、有効利用しなければならない。感情的になっている場合ではない。

　しかも、今から午後七時までは自由時間なのだ。梶間には、休憩時間に彼の父親について何気なく言及しておいた。父の話をしに来い、というメッセージを送ったつもりだ。そして梶間はこちらを見て小さくうなずいたから、伝わっているはずだ。さらに、夕食直前に入浴することと、部屋の鍵はかかっていないことを、それとなく伝えてある。この時間帯に、彼が襲いかかってくる可能性は十分にあるのだ。部屋に置いてある、ブロンズ製の置物や、刃先の鋭いペーパーナイフを使って。日向は時計を見た。午後五時四十六分。

　今から一時間以内に、自分は死ぬかもしれない。

＊　＊　＊

社長が出ていった後も、社員たちはミーティングルームに残っていた。途中で小峰が、夕食を作りに来たレストランスタッフの相手をするために出ていって、部屋には研修生四人が残された。

「で、どうする？　反省会」

梶間が言うと、比呂美が眼鏡の位置を直しながら答えた。

「必要なさそうですね。社長はご講評の最後に、このアドバイスを今後の業務に活かせとおっしゃいましたよね。まだこのテーマを続けるのなら、そんなまとめの言葉は使わないと思います。明日の研修は、まったく違う内容が待っているんじゃないでしょうか。だったら、今日の反省会はあまり意味がありません」

「賛成」

梶間は同意した。比呂美の分析は正しい。

「そっすね」と言って、園田が立ち上がった。

「じゃあ、俺は部屋に戻ります。ノートパソコンを持ってきているから、今日のレポートを書きます」

その言葉に、理紗は首を傾げる。

「あれ？　上の方にレポートの提出を求められましたか？」

「そんなことないよ」園田は年下の女の子に向ける笑みを浮かべた。要するにほんの少しだけ見下した笑みを。「そもそも小峰課長のメールには、この研修のことを他人に言うなって書いてあっただろう？だから、部長にも言ってないよ。部長は、俺が研修に参加することを知らない。レポートはあくまで、自分を向上させるため」

「立派だね」

梶間は感心を装う。園田は「いえ、こうでもしないと進歩しませんから。俺は技術屋さんじゃないから、ヨーロッパ赴任もできませんし」

言葉に、ほんの少しの毒が混じっていた。梶間が聞き流すと、園田は「では」と言ってミーティングルームを出て行った。

残った三人は、顔を見合わせた。

「なんというか」理紗がつぶやいた。「園田さんって、切れ者なのに、抜けたところがありますよね」

理紗の口調には毒はない。どちらかというと、面白がっているようにさえ聞こえた。梶間には、理紗の言いたいことがわかった。

「この研修が噂どおり幹部候補生研修なら、上司の推薦があったはずだ。だから園田くんが参加することを、上司である企画部長が知らないことはありえない。どうして彼は、部長が知らないと思えるんだろうね」

理紗が嬉しそうに微笑む。発言の意図を梶間が理解したからだろう。園田の言葉で部屋の雰囲気が暗くなったのなら、それを吹き飛ばす明るい笑顔だった。

しかしその明るさを、比呂美がさらに吹き飛ばした。

「園田さんは、自分を選ばれた者にしておきたいんでしょう。だから秘密にしたい。誰にも知られずに、こっそり優越感に浸《ひた》りたい。そういうことです」

強烈な毒に、理紗がのけぞった。

梶間もちょっと驚いた。比呂美は確かに、ちょっと冷たいくらいが似合うタイプの女性だ。けれどこれほどきつい言葉を吐くとは、梶間も想像していなかった。悪意に満ちた言葉だ。比呂美は「そういうことです」と断言した。明日も一緒に研修をする立場としては、フォローしておく必要があるだろう。

「園田くんが想像しているように、あるいは社内で噂になっているように、この研修は本当に幹部候補生研修なのかな。『選ばれた者』である堀江さんは、どう思う？」

比呂美は我に返ったように梶間を見た。自分の発言が不穏当だったと気づいたのだろう。眉間《みけん》にしわを寄せて笑顔を作った。

「微妙ですね。園田さんじゃありませんが、梶間さんが欧州研究センターに赴任されると聞いて、なるほど社長に呼ばれる人は違うなと感じましたが、わたし自身は特に優秀というわけではありませんから。わたしは営業部といっても、顧客管理が仕事です。業績が形になるような部署じゃありません。そんな部署の人間がここにいるということは、決して幹部候補生を選んだわけじゃないという気もします」

「別に間接部門が優秀じゃないなんてことはないよ」

梶間が言うと、比呂美は「まあ、そうですけど」と口ごもる。言葉とは裏腹に、彼女にも自分の能力に対する自負があるのだろう。実際そのとおりだと思う。研修で比呂美自身が言ったことだが、無停電電源装置の納入は、導入した企業にとってセキュリティに属する事項だ。いつ、どんな機器を、どこに設置したかは、一切外部に漏らしてはいけない。だから顧客管理は、病院や銀行と同じか、それ以上の機密性が必要となる。比呂美はそんな業務を任されているわけだから、部門長の信頼は篤《あつ》いと考えていいだろう。

「選考基準があるんでしょうね」理紗が天井を睨んだ。「実はここに来る前に、以前参加したことのある先輩に、こっそり聞いたんです。たまたま近くにいたもので。先輩によると、今までの研修も、同じだったらしいです。男女同数、部署もバラバラ」

「それは、出世には性別や部署は一切関係ないという、社長の意思表示なのかな」

言いながら、梶間はそれが間違っていることに気づいていた。案の定、理紗が否定してくれる。

「それなら、誰が研修に参加するかを、社内に公表すると思うんです。でも、秘密にしろという。この研修って、なんなんでしょうね」

「少なくとも、普通の業務では接点のない部署の人と話ができるのは、有益でしたが」

比呂美がコメントする。園田に対する発言に比べると、ずいぶんとソフトな言い方だった。

梶間は、この研修が幹部候補生研修であることは、間違っていないと思っている。半日程度の研修で、三人とも優秀な社員であることを実感したからだ。

参加者の中で、開発系の社員は自分だけだ。だから技術や製品知識に関しては、梶間が最も詳しい。しかし優秀かどうかの判断基準は、そんなことではない。見るべきなのは、視野の広さと先を見通す思慮深さだと、梶間は考えている。一緒に仕事をしていて最も困るのは、目先のことしか見えない短慮な奴だ。半日間研修をしていて、その種の苛立《いらだ》ちをまったく感じなかったことは、それだけで彼らの優秀さを表していた。

しかし理紗が疑問に思っているように、なんらかの選択基準が別にあるような気もしている。そう感じる理由はふたつ。ひとつは理紗が不思議がっているように、なぜ幹部候補生研修を内緒でやらなければならないのかということ。そしてもうひとつは、研修内容のぬるさだ。確かに経験したことのない作業をしたし、それなりに頭も使った。けれど最初に感じたように、しょせんゲームに過ぎない。この会社の幹部は、この程度のことをやればいいというのか。そんなはずはない。これではまるで親睦《しんぼく》会だ。

社長の狙いはいったい何か。それを知ることができれば、より殺害成功の可能性が高まる。そんな気がしていた。

しかし、知らなくても実行はできる。そして逮捕されないことも。参加者たちは、梶間が境陽一の息子であることを知らない。梶間が日向社長に殺意を持っていることも知らない。だったら、どのような基準で選ばれようが、関係ない。彼らには、邪魔をしないでくれと祈るばかりだ。

理紗が大あくびをした。それを横目に梶間は立ち上がった。

「じゃあ、解散しようか」

体勢を戻した理紗が梶間を見る。「梶間さんは、これからどうされますか？」

まさか、「社長を殺しに行く」とも言えない。「ひと眠りするかな」とだけ答えた。それならば、邪魔される心配はないだろう。部屋に戻って、これからの行動について、考えをまとめなければならない。

「堀江さんと野村さんはどうするの？」

わたしも寝ようかな、と比呂美が言うと、理紗はつまらなそうな顔をした。

「談話室にテレビと雑誌があるから、わたしはそこにいます。といっても、お風呂の時間もあるから、六時過ぎまでしかいませんけど」

掛け時計の針は、午後五時四十分を指していた。

三人でミーティングルームを出た。隣接する食堂の横を通りすぎて、斜め向かいが談話室だ。理紗が立ち止まって、談話室のドアを開ける。

「じゃあ、夕食時に」

梶間が声をかけると、理紗が微笑んだ。

「メニュー、楽しみですね」

子供みたいな言葉に、思わず頬が緩む。理紗はそのまま談話室に消えた。比呂美は階段を上っていき、梶間は一〇三号室に戻った。システム手帳と筆記用具をライティングデスクに置いて、自分はベッドに寝転がる。

午後七時まで、一時間と十五分あまり。はたして、この時間帯に社長を殺すべきだろうか。

チャンスがあれば、それを逃す必要はない。それは基本姿勢だが、殺害後に逃げ切ることを考えた場合、今が最適なタイミングなのかどうかについては、検討の余地がある。

現在は自由時間というくらいで、滞在者は全員どこかにいる。どこかにいる、ということは、どこかにでも現れうるということだ。社長をうまく殺害できたとしても、社長の居室から出るところを誰かに見られてしまっては、どうしようもない。ドアの前で耳を澄ませば、スリッパが廊下を打つ音が聞こえるはずだ。しかし人を殺した直後で、興奮した聴覚が微妙な音を聞き取れるか、自信がなかった。

もうひとつ。社長が一人かどうかという問題がある。殺害のために部屋を訪ねたはいいが、そこに甥の安東がいたらどうする。もちろん殺せない。そればかりか、一介の社員が社長を訪問したことが、安東に強い印象を残してしまう。父のことを話したなら、訪問の理由に不自然さはなくなる。しかし印象はさらに強まるだろう。それは、あまりいいことではない。

このふたつの欠点を、解消できるだろうか。梶間は少し考え、思いついた。

キーワードは、風呂だ。

午後七時の夕食開始までに入浴を済ませておくよう、小峰は言っていた。その言葉に、全員が従うだろう。おそらくは、ゲストの安東と真里子、そして優佳も。すると、どこかの時間帯で、全員が入浴していることはあり得ないか。

研修生たちは、たった今までミーティングルームにいたから、そんなに早く入浴を終えない。女性の場合は時間もかかる。安東が社長の部屋を訪問したとしても、風呂に入る時間までには戻るだろう。とすると、午後七時に入浴を終えておくためには、午後六時三十分前後は、全員が自室にいる可能性が高い。夕食を作りに来ているレストランのスタッフは別だが、彼らは廊下には出てこない。つまり、その時間帯に誰かに見られる可能性は、きわめて低くなるのだ。

後は社長次第だ。社長は安東に対して、自分が部屋にいなくても勝手に入って待っていてくれ、と言った。それは、社長は居室に鍵をかけていないことを意味している。自分が部屋にいて、しかも入浴中にはどうだろう。安東が退出した後、あらためて鍵をかけている可能性と、やはりかけていない可能性の両方がある。

——よし。

こうしよう。午後六時三十分になったら、社長の部屋に行ってみる。そっとノックをして、返事があれば、社長はシャワーを浴びている最中ではない。しかも起きている。それならば部屋に入って殺す。返事がなければ、ドアノブを回してみる。開けば、入る。そしてシャワーを浴びているか、それとも眠っている社長を殺す。鍵がかかっていれば、すぐさま退散する。それならば、誰かに見つかる可能性は低い。

今から、社長を殺す。

両親の無念を、晴らすことができるのだ。

梶間の精神は高揚した。いよいよ悲願を達成できるという実感が、梶間の心を躍《おど》らせた。

しかし。梶間は自らの高揚にブレーキをかけた。

もうひとつリスクがあることを思い出したからだ。

理紗が談話室にいる。本人は六時過ぎまでいて、入浴のために部屋に戻ると言っていた。しかし暖房の効いた談話室で、うたた寝をしていたら？　先ほど理紗は大あくびをしていた。慣れない研修で疲労した彼女が、談話室で眠り込む可能性は低くない。そして一時間ほど眠って目覚めたなら、ちょうど梶間が社長室の前にいるところを見られるかもしれない。それを防ぐためには、どうすればよいのか。

そうだ。理紗を談話室で寝かせなければよい。梶間がこれから談話室に行って、十五分ばかり理紗の相手をする。そして六時を過ぎたら、そろそろ時間だよと言って、部屋に帰せばいい。そうすれば、午後六時三十分には、談話室には誰もいなくなる。

そうと決めたら、早めに動こう。梶間は鍵を持って部屋を出た。談話室から直接社長の居室に向かうつもりはないから、紙片の入った封筒は持っていかない。同じ一階だから、談話室はすぐだ。

梶間が部屋を出る理由はもうひとつあった。最初から決めている、外部犯の可能性を残すこと。具体的には、窃盗目的で侵入してきた人間が社長に発見されてしまい、殺害してしまうというストーリーだ。

外部犯はどうやって入ってくるのか。手段は三つ。ひとつはピッキングなどで鍵を外して入ってくる。ふたつ目はガラス切りで窓の鍵付近のガラスを切り取り、できた穴から手を突っこんで、鍵を開けて入ってくる。三つ目は、鍵がかかっていないところを見つけて入ってくる。

梶間が採用したのは、最後の可能性だった。梶間はピッキングの技術を持っていないし、ガラス切りを持参しているわけでもない。だから誰にもわからないように、こっそりとどこかの鍵を開けておく必要があると感じていた。もちろん内部から手引きした人間がいると思われては困るから、自然な形で鍵を外すのが望ましい。

そこで思い出したのが、窓にクレセント錠が使われていることだった。クレセント錠は、鍵をかけたつもりでもかかっていないことがある。窓を完全に閉め切らないうちに半円形の錠を回すと、受け具を錠が捉えきれずに回ってしまうのだ。しかも回した人間は鍵をかけたつもりになっているから、気づきにくい。梶間はどこかのクレセント錠をこっそりそのような状態にしておいて、社長殺しの犯人がそこから侵入した可能性を残すことにしていた。

これは社長を殺害する前にやっておかなければならない。だから梶間は、理紗を部屋に追い返すついでに、その作業も済ませてしまうつもりだった。

狙い目は談話室と喫煙室だ。どちらかといえば、喫煙室の方がいいだろう。喫煙室は、換気のために、頻繁に窓を開け閉めする場所だ。そのうちの一回で鍵をかけ損《そこ》なっても、不自然ではない。最近保養所を利用した人間がうっかり鍵をかけ損って、以来そのままということはあり得る。リスクがあるとすれば、梶間は喫煙者ではないから、喫煙室に出入りしているところを目撃されると、そこから鍵を外したのが梶間だと、容易に推測されてしまうことだ。だから喫煙室の鍵を外すのなら殺害の直前、誰も廊下には出てこないだろうと考えられる時間帯だ。そんな勝負どころに余計な作業を入れたくないのなら、理紗を追い出してすぐに談話室の鍵を外す。どちらを選ぶにせよ、状況次第だ。

談話室に入ると、理紗が驚いた顔で梶間を迎えた。

「どうしたんですか?」

理紗は膝に女性誌を広げていた。梶間は椅子にかけながら答える。

「六時のニュースを観《み》ようと思ってね。ここは個室にテレビがないから」

理紗は納得したようだったが、視線を雑誌に戻そうとはしなかった。

「梶間さんって、ヨーロッパに行っちゃうんですね」

そんなことを言った。梶間はうなずく。

「そうだよ」

「いつ頃の出発ですか?」

「ビザが下り次第出発なんだけど、来月には下りると思う」

理紗が力なく笑う。

「残念ですね。こうして知り合えたのに、すぐにいなくなっちゃうなんて」

どう答えていいのか、よくわからない発言だ。とりあえず機械的に答えることにした。

「知り合ったも何も、前から僕のことは知ってただろう?」

しかし理紗は首を振る。

「そうなんですけど、こうやって長い時間一緒にいて、お話もできたのは初めてですから。あ、でも、栄転なんですよね。残念なんていったら失礼ですね」

そんなことはないよ、と梶間は答える。会話の内容があまり自分に偏《かたよ》るのもよくないけれど、まずは理紗と会話を続けることが大切だ。

「不安いっぱいだよ」梶間はくだけた口調で言った。

「ベルギーはフランス語とオランダ語らしい。仕事は英語でなんとかなるとしても、日常生活ができるかどうか、まったく自信がない」

「勉強されてるんですか？　フランス語かオランダ語」

梶間は首を振る。「全然。通常業務が忙しすぎて、それどころじゃない」

「あらあら、大変ですね」

顔を見合わせて、笑った。笑いながら、視界の隅に掛け時計を捉える。午後五時五十五分。もう少し経ったら、理紗に言おう。そろそろシャワーを浴びた方がいいかな、と。

「野村さんは、海外に行ったことは？　仕事じゃなくて、プライベートで」

「わたしですか？　わたしは、卒業旅行でイギリスに行きました。海外といえば、それだけです」

「イギリスか。ロンドン？」

「ええ。大英博物館に行ってきました」

「大英博物館なら、僕も行ったことがある。学会の合間にちょっと寄っただけだったから、全部は見られなかったけど」

「ほんっとに広いですものね」

「印象に残ったのは、日本人観光客の、おばさんの大声だけだったな」

また二人で笑う。

よしよし。いい感じで会話できている。そろそろかな。

梶間が入浴の話題を切り出そうとした瞬間、ノックの音がした。返事をすると、入ってきたのは優佳だった。

優佳は梶間と理紗がいることを認めると、あからさまに困った顔をした。

「えっと、お邪魔でした？」

そう言って、ゆっくりと後ずさりする。梶間は慌てて大声を出した。

「いえ、全然邪魔じゃありません。どうぞ」

こんなところで妙な誤解をされてはかなわない。理紗もちょっと高い声で「どうぞ」とくり返した。優佳は「では失礼して」と談話室に入ってきた。

「ふうっ。暖かい」

そんなことを言った。見ると、片手に厚手のコートを抱えている。それを理紗が見咎《みとが》めた。

「碓氷さん、どうなさったんですか？」

コートを抱えているということは、外出する前か、外出した後かだろう。そして「暖かい」と言った以上、優佳は外に出て、戻ってきたところらしい。

理紗の質問の意味は、優佳に正確に伝わったようだ。優佳はちょっと外を散歩してきたのだと答えた。

「熱海にはあまり縁がなかったので、そこらをぶらぶらしてきました。といっても、近所の商店街だけですが」

「何かありました？」

「いえ、特には。でも、やっぱり観光地の匂いがしますね」

「観光地ですものね」

笑いが起きる。

理紗が時計を見た。

「六時ですね。梶間さん、ニュースを観るって言ってましたね」

それを聞いた優佳が、少しだけ目を大きくする。

「そうなんですか。わたしもニュースを観に来たんです」

——え？

ということは、優佳はここに居座るつもりか？

事情を知らない理紗が「それはちょうどよかった

ですね」と言いながら、リモコンを操作してテレビをつけた。テレビでは、ニュース番組が始まる直前のCMをやっているところだった。

困ったことになったな。

このままニュースが終わるまでいられたら、六時半になってしまう。女性が三十分で入浴とその後のメイクを済ませられるはずもないから、おそらくニュースが終わっても、彼女たちは風呂に入ろうとしないだろう。梶間は不自然にならないよう質《ただ》してみた。

「二人とも、お風呂は大丈夫ですか？　小峰課長はこの時間に入浴するよう勧めていましたが」

理紗は手で口を押さえて「あっ」と言ったが、優佳はまるで質問を予想していたように答えた。

「大丈夫です。わたしは寝る前にいただくつもりですから。ほら、今夜は懇親会があるでしょう？　暖房の効いた部屋でお酒を飲むと、汗をかいてしまいますから、寝る前の方が効率的です」

「……」

万人を納得させてしまう説明だった。

「なるほど」理紗も腕組みをしてうなずいた。「わたしもそうしよっと」

それは困る。それでは、この時間帯に社長を殺せないじゃないか。

そう思ったが、もちろん口には出せない。

梶間の戸惑いを察したか、優佳が軽そうな笑いを浮かべた。

「あっ、ひょっとして、梶間さんは野村さんと一緒にお風呂に入るつもりだったんですか？」

「ええーっ！」

理紗が素《す》っ頓狂《とんきょう》な声を出した。顔が真っ赤になっている。

「そんなわけないでしょう」

梶間は苦笑混じりに答える。「ただ、女性の入浴は時間がかかりそうだから、老婆心ながら申し上げただけです」

しかし優佳の表情は変わらない。

「なるほど。野村さんの入浴はいつも時間がかかる、と。梶間さんはそれを知っているわけですね」

梶間は苦笑を続けざるを得ない。優佳が賢いのはわかった。よく頭が回り、その場その場で最も効果的な発言をする。そんなことを言われてしまっては、反論したら余計に真実らしいではないか。しかも優佳はそれを知っていて、あえてからかっているのだろう。困ったものだ。

困ったのは理紗も同様だったようで、両手をぶんぶんと振り回しながら反論した。

「いえっ！　いえっ！　わたしと梶間さんは、そんな関係じゃないですっ！」

優佳はわざとらしく目を丸くした。

「えっ、違うんですか？」

「はい」

ふうー、ふうーと大きく息をしながら、理紗が答える。そんな理紗に、優佳は追い打ちをかけた。

「いえ、この部屋に入ろうとしたときに、お二人がとても親密そうだったから、てっきり……」

ここは冗談に紛《まぎ》らせた方がいい。梶間はそう判断した。

「親密そうでしたか。『親密そう』ではなくて、本当に『親密』だったらよかったんですが」

優佳が本当におかしそうに笑った。

「応援してますよ」

理紗が困り果てたようにこちらを見る。その顔を見て、どきりとした。

理紗が、これまでにないくらい、魅力的に見えたからだ。

結局梶間は、社長を殺すことも、どこかの鍵を外すこともできずに、談話室で女性二人とニュース番組を観ながら歓談する羽目になった。収穫らしいものといえば、書棚に取引先の社史があるのを見つけたくらいだ。大きくて重そうな、社長を殴るのにちょうどよさそうな本を。それだって、最適な武器だとは思えない。

なかなかうまくいかないものだ。

梶間は心の中でため息をつく。でも、これが現実だ。やはり事前に細かい計画を立ててこなくてよかった。

結局、この時間帯が殺人に不向きだったということだ。勝負は夜だ。皆が自室に退《ひ》けてからがいい。むしろ夜の方が、社長に昔話を切り出しやすいだろう。疲れてアルコールの入った社長は、思い出モードになるに違いない。就寝時刻を延ばして、つき合ってくれるだろう。梶間は、気持ちを切り替えた。

「あら」理紗が時計を見て声を上げた。「もう、六時五十五分ですね。そろそろ食堂に行かないと」

「『五分前行動』ですか」

優佳の言葉に、理紗は大真面目にうなずいてみせた。

「ええ、我が社の徹底事項です」

梶間は腰を上げた。

「では、食堂に移りましょう。碓氷さん、ここの夕食はレベルが高いですよ」

優佳が微笑みを返す。

「それは楽しみです」

梶間たちが食堂に入って二分後に、社長が現れた。目が合う。目礼する。

午後六時五十八分。梶間は未だ日向社長を殺せていない。

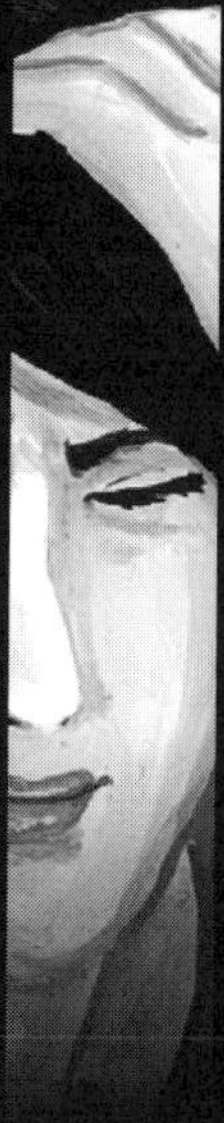

第三章

懇親会

その日、境陽一は機嫌がよかった。

日向貞則が外回りを終えて会社に戻ったときには、すでに夜の十一時近くになっていた。事務室には誰もおらず、研究室にも境一人しか残っていなかった。

「なんだ、まだ残っていたのか」

日向は作業を続ける境にそう声をかけた。

あの夜以来、日向はできるだけ、境と話をしないようにしてきた。罪の意識が、日向に境の目を正面から見るという、会話の際にあたりまえのことをさせなかったのだ。

かといって、社長と副社長の間に会話がなければ、会社は動かない。だから日向は多忙を言い訳に、事務的かつ簡潔な話で済ませるようにしていた。境は境で、研究が佳境に入っていたときだったから、日向の様子が多少以前と違っていても、気にもしなかったようだ。

境は、あの夜のことに気づいていない――日向はそう判断していた。境の妻、由美子が自ら告白するはずはないし、自分も懺悔《ざんげ》するつもりはなかった。なにより境の日向に対する対応が、以前と同じように屈託がなかったからだ。

境に対して、すまないと思う気持ちはある。盟友の出張中に、その妻とベッドを共にしてしまったのだ。これが裏切りでなくて、なんだというのか。

しかし同時に、境に対する怒りの気持ちもあった。境が由美子のことをもっと大切にしてあげていたら、由美子が不安定になることはなかった。もしそうだったなら、あの夜の由美子が道を踏み外すことはなかったのだ。身勝手な意見だとわかっている。責任転嫁したいだけということもわかっている。けれど、日向はそう思わずにはいられなかった。

申し訳ないと思うと同時に、怒りも感じている。そんな複雑な感情を抱えたまま、日向は境と接してきた。そして今夜、日向は境と二人きりで会社にいる。

境は手に紙の束《たば》を持っていた。隈《くま》のできた顔で日向に笑いかける。

「いい感じのデータが出てきたぞ」

境はふらふらと近づいてきて、データがプリントアウトされた紙を日向に差し出した。それを受け取る。ずらりと並んだ数値に視線を走らせた。

「なるほど。とうとう、ここまで来たか」

プリントアウトを境に返す。境は「いけるぞ、日向」と油の付いた手で日向の肩を叩いた。スーツが油で汚れてしまい、日向はわずかに眉をひそめた。

境は妙に上機嫌だ。実験がうまくいったからといって、普段の境はこんな顔をしない。なにか、いいことでもあったのだろうか。日向がそう尋ねると、境は照れたような笑顔を見せた。

「実はな」声がやや小さくなる。「生まれるんだ、俺たちの子供が」

ぞくりとした。すうっと脚から力が抜けていく。まさか。まさか？

「やったじゃないか」

内心の動揺を隠して、日向は言った。境は日向の心情にまったく気づかぬ様子で、ありがとうと答えた。

「今、何カ月なんだって？」

境は指を三本立てた。「三カ月らしい」

三カ月。境が北海道に足止めを食ったのは、二カ月前だ。つまり、計算が合わない。ということは、由美子の妊娠は、自分の責任ではない。日向は全身で安堵《あんど》した。途端に気持ちが軽くなる。

「なんだ、忙しいとか言っておきながら、やることはきちんとやっていたのか」

「まあな」境が笑う。「実は、名前ももう考えてあるんだ。男なら晴征、女なら光恵《みつえ》。どっちも太陽に関係した名前だぞ」

いい名前だな、と日向はコメントした。

これは、自分にとって吉報なのだろうか？　日向は考える。境が由美子の妊娠を不審に思わないということは、言葉どおりのことをやっていたのだろう。そしてめでたく境家には子供が生まれる。これであの夜のことは「なかったこと」になるだろうか。そうであってほしいと、日向は真剣に願った。

しかしそれと同時に、境に対する苛立ちを感じた。境は由美子を抱いていながら、彼女の心を満たしてやっていない。境よ、そこに愛情はあるのか？お前は、欲求を由美子に吐き出しているだけではないのか？　お前は、由美子の寂しさに気づいていないのか？

だから、つい口をついて出てしまった。

「それなのに、こんなに遅くまで働いていていいのか？　奥さんの傍にいてやらなくていいのか？」

境はやはり日向の気持ちに気づかない。

「今は、男がついていても、役に立たないよ。それより生まれてくる子供のためにも、バリバリ働かないとな」

その答えに、日向の苛立ちは振幅を増す。それで思わず強い口調になった。

「もう帰れよ。梶間のためにも」

日向は由美子のことを、境と結婚した今でも、ときどき旧姓で呼ぶ。彼女が梶間由美子だった頃から知っているからだ。そのことは境も知っているから、不審げな顔をしなかった。境が見せたのは、不思議そうな表情だった。

「どうしたんだよ、日向」そんなことを言った。データのプリントアウトを、右手で叩く。

「こんなにいいデータが出たんだぞ。もう少しだ。軸受けに使う油が、これで決まる。ソル式フライホイールの完成だ。今が追い込みの時期なんだ。帰ってなんかいられるか。日向、もう少しだぞ。ずいぶんお前を待たせたが、もう少しで実用化できる。蓄電回路を担当している連中も、仕上げ段階だ。そしたら、世界のどこにもない、新しい無停電電源装置ができるんだ。俺たちの勝ちだ。日向、いけるぞ」

境はハイになっていた。無理もない。子供ができた上に、実験で最高のデータを得られたのだ。今までの苦労を思うと、彼にその資格はある。

しかし境がハイになればなるほど、日向の心は沈んでいく。なぜだ。境の成功は自分の成功でもあるのに。原因はわかっている。由美子だ。この成功は、由美子の犠牲の下に成り立っていることを、自分は知っているからだ。境よ、お前はそのことに気づかないのか？

「いけるぞ、日向。ついに俺たちの時代がやってきたんだ」

境はぎらぎらした目で、両手で日向の両肩をつかんだ。油まみれの手で。

瞬間、日向の頭を、苛立ちと嫌悪が支配した。まったく無意識のうちに、日向は境の両手を払いのけていた。突き飛ばす格好で。

その夜、境の疲労はピークに達していた。疲労のピークだったからこそ、あれだけハイになっていたともいえる。だから日向が突き飛ばしただけで境は大きくよろめき、二、三歩後ろに下がった。足が重心の移動についていけず、境は後ろに倒れた。しかし境は床に背中をつけることができなかった。背後には、実験機械があったからだ。

嫌な音が、研究室に響いた。

境は後頭部を実験機械に思い切り打ちつけていた。境は目を見開き、そのままずり落ちていく。最終的には、実験機械を背もたれに、床に座り込む形になった。

「おい、境！」

思わず駆け寄る。境の身体を揺する。しかし反応がない。

たまらない恐怖が、日向を襲った。

境は死んでいた。

日向もまた、へたり込む。なぜ境は死んだ？　自分が彼の両手を払ったからだ。それで境は転び、機械に頭を打ちつけたのだ。つまり。

自分が殺した。

頭が真っ白になった。何も考えられない。日向はしばらくの間、ただ呆然としていた。

どのくらい時間が経過したのか。徐々に日向に思考能力が戻ってきた。

逃げなければならない。そう思った。自首するという発想は、まったく浮かばなかった。境が死に、自分が逮捕されてしまったら、ソル電機は崩壊してしまう。それは避けなければならなかった。

逃げるといっても、逃亡するわけじゃない。それでは逮捕と変わらない。ソル電機の社長に留まり、業務をこなしながら、しかも逮捕されない。そんな状況を作り出さなければならない。どうやって？

自分には殺意はなかった。だから法的には殺人にはならないかもしれない。しかし過失致死罪には問われるだろう。つまり罪だ。今の日向の立場では、到底受け入れられない。

だったら正当防衛はどうだ。日向のスーツには、境が触れたときの油汚れが付いている。境が襲いかかってきたから、日向が防御行動を取った。それが原因で境は死んだ。これなら、一時的に拘束されても、自分は無罪になる。

いや、ダメだ。有罪か無罪の問題ではないのだ。設立したばかりのソル電機で、スキャンダルは絶対に起こしてはならない。それに、警察が本気で捜査したなら、あの晩自分と由美子がホテルに入ったことを突き止めるかもしれない。そうしたら、正当防衛もなにもあったものではない。痴情のもつれから日向が殺害したと決めつけられるだろう。では、どうすればいい？

事故だ。境の死体を見て、日向はそう思った。境は後ろに転んで、機械に頭を打ちつけた。それは日向が境の手を払いのけなくても、起こりうることだ。たとえば、どんなとき？

周囲を見回す。境はフライホイールの軸受けで発生する摩擦を、極限まで抑える研究をしていた。具体的には、軸受けに溜める、最適な油の研究。そのため、研究室には様々な油が集められていた。それを実験に使っているものだから、研究室の床のあちこちには、油が落ちている。それならば、境の足下に落ちていても不思議はない。

日向は立ち上がると、実験台に載っていた缶をひとつ取り上げた。中に油が入っていることを確認すると、慎重に位置決めをして、少量垂らした。缶を実験台に戻すと、次に境の靴を脱がせる。右だけでいい。境の靴の、かかと部分。そこを油の落ちた床に強くこすりつけた。それにより、境が油で足を滑らせた状況が完成した。これでいい。日向は靴をもう一度境に履《は》かせた。

自分は、外回りを終えて帰ってきた。そしてまだ実験を続けるという境を残して、一人で帰宅した。境はその後、床のこぼれた油に足を滑らせて転倒し、頭を実験機械に打ちつけた。

それが、日向がとっさに考えたシナリオだった。警察が信じるかは、賭けだ。とにかく、そういって押し通すしかない。日向は周囲の様子を窺いながら、そっと外に出た。

そして日向は、賭けに勝った。

「うわーっ」

野村理紗の歓声が食堂に響いた。理由は簡単。彼女は夕食のメニューに感動したのだ。

熱く焼けた鉄板の上に、巨大な牛肉が載っている。いわゆるビーフステーキだ。今どきの若い者がステーキくらいで感動するわけもないけれど、それでも喜んでしまうほどのボリュームを、目の前の牛肉は持っていた。栄養のあるものをたくさん食べるのはいいことだ。みんな、しっかり食べなさい――

日向はそんなことを考えた。

膵臓ガンになると、消化吸収がままならなくなる。日向も体重の減少が進んでいた。それでも一人だけあからさまに別メニューだと、周囲に病気のことを気づかれてしまう。だからこの研修中は、通常食を食べるようにしていた。日向の病気を知る小峰哲が、気を利かせたのだろう。特別に柔らかい肉が、日向の目の前の皿に載っている。その代わりサイズは小さい。たくさんは食べられないから、それでいい。

「じゃあ、冷めないうちにいただこうか」

小峰哲が号令をかけ、瓶ビールの栓が抜かれた。お互いがお互いのグラスに注ぎ合う。和気あいあいの雰囲気で、夕食は始まった。

日向は牛肉の小片をゆっくりと嚙みながら、ちらりと梶間晴征を見る。

結局、梶間は自由時間に来なかった。


ミーティングルームで、甥の安東章吾が日向の部屋を訪問すると言ったから、避けたのかもしれない。それでも全員が入浴すると思われる午後六時三十分前後には、やってくると予想していたのだが。

おそらく梶間は、他の人間も起きて活動している時間帯に行動を起こすのは、リスクを伴うと考えたのだろう。それならば夜だ。今夜か、明日の夜。梶間はやってくる。

「期待してよかった」

理紗がそんなことを言いながら、肉を切っている。理紗の隣には梶間、正面には碓氷優佳と国枝真里子が座っていた。昼食のときと同じ席順だ。人間の心理というのは面白いもので、最初に決まった席順を、無意識のうちにトレースしてしまう。バス旅行などでも見られる傾向だ。だから日向の正面には園田進也が座り、日向と小峰を相手に、食事中だというのに会社の話をしていた。自分は二十四時間会社のことを考えていますよ、というアピールだろうか。それならば、やめておいた方がいい。周囲が退く。

二十四時間か。

思えば、日向自身がそうやって生きてきた。起業したときからそうだったし、境を殺してしまってからは、その事実から目を逸らせるように、さらに懸命に働いた。もっとも、ソル電機において懸命に働くということは、境の成果を世界中に売り歩くということだ。だから日向は、二十四時間、自分が殺した相手のことを考えていたことになる。それが三十年間続いたのだ。

逮捕への恐怖から、日向の行動は慎重になった。いつも監視がついているような気分だったのだ。酒を飲んでも乱れることがなく、他人に対する態度も、目上目下にかかわらず丁寧なものになった。そうやってトラブルに巻き込まれることを極力避けてきた。

会社経営もそんな感じだったから、社内にはもっと大胆に打って出てもいいのではないかと進言する者もいた。しかし日向は方針を変えなかった。日々慎重に生きていると、リスクが過大に大きく見えるものだ。しかし今になって振り返れば、それは創業間もない、財務体質も強固でないベンチャー企業には、必要なことだった。これなら絶対に失敗しないというところまで水面下で準備を進めて、一気に勝負に出る。ソル電機は、いつしかそんな会社になっていった。いわば日向貞則を法人化したのが、ソル電機なのだ。そしてそんな経営の姿勢が、ソル電機に大きな成功をもたらした。

自分が死んで他の人間がトップになれば、ソル電機は大きく変わるだろう。

日向はそれが心配だった。境と二人で興したソル電機を、境を殺した後は日向一人が背負った。自分の人生のほとんどは、ソル電機で占《し》められている。生き甲斐《がい》といってもよかった。妻が「あなた、会社と結婚したんでしょう」と嫌味を言うくらいに。それほど大切に思っている会社だから、日向以外の人間が経営して、会社が成長するとは——やや感情的ながら——考えられないのだ。

継がせるのなら、梶間だ。境陽一の息子、梶間晴征。午前中に小峰に言ったとおり、彼ならば、会社をさらに成長させられるだろう。もちろん今すぐには無理だ。いくら優れた頭脳を持っていても、彼にはまだ経験もスキルも足りないし、なにより資格がない。しかしそれらを身につけて、会社を自由自在に操ってほしい。

それまでの代役は、会社を巡航速度で無難に経営していける人間がいい。社内の人間だと、日向の後任ということで肩に力が入りすぎるから、外部から経営のプロを呼んできた方がいいかもしれない。

そうも考えるが、残念ながら日向は、外部からの招聘《しょうへい》の準備をしていない。日向はここで殺されるわけだから、今から後継者について動くことはできない。おそらく週明けから経営幹部が権力争いをした挙げ句に、誰かに落ち着くだろう。

しかしいずれは、梶間に後を継いでもらいたいと思う。創業者がいまだに社長を務《つと》めているような若い会社だから、社内にはいわゆる出世コースができているわけではない。日向も意識して、様々な部署から取締役や執行役員を出すようにしていた。しかし技術力で成長した会社だから、どうしても技術系の社員の発言が重視される傾向がある。その点では、梶間は少し有利かもしれない。

そして将来的に梶間が野心を持ってのし上がろうとするのなら、いつか効果的なタイミングで、自分の父親が境陽一だと明かすだろうか。それもいい。使えるものはなんでも使えばいいのだ。目の前の園田には気の毒だが。

「この会社には、いわゆるジョブローテーションはありませんよね」

園田が小峰を相手にそんなことを言っている。ジョブローテーション。社員をひとつの職場でずっと働かせるのではなく、一定期間ごとに異動させて、複数の職場を経験させる人事システムのことだ。

「ないね」

小峰が答えると、園田は難しい顔をしてうなずいた。

「今後は、そのような制度を整えた方がいいかもしれませんね。どこの部署も、専門バカになってしまってはいけませんから」

自分はそうではない。そう言いたげな表情だった。おそらく園田は、技術系の人間のことをいっているのだろう。実験室から出て、外の世界を知れと。そして対外的なフィールドなら、自分は負けないと考えているのだ。多分に梶間を意識した発言だ。梶間は欧州研究センターに赴任する。いわば研究開発部門の、エリート中のエリートだ。同じように研修に呼ばれた園田が意識してしまうのは、当然のことだろう。日向は注意して取り去ってきたつもりだけれど、ソル電機にも部署間の縦《たて》割り意識はあるのだ。

それにしても、と日向は心の中で苦笑する。園田は気づかないのだろうか。昼間行われた研修が、幹部候補生研修とは到底呼べないような、優しい内容だったということに。そのことに気づけば、この研修は選別のために行われているわけではないとわかるはずだ。大切なのは、選別でなく団結。研修の内容を冷静に振り返れば、研修生同士の競争ではなく団結が求められていることに気づくはずだ。それなのに、社長が同席する研修に呼ばれて有頂天になっている園田は、気づいていない。

選抜ミスだったな――日向は改めてそう思う。彼が優秀であることは間違いない。ソル電機でその能力を存分に発揮してほしいと思う。それなりの待遇も保証しよう。しかし、お見合い研修には不適格だった。隣に美女が座っているというのに、彼には出世しか見えていない。

しかし、それも仕方がないことかもしれない。隣に座った堀江比呂美は、園田を完璧に無視して、安東章吾やその婚約者である真里子と談笑しているのだ。そのため園田は、日向と小峰という、むさ苦しい男二人と会話せざるを得ない。

では、美女に嫌われてしまった園田は、比呂美のことをどう思っているのだろう。嫌われていることに気づいているかどうかはわからないが、少なくとも気にはしていないようだ。というか、園田は比呂美など眼中にない。比呂美だけでなく、理紗もそうだ。彼にとって女性社員というのは、いくら優秀でも、いずれは辞めていく連中だという認識なのだろう。午後の休憩時に、園田は同じ企画部にいた女性社員の話をした。優秀だったのに辞めてしまって残念だと口では言いながら、言外に「だから女は」というニュアンスを含ませていた。そんな彼にとって関心があるのは、自分と梶間が日向にどう見られているかだけだ。

しかしそんな園田の気負いは、日向にとって許容範囲だった。若いうちは、それもよし。そんなふうに考えている。もっと経験を重ねれば、いずれは考えを改めるだろう。

そんな園田を放っておいて、テーブルの奥では残る研修生とゲストが楽しそうに話していた。話題は梶間のヨーロッパ赴任が引き金になったのか、海外に関するものだった。

「安東さんは翻訳家だとおっしゃいましたが」

理紗が肉を飲み込んでから口を開いた。「やっぱり、向こうに住んでいらしたんですか？」

いいえ、と章吾は首を振る。「半年ほどアメリカに滞在したことはありますが、住んでいたというほどのことはありません」

「それでも、やっぱり現地で暮らすと違いますか」

梶間の質問に、章吾は今度はうなずいた。

「まあ、多少は役に立ったと思います。たとえば、ウエイトレスさんや子供の英語は、日本にいては接することのできないものですから。最初は聞き取れなくて苦労しました。バーガーキングに行っても、店員さんの言っていることがわからないんですよ。英語に対する自信が、粉微塵《みじん》に砕け散りました」

「でも、今は大丈夫なんでしょう?」

真里子の言葉に、章吾は自信ありげに答える。

「多少はね」

「それが真里子さんの役に立つのは」優佳が横から言った。「新婚旅行のときですか?」

途端に、理紗が大きい目をさらに大きくした。

「やっぱり、お二人は婚約なさっていたんですか」

うんうんと、自分自身に向かってうなずく。おそらく理紗は、真里子の指輪に気づいていたのだろう。章吾の耳が赤くなった。「ええ、一応」

いいなあ、と言いながら理紗はちらりと梶間を見た。梶間はその視線に気づかなかったのか、気づいていて無視したのか、視線を章吾に向けたままだった。ビール瓶を取り上げて、章吾のグラスに注ぐ。章吾がビール瓶を受け取って梶間のグラスに注ぎ返そうとするのを、章吾に掌を向けて断った。グラスにはビールがまだ入っている。

「新婚旅行先は、どちらですか?」

梶間の質問に、章吾は礼を言ってビールをすすりながら、同時に首を振った。器用な奴だ。

「いえ、まだ決めていません。新婚旅行といってもまだまだ先のことですから、すぐに決めなくてもいいと思っています」

「でも、行き先の候補はリストアップしてあるんでしょう?」

理紗が真里子に尋ねた。大きな目が輝いている。女性というのは、本当に他人の結婚話が好きだ。真里子もそれがわかっているのか、ちゃんと答える気のようだ。

「そうですね。あまり長い休みが取れないので、短く済ませようかな、と」

「短くって?」

「僕の知っている、いちばん短い旅行は」章吾が真面目な顔をして言う。

「宇宙旅行かな。民間企業が始めたっていうし」

優佳が吹き出した。

「それって、宇宙にいるのは確か五分くらいじゃなかったんですか？」

「確かに短い」

梶間がコメントして、テーブルは笑いに包まれた。話題についていけなかった園田だけが、作り笑顔だ。

「実際のところは」真里子が笑顔を収めて言った。「ハワイあたりかなと思っています。オアフ島でなくて、ハワイ島の方です。あそこなら観光ずれしていないし、自然もたくさんあるし」

「マウナ・ケアって山があるでしょう」章吾が後を引き取る。「天文台がたくさんある。あの山に登って、星を観たいという野望があるんですよ」

「うわー、素敵」理紗が目を輝かせる。「ロマンチックですね」


ところが当の真里子は、理紗の半分も目を大きくしていない。むしろ半眼で婚約者を見た。

「章ちゃん、そのお腹で山登りできるの？」

章吾は自分の腹をさする。

「本番までにダイエットするさ」

「できるの？」

「自信はない」

また笑いが起きる。優佳がパーフェクトに場に入りこんだ笑顔で言った。

「結婚の現実って、こんなものですね」

理紗に向けられた発言だ。理紗はその言葉に、さらに笑った。

「でも、うらやましいです。そうやって新婚旅行の話ができるのって」

「あら」優佳が上目遣いになる。「野村さんってば、一緒に行きたい人がいるんですか？」

理紗の顔が瞬時に赤くなった。

「いえっ、いません！」

どうやら意中の人がいるらしい。漫画みたいにわかりやすい娘だ。先ほどの視線と合わせて、意中の男性が梶間であればいいのに、と日向は思う。

「あくまで一般論です。だって、新婚旅行って、夢があるじゃないですか」

まるで言い訳のように理紗が力説する。そこに比呂美が口を挟んだ。「野村さんって、結婚願望が強いの？」

理紗は真面目に答える。

「強くないけど、あります」

比呂美はただでさえ細い目を、さらに細くした。

「ふうん」

「ふうんって、堀江さんはないんですか？」

比呂美は瞬きする。

「ないっていうか、よくわからないな。将来自分の身に降りかかってくるという実感が湧かないっていうか」

「降りかかってくるって」真里子が苦笑する。「そんな、災難みたいに」

比呂美は軽く首を傾げる。

「災難じゃないんですか？」

真里子が舌を出した。「災難かも」

また笑いが起きた。

よしよし。いい感じだ。章吾たちは、ゲスト本来の役割である、研修の参加者に対して結婚恋愛話を盛り上げるという役割を、きちんと果たしている。実際理紗はかなり乗せられているようだし、比呂美も心の鎧《よろい》を取り払ったように会話に参加している。園田は「くだらない話を」と不満そうだが、まあ今回、彼は対象外だ。章吾たちが醸成した場の雰囲気さえ壊さなければよい。

こうやってゲストが役割を果たしてくれると、日向が殺されることと今回の研修の間に、特別な関連性がなくなる。何度も研修を取り仕切っている小峰が、後になって「ああ、そういえば」と証言することもないし、ゲストは二回目となる章吾たちも「前回と違って、叔父は本気で社員の間を取り持つつもりがないようでした」などと言いだすこともない。現在までは、完璧なお見合い研修だ。

　大切なのは、不自然に見えないこと。

　日向は境殺しからそれを学んだ。あの夜、境が夜遅く一人で実験をしていたことは、不自然ではなかった。そして実験室に油がこぼれていたことも。連日の残業で疲労した境が油で足を滑らせることもありがちなことだ。発足したばかりのベンチャー企業であるがゆえ、研究室を広く取れなかったために、すぐ背後に実験機械があったのも仕方がないことなのだ。

　不自然でないがゆえ、警察はそれを信じた。日向は責められはしたが、殺人容疑のためではない。境を毎日遅くまで働かせていた、管理者としての責任を追及されたのだ。しかしそれすら、共同創業者である境が、日向に一方的にこき使われたわけではないことは、周囲の証言により警察も承知していた。それに当時は、モーレツ社員の超過残業など、あたりまえの時代だった。現在なら確実に過労死と認定されるようなハードワークで、労働者たちがばたばたと倒れていた。境の死はそれに紛れて、誰の不審も買わなかった。

　自分の行動を、すべて普段どおり、あるいはよくあることに紛れ込ませ、他人に不審を感じさせない。万人を納得させながら、事態を自分の意志どおり推移させる。臆病なくらいの慎重さを持って。

　そんな生き方は、経営においても変わらなかった。経済誌などでは、ソル電機の成功の鍵は技術開発力と、社長である日向の人心掌握術にあると記している。社員を同じ方向に向かせ、マンパワーを最大限有効に使っている。手綱《たづな》を握っているのが日向であり、社員たちは喜んで日向の指し示す方向に向かって走るのだと。しかしソル電機を取材してきた記者たちは驚くだろう。彼らがつかんだソル電機躍進の秘密。それは社長が副社長を殺害したことが元になっていると聞いたら。

彼らには申し訳ないけれど、紛れもない事実だ。もしソル式フライホイール無停電電源装置が完成した後も、境が生きていたら。正確にいえば、日向が境を殺さなかったら。日向も境同様に、その成果に有頂天になって突っ走っていただろう。強大な武器を持ったためにその使い方を誤り、自滅する。ソル電機はそんな道を歩んでいたかもしれない。

しかし現実には、境を殺したことによって、日向は臆病になった。そして社員や取引先を上手に操ることに細心の注意を払った。それが製品の完成度を上げ、迷う顧客に判を押させた。それが悪いことだとは思わない。社長が罪人だからといって、会社全体が罪を負う必要はない。ソル電機の成功は顧客に、そして社会に、確実に貢献しているのだから。

日向は最後の肉を飲み込んだ。量は少なくても栄養があり、高級感のある食事。社長にふさわしく見える夕食だった。若い社員やゲストたちはとっくに大きな肉を平らげ、茶を飲みながら談笑している。さりげなくこちらに注意を払っていた小峰が、話を区切るように大声を出した。

「さあ、そろそろ食器を片づけようか。今、七時四十分だから、ちょっと食休みをして、八時十分から懇親会にしよう。場所はここでいいよね」

理紗が小さく笑う。

「食休みして、また食べるんですね」

「そう。っていっても、別に食べなくてもいいよ。飲むだけでも」

小峰の返答に、また笑いが起きる。それを合図にして、全員席を立った。カウンターにトレイごと食器を持っていく。さすがに社長にセルフサービスをさせるわけにはいかないと考えたのだろう。日向の食器は、理紗が日向から取り上げた。そして来てくれたレストランのスタッフに礼を言って、席に戻ってきた。

日向は手洗いのために席を立った。ステッキを握って食堂を出る。共同トイレは寒いから、自室まで戻って用を足した。食事をして少し身体が暖まったためか、自室までの往復も、それほど辛くはなかった。

だから、ちょっと足を伸ばそうと思ったのだ。日向は食堂を通りすぎて、玄関ロビーに向かった。椅子の位置を確認するためだ。

研修が終わった午後五時過ぎに、日向は玄関ロビーの椅子が移動していることを発見した。椅子は日向が元に戻したが、その後二時間の自由時間があった。椅子を移動させた人物が故意にそれをやったのであれば、また移動している可能性があるからだ。

もっとも、たとえ再び移動させられていても、梶間が元に戻す可能性もあると日向は考えていた。梶間が頭上の掛け時計に細工をするとすれば、今夜だ。それも深夜。だから何回動かされても、少なくとも明日の朝には元どおりだろう。そんなことを考えながら、日向は玄関ロビーに到着した。すぐさま椅子を確認する。

日向は口を開けた。思わず笑いそうになった。

椅子が、見事に移動していたのだ。

先ほどと同じ位置、同じ角度で椅子は掛け時計落下の危険から回避していた。

明らかに何者かが、明確な意図を持ってやっている。日向はそう確信した。しかしなぜ？　単に、頭の上に重そうな時計があるのが気になったのか。たぶんそうだろう。日向の計画を知る者はいないのだから。

こうなってしまったら、椅子作戦は諦めた方がいい。何度戻しても、また移動させられそうな気がしてきた。なに、他にも梶間が利用できそうな仕込みはある。日向はそう考えた。見込みのない事業からはさっさと撤収して、可能性の高い事業に集中する。日向はそうやってソル電機を経営してきたのだし、今もそうだ。社長業には、割り切りも大切なのだ。

日向は気分を切り替えて、食堂に戻ろうとした。そこで、椅子の移動どころではない異変が玄関ロビーに生じていることに気づいた。

日向は目を疑った。

九谷焼の花瓶に、花が活けられていたのだ。

＊　＊　＊

梶間は日向社長の後を追うように、食堂を出た。別に殺すためではない。いくら休憩中とはいえ、二人の人間が食堂から離れ、一人しか戻ってこなければ、誰だって戻ってきた一人を疑う。梶間が食堂を出たのは、自室で一人になりたかったからだ。

部屋に戻って鍵をかけ、梶間はベッドに腰掛けた。

自分の殺意を察知されないように、梶間は自然にふるまっている。そして同席した面々とも、にこやかに話をしていた。そんな状況では、落ち着いて殺人について考えることができない。だから一人になって、現状分析とこれからの行動計画を見直す必要があった。

自室に戻ったけれど、トイレには行かない。夕食中、梶間はビールをあまり飲まないようにしていたから、尿意は感じない。

この後の八時からの懇親会も、アルコール類が大量に出るだろう。しかし、あまり酒を飲んではいけない。酔っぱらってしまうと、勢いがついて殺しやすくなるかもしれないけれど、絶対にミスを犯す。大きな音を立てるとか、証拠を残すとか。それでなくても酒が入ると、知らず知らずのうちに声が大きくなる。日向社長の居室で社長と話している声が廊下に漏れたら、誰かに聞かれるかもしれない。

そういったリスクを考慮すると、梶間は今夜、酒を飲むべきではない。しかしまったく飲まないのも不自然だから、酒量を上手にコントロールして、飲んでいるように見せながら、実は理性を保っているという作業が必要だろう。梶間はもともと酒が強いこともあるし、一旦飲み始めると止まらない質《たち》でもない。だからコントロールできるはずだ。

唯一気になるのは、優佳の動きだ。優佳は夕刻の談話室で、梶間と理紗が二人きりでいるところに出くわした。それ以来、梶間と理紗がいいムードになっていたと思っているようだ。夕食中も、安東と真里子の婚約話から話をうまく誘導して、理紗が梶間とつき合っているかどうかを確認しようとしていた。懇親会が始まったら、梶間と理紗に大量の酒を飲ませて、二人がお互いをどう思っているのか、聞き出そうとするかもしれない。優佳は自分の望む方向に話を展開させることが上手だし、同じ技術を持つ安東が参戦すれば、梶間は防戦一方になるだろう。あの二人を相手にして、のらりくらりと逃げ続ける自信は、梶間にはなかった。

研修は明後日の朝まである。だから今夜は社長殺害を諦めて、明日の夜にかけるという手段も採れはする。けれど、そんな夏休みの宿題を八月三十一日にやるような真似はしたくなかった。締切が近づけば近づくほど、人は焦る。焦りはミスを生むからだ。

できるだけ早く殺したい。それが梶間の本音だった。それは確実な遂行のためでもあるけれど、そもそもの動機が復讐なのだから、心は殺したくて仕方がないのだ。千載一遇《せんざいいちぐう》のチャンスなのにいつまでも行動できないと、逸《はや》る心が臨界を越えるかもしれない。殺人初心者である梶間は、自分の心の動きが、これ以降も自分で制御できる範囲に留まるかどうか、確信が持てなかった。ならば、制御できるうちに社長を殺してしまった方がよい。

いっそのこと、理紗と交際していると認めてしまおうか。

梶間は、そんなことを考えた。結論が出ないから、人は探求を続ける。探求を止めるには、彼らに結論を与えてしまえばいい。本当は、梶間は理紗とつき合っていないという結論を、すでに優佳に与えている。けれど人間は、自分に都合のいい結論しか信じないものだ。だから談話室での否定を、優佳は本気にしていない。だったら、優佳が望む結論を提示してはどうか。自分は理紗とつき合っていると。

いや、それは事実ではないから、理紗が否定して終わりだ。では自分は以前から理紗のことが気になっていて、この研修の機会に親しくなろうとしているのだと匂わせれば、場は盛り上がるだろう。そうすれば梶間を泥酔させて、格好悪いところを理紗に見せないようにと、酒を無理強《じ》いすることはなくなるに違いない。

我ながらなかなかいいアイデアだと思ったが、梶間は一人で首を振った。それでは、理紗に迷惑がかかる。今までのところ、理紗は梶間のことを嫌ってはいないようだ。しかし「嫌っていない」と「好き」は、まったく別の感情だ。好きでもない相手が自分にアプローチをかけていると聞けば、困惑するだろう。それに、あれだけ可愛い娘だ。既に恋人がいると考えた方がいい。梶間がここに来た目的は社長殺害であって、理紗を困らせることではないのだ。勝手な復讐のために、理紗に迷惑をかけたくなかった。

しょうがない。ここはひとつ「社長の前で乱れたくないから、飲まないんだ」とか、「肉をたくさん食べたから、お腹がいっぱいになって酒を飲めない」とか、恰好悪い断り方をしよう。過去に梶間と飲んだことのある人間が見たら、不自然に聞こえる科白《せりふ》だ。しかし幸いなことに、今回の参加者にその心配はなかった。

ふと梶間は可笑《おか》しくなった。自分は殺人という大罪を企《たくら》んでいるのに、現在気にしているのは、酒を飲まされるかどうかという、小さいことなのだ。そのギャップに、梶間は思わず笑いだしそうになる。しかし必要なことだ。殺人は一発勝負で、しかも失敗は許されない。それならば臆病なくらい慎重になった方がいい。

梶間は立ち上がった。そろそろ食堂に戻ろう。これ以上姿を見せなければ、トイレに戻ったという説明に説得力を欠いてしまう。

部屋を出る前に、梶間はシステム手帳を手に取った。手帳を開き、紙片の入った封筒を抜き出す。封筒ごと半分に折って、チノパンの右ポケットに入れた。これからは酒が入って、滞在者の行動パターンも乱れてくる。いつ殺害のチャンスが訪れるかわからない。土壇場で必要になる封筒は、身につけておいた方がいい。

梶間は部屋を出た。廊下には人影がなかった。食堂に向かって歩みを進めたが、喫煙室の前で立ち止まった。廊下には誰もいない。夕食前にやろうとして、できなかった前処置。窓のクレセント錠をひとつ開けておくという作業を、今やっておくべきだろう。

梶間は滑るように喫煙室に入り、窓に向かう。左ポケットにはハンカチが入っている。それを取り出して手をくるみ、それで鍵を外す。そうしよう。

喫煙室の窓は二枚。つまりクレセント錠も一箇所だ。ここは目立つ。しかし今までの観察から、今日集合しているメンバーの中に、喫煙者はいないとわかっている。それならば、梶間が社長を殺すまでの間に、喫煙室に入る人間はいない。

梶間は半ばダッシュする形で窓に取りつき、クレセント錠を開けた。そのまま窓をほんの少し——数ミリ——開き、もう一度クレセント錠を回した。予定どおりクレセントは受け具を捉えずに、「閉」の位置に留まった。そして鍵がきちんとかかっていないことに気づかれないように、カーテンを引く。

これでよし。

梶間はドアの傍で耳を澄まし、スリッパが廊下を打つ音が聞こえないか確認した。この局面で喫煙室から出てくるところを見つかっても、「暗くなったから、カーテンを引いていた」と言い訳ができる。

その足で談話室のカーテンも閉めれば、不自然さは感じさせないだろう。しかしできることなら見つかりたくはなかった。足音はしているか。今の精神状態なら、聞き取れるはずだ。音はない。素早く喫煙室から出た。やはり廊下には誰もいなかった。ふうっと息をつく。成功だ。

食堂までの数歩を歩いたところで、玄関ロビーから社長が現れた。緊張が身体を走り抜ける。喫煙室から出たところを見られただろうか。いや、大丈夫だ。自分が完全に廊下に出て、歩き始めたところで社長の姿が見えた。記憶に間違いはない。大丈夫だ。

緊張が解ける。考えてみれば、喫煙室の窓が開いていたかどうかが問題になるのは、社長が死んだ後だ。だったら社長に見られたところで、問題は何もなかった。なんだ、いらないところで神経をすり減らしてしまった。

しかし社長はなぜ玄関ロビーにいたのか。食事を終えて食堂を出たときには、てっきりトイレのために自室に戻ったのかと思っていたのだが。不思議には思ったが、現実は現実だ。気にするようなことではない。

食堂までの距離は、社長の方が近かった。しかし梶間の方が歩みが早いから、先に到着したのは梶間の方だ。梶間はドアを開けると、午前中のように「どうぞ」と社長に先に入るよう勧めた。ありがとうと社長が入ろうとしたところで、食堂を出ようとする優佳と鉢合わせた。優佳の隣には、理紗が立っている。

「失礼しました！」

理紗は社長の姿を認めると、飛び退《の》くようにドアから離れた。優佳は優雅な仕草で社長のために道を空ける。社長が食堂に入ったところで、優佳は梶間に声をかけた。

「わたしたち、ちょっと外の空気を吸いに行こうと思っているんですが、梶間さんもいかがですか？」

ちょっと戸惑う。わたしたちというのは、優佳と理紗のことだろう。いつの間にやら二人は意気投合しているようだ。そして優佳は梶間と理紗の関係を疑っているから、梶間を誘ったのだろう。さて、どう答えようか。

下手に断ると、優佳に逆の意味に取られてしまう。理紗と仲良くしているところを見られたくないから、わざと同席しないのだと。面倒を避けるためにも、ここは受けるべきだろう。

「いいですね」

すると、横から社長が口を挟んだ。

「外は寒いですよ。私もちょっと外の空気を吸おうと思ったんですが、玄関までで挫折してしまいました」

ゲストの優佳が相手だから、言葉遣いが丁寧だ。それを聞いて梶間は、社長が玄関ロビーにいたことに納得した。社長は入浴したらしく、着替えていた。着心地のよさそうなゆったりとした服に、ガウンを着て、紐で前を留めてある。確かにその恰好で外に出ると寒いだろう。

「なるほど」

優佳が素直にうなずく。理紗に視線を向けた。

「じゃあ、外に出るのはやめて、談話室の窓を開けましょうか。それなら、あまり寒い思いもせずに済みますし」

「そうですね。そうしましょう」

理紗も賛同する。社長が外に出なかったのだから、自分もそれに合わせようという、会社員的気遣いだろうか。梶間にとっても容認できる意見だった。梶間が鍵を外したのは、喫煙室の窓だ。談話室ではない。

ところが、優佳と理紗の会話を聞いた社長の目が、見開かれた気がした。すぐに戻ったから気のせいかもしれない。しかし研修が始まって以来、ずっと社長の様子を気にしていた梶間には、気のせいとは感じられなかった。

なんだろう。単に「この寒いのに」と考えただけだろうか。おそらくそうだろうとは思うが、少しだけ気になった。

談話室は食堂の斜め前にある。三人で数歩歩いて廊下を横切り、梶間は談話室のドアを開けた。照明を点《つ》ける。明るい光が室内に満ち、カーテンを引いていない窓が見えた。窓を開けようと梶間が部屋に入ろうとする前に、優佳が部屋に入っていた。

「あっ」

理紗が追いかける間もなく、優佳は窓に到達していた。窓を見回し、テレビの裏側にクレセント錠があることを確認すると、細い腕をテレビの裏側に伸ばす。かちりとクレセント錠を開ける音がして、窓が開かれた。空調の効いた室内に、冷気が忍び込んでくる。

「すみません」

理紗が恐縮したように言った。いくら親しくなっても、優佳は社外の人間だ。ゲストを使ってしまった形になったことに対しての謝罪だろう。しかし優佳はまるで気にしていないようで、いえいえと軽く受け流した。

「食事すると体温が上がりますから、気持ちいいくらいですね」

窓際で優佳が言う。理紗も横に並んで、一緒に星空を見上げていた。「本当ですね。星も綺麗だし」

「そういえば、安東さんたちは新婚旅行で星を見たいと言っていましたね」

優佳の言葉を聞いて思い出したのか、理紗はうなずいた。

「あのお二人は、どうやって知り合ったんですか？　安東さんは翻訳家ということでしたから、会社で知り合ったというわけでもないでしょうし」

「会社じゃありませんが、職場結婚みたいなものらしいですよ」

優佳はそう答えた。理紗が軽く首を傾げる。「といいますと？」

「真里子さんは、出版社に勤務しているんですよ。そこで科学系の雑誌を編集していて、安東さんに海外の文献の翻訳を依頼していたんです。それがきっかけで仲良くなったと聞いています」

へえ、と理紗がフランクな反応をした。「出会いっていうのは、どこにでもあるものなんですね」

理紗は優佳を見る。「碓氷さんは、どうだったんですか？」

優佳に恋人がいるという前提での質問だった。優佳は自然な動作でうなずく。

「わたしの場合は、姉の大学時代の先輩です。高校生の頃から姉にひっついて、傍をうろちょろしていて出会いました」

「高校生の頃からですか」理紗が驚いた声を出す。「それは長いですね」

「いえいえ」優佳が軽く手を振った。「その頃は、何もなかったんです。二年ほど前に再会して、つき合うようになったのは、それからです」

「同窓会ですか」

「そんなところです」

いいなあ、と理紗が本気のため息をつく。優佳が苦笑する気配があった。

「お姉さんの先輩ということは、けっこう年上なんですか？」

理紗がさらに質問する。話題がかなりプライベートに入りこんできた。すっかり親友だ。

「五つ違いですね。向こうは、もう三十二歳だったかな」

「そうなんですか」

理紗がまた星空を見上げる。しばらく黙った。その理紗の横顔を、優佳が悪戯《いたずら》っぽい笑顔で見つめた。

「あれ？　野村さん、計算していますね？　自分と誰かさんの年の差を」

途端に理紗が、感電したような反応をした。漫画だったら、驚愕の表現として髪の毛が逆立《さかだ》っているところだ。

「いえっ、決してっ、わたしはっ、何もっ！」

そこで優佳が振り向いた。梶間を見て、窓から身を退く。

「これは失礼しました。梶間さん。こちらへどうぞ」

梶間は苦笑する。見事な会話の流れだ。優佳は本当に展開をコントロールするのがうまい。しかし望みどおりには乗ってあげない。

「そろそろ戻りましょう。みんなが待ちくたびれていますよ」

理紗も振り向いて掛け時計を見た。時間はまだ、懇親会が始まる八時十分になっていない。五分前行動にもまだ間がある。理紗はちょっと残念そうだったが、そうですねと窓を離れた。優佳が窓を閉める。再びテレビの裏側に手を伸ばしてクレセント錠をかけた。窓を押し引きして、きちんと鍵がかかっているかを確認して、カーテンを引く。


「では、戻りましょうか」

やれやれだ。優佳は、たまたま三人で談話室に行くことになったのを利用して、夕食前の続きをしたのだろう。梶間と理紗をからかっただけではあるが、それがよくわからなかった。研修の初日が終わった安心感があるとはいえ、なぜ彼女はこれほど二人の仲を煽《あお》りたがるのだろうか。少なくとも、研修の試験監督の仕事ではない。何よりも、優佳の頭脳に似合わない。梶間はそこに不自然さを感じた。

待てよ——。

梶間は心の中でつぶやいた。

ぬるい研修内容。

試験監督らしからぬ言動。

幹部候補生研修とは思えないこの二点の間には、関連はないのだろうか。

梶間は夕刻の印象を思い出す。これではまるで親睦会だと。その印象は正しかったのではないか。言い換えれば、この研修は幹部候補生としてふさわしい社員を集めた親睦会だった。そこに社長の意図があるような気がする。ここにいるメンバーが、将来各部門のトップになったとき、部門間でケンカしていたら会社が動かない。だから今のうちに仲良くしておけというのが、研修に込められた意志ではないのか。

そう考えれば、研修内容が全員によるプレゼンテーションだったことにも納得がいく。必要なのは競争ではなく団結。それが研修を通じた社長のメッセージだったのではないか。もしそうなら、午後の休憩時間に感じた、安東が何気ない会話を装って社員の本音を引き出したというのは、梶間の考えすぎだということになる。

ただの仮説だ。しかし検証する方法はある。ゲストの役割が、研修生を団結させるために気を配ることならば、彼らは園田と比呂美との関係を修復させなければならない。園田はともかく、比呂美は明らかに園田に対してマイナスの感情を持っている。研修後の、明確な悪意を持った発言。それを聞いていなくても、研修生たちの様子をずっと観察している優佳や真里子は、二人の仲が悪いことに気づいているだろう。それならば、懇親会の席上で彼らは、二人の心をほぐそうとするはずだ。ゲストが話題をそのように展開させれば、梶間の仮説は当たっていることになる。

当たっていてほしいものだ。梶間はそう思わざるを得ない。当たっていれば、懇親会の席上で優佳が梶間に酒を飲ませて、理紗との関係を聞き出そうとはしないだろうから。

＊　＊　＊

しまった——。

優佳たちが食堂を出て行くときに、日向は鈍い後悔を味わっていた。

思わず口から滑り出た、余計な発言。玄関ロビーの仕掛けを確認してから、食堂に戻ろうとしたところを、梶間に見られてしまった。なぜ自分が玄関ロビーにいたのか。もっともらしい理由を示さなければならなかったから、とっさに「玄関から外に出て、外の空気を吸おうと思ったけれど、寒いから挫折した」というストーリーをでっち上げた。梶間に対してはそれでよかった。日向の説明に、梶間は納得顔をしていたからだ。

しかし優佳が、意外な方向へ話を持って行ってしまった。日向の言うとおり外に出ると寒いから、談話室の窓を開けるに留《とど》めようかと。午後にもミーティングルームの換気をしている。だから食堂にいる人間全員が、優佳の提案に納得していた。梶間も理紗も、素直に優佳についていった。

これで談話室のクレセント錠は、もう使えなくなった。窓を開けるのが誰にせよ、一度開けて、それから閉めたならば、おそらくクレセント錠はしっかりとかけられるだろう。その後改めて日向が外すことはできない。仮に外したとすると、事件後に窓を閉めた人間が「鍵はきちんとかけました」と証言してしまったら、警察は偽装の可能性を考えるだろう。外部犯の可能性を残す細工は、残念ながら談話室の窓だけだ。その仕掛けを解除されてしまうと、他には備えがない。

仕方がない。注意深く他の人間を誘導していても、いつもうまくいくとは限らない。他の方法を考えればいいだけのことだ。クレセント錠をわざとかけ損なう細工自体は有効だと思っているから、タイミングを見て、他を外そう。喫煙室がいい。テレビ画面に隠れる談話室と違って、喫煙室の窓はクレセント錠が目立つ。だから候補から外していたのだが、今は夜だ。細工をした後カーテンを引いてしまえば、建物の中からは見えない。今回の研修の参加者には喫煙者がいないから、ばれる心配はない。懇親会が終わってから、梶間が殺しに来るまでの間にやっておけばいいだろう。

それにしても、と日向は思う。玄関ロビーに飾られた花。夕方までは、あんなものはなかった。誰が飾ったのか。もっともあり得る可能性は、小峰がやったというものだ。あまりに殺風景だからと。しかし過去の経験からして、突然小峰がそのようなことをするとは考えにくかった。彼ならば、日向が到着する前に用意していたことだろう。

それでは誰か。社員には、保養所の外に出ることを禁じてある。それぞれが勝手に外出されては、お見合い研修にならないからだ。つまり、彼らは外出して花を買うことができない。すると、ゲストだ。真里子は日向の居室を訪問したときに、なんと言っていた？　優佳は、一時間ほど外をぶらぶらしてくると言った。

ということは、あの花は、優佳が買ってきたものなのか。消去法で、彼女しか考えられない。

なぜ、優佳はそんなことを？　やはり殺風景だと思ったのか。しかし彼女はゲストだ。招かれて行った場所で、そんなことはしないだろう。それは、招待した側にケチをつけることになるからだ。

しかし優佳は花を飾った。九谷焼の花瓶に。ここで気になるのは、日向は花瓶を凶器として用意したという事実だ。

日向はあえて花瓶に花を飾らなかった。談話室の窓から侵入した泥棒が、現金が置いてありそうな玄関ロビーのカウンターに近づく。そこで日向に見つかり、思わず手近な花瓶を持って殴る。そのようなストーリーを考えていた。そのためには、花を飾っていてはまずい。花が活けられていると、花瓶を握りにくいからだ。いや、それ以前に凶器として認識されないだろう。

しかし現在、花瓶には花が飾られている。大量のカーネーションが、まるで花瓶を覆《おお》い隠すように。

優佳はなぜ花を飾ったのか。それがわからない。そして談話室だ。日向の言葉に乗せられただけかもしれないが、優佳は談話室の窓を開けることを提案した。そして窓を開け、閉めることになる。優佳は、日向が用意した準備のうち、ふたつを無駄にした。

いや、本当にふたつか？

日向は椅子を思い出す。玄関ロビーに置かせた、掛け時計の真下にある椅子。椅子は移動させられていた。しかも、日向が戻した後、もう一度移動していた。何者かの、明確な意志によって。

あれも優佳の仕業《しわざ》なのか。なぜ彼女はそのようなことをするのか。日向の計画を優佳が勘づいているとも思えない。三十年前の日向の犯罪を知らないと、日向の意志を汲みとることはできないからだ。

日向の下腹に、嫌な気持ちが溜まっていく。

碓氷優佳。彼女は、いったい何者だ？

その優佳が戻ってきた。梶間と理紗を連れて。誰も不審そうな表情を浮かべていない。どうやら、クレセント錠の細工は気づかれなかったようだ。テレビの裏側にあることが幸いした。クレセント錠は部屋の中から見えにくいだけではなく、開閉する際には手探りでやらなければならない。だから窓を開けた人物は、かけ損なっていたことに気づかず、錠を開ける方向に回したのだろう。日向が想定した閉め損ないの、ちょうど逆のことが行われたわけだ。気づかれなくてよかった。

小峰が掛け時計を見る。時計の針は午後八時五分を指していた。

「それでは、ちょっと早いけど始めましょうか。冷蔵庫にビールが入っているから、男性陣、持ってきてください」

そう言いながら、自らは食堂の隅に置いてある段ボール箱に向かった。段ボール箱には、つまみになる菓子類や乾きもの、そして日本酒やワイン、ウィスキーが入っている。手伝おうとするゲストを押しとどめて、小峰は一人で運んだ。一方では、理紗と比呂美がグラスや皿を用意している。流れるようなチームワークだ。実際の業務でも、このように進めばいいのだが。

「ちなみに」小峰が少し大きな声を出した。「ここに出されたお酒とつまみは、すべて社長の差し入れです」

おおーっと低い歓声があがる。社員たちが一斉に立ち上がる。

「ありがとうございます！」

日向は少し困った笑顔で片手を振る。この程度で大げさに礼を言われるのも恥ずかしい。社外の人間も見ているのに。それに日向は金を出しただけで、実際に買い出しに行ったのは小峰なのだ。社員が着席してから、小峰が続けた。

「はーい。かしこまるのは、これでおしまい。ここからは無礼講です。社長に対してタメ口もオーケーです」

笑いが起きる。できっこないから笑うのだ。

「社長は、お酒はどうなさいますか？」

小峰が尋ねてくる。体調は大丈夫か、というニュアンスが含まれていた。日向は自分の身体に意識を向ける。今のところ、もう少し起きていても問題はない。しかし腹に溜まるものは避けたかった。

「そうだな。日本酒をもらおうか」

小峰は日本酒の四合瓶を取り上げ、開封した。

「ここは女性社員から注いでもらいましょう」などとは言わない。ソル電機では、飲み会で女性社員に酌《しゃく》をさせるような行為は厳禁してある。ちなみに女性が上司の場合、若い男性社員に酌をさせることも御法度《ごはっと》だ。

小峰は小振りのグラスを日向に渡し、日本酒をゆっくりと注いだ。分量としては、半合くらいだろうか。境を殺して以来、人前での酒は、ゆっくり少量だけ飲むことを心がけている。病気のこともあるが、ちょうどよい量だ。

若者たちの手には、すでにビールの入ったコップが握られている。改めて小峰が立ち上がった。

「本日は、皆さんお疲れさまでした。明日に備えて、これからはくつろいでください。それでは、乾杯」

　全員で乾杯と唱和して、グラスに口をつける。日向も日本酒を口に含んだ。開運の『波瀬《はせ》正吉《しょうきち》』。この銘柄だけは、わざわざ指名して小峰に買ってこさせた。以前安東豊に紹介された、地元静岡の酒だ。さすが大手流通業の元経営者だけあって、隠れた逸品を見つけてくるのがうまい。気にいっている酒だから、社員たちにも飲ませたくて、大量に用意した。

　おそらく、これが人生最後の酒なのだろう。

　日向は思う。しかし最後だからといって、がぶ飲みしたりはしない。今から数時間のうちに、自分は梶間に殺される。それによって自分の人生は完成するのだ。梶間に殺されるために、そして梶間が自分を殺さざるを得なくなるように、日向は時間をかけて準備してきた。泥酔して、至福の瞬間を台無しにしたくはなかった。酒はゆっくり飲んでこそうまい。最後の酒ならば、なおさらそうするべきだろう。

　あるいは、優佳の行動によって、日向は週明けからも酒を飲めるのだろうか。

　いや、そんなことはない。優佳がどういうつもりで、日向の仕掛けを次々と無効にしているのかはわからない。しかし彼女には、梶間の殺人を止めることはできないだろう。だから、これが日向の最後の酒であることに変わりはないのだ。それならば、優佳の行動は無視すればいい。日向はそんなふうに自分を納得させた。

　いつものお見合い研修だと、最初は社長に気兼ねしていた社員も、アルコールが回るに従って、次第に近い年齢だけで盛り上がるようになる。座る場所も頻繁に変わり、通常の飲み会と変わりない雰囲気が出てくる。そして日向と小峰が、少し離れた場所からそれを眺めているという図式が一般的だ。もともと社員同士に親密になってもらうのが目的だから、日向も異存はない。

　そして今夜もそうなった。

「園田さんはよく出張なさるということでしたね」

　優佳が園田のグラスにビールを注ぎながら言った。優佳は章吾がトイレに立った隙に、日向の隣の席に移動していた。そこからだと、園田と比呂美が正面になる。園田は美女から話しかけられて、嬉しそうに答えた。

「ええ。同僚を押しのけて行っています」

　比呂美の肩がぴくりと動いた。だが優佳は気づかなかったのか、それとも無視したのか、続けて園田に話しかける。

「プレゼンテーションでは、中東の電力をアフリカに運ぶプロジェクトに参加されているというお話でしたが、どの辺りに行かれているんですか？」

　いかにも興味津々《しんしん》、という表情だ。海外旅行好きな若い女性を演出している。園田の眉毛が下がった。

「多いのはUAEです。アラブ首長国連邦。弊社が共同プロジェクトを組んでいるのは、その中でもドバイ首長国です。最近話題の」

「ああ、あの」トイレから戻った章吾が、さっきまで優佳がいた席から会話に参加してきた。「へんてこな形の人工島を作っている国でしたっけ」

「ザ・パームですね」

　すぐさま園田が続ける。「日本人の中東に対するイメージを完全に打ち崩す、すごい国です。街は綺麗だし、治安はいいし、英語は通じるし、自分たちの価値観を押しつけてこないし。ビジネスをするには最高の場所だと思いますね。正直言って、ニューヨークより魅力的です」

　園田は饒舌《じょうぜつ》だった。いくら出世欲が強くても、社長を相手にずっとパフォーマンスしていては疲れてしまう。アルコールが入って、園田の集中力も途切れつつあるようだ。雑談の方が気が楽だから、園田は今、ゲストたちと他愛《たあい》のない話をしている。

とはいえ、これは章吾たちゲストがもたらしたものだ。夕刻に日向を訪ねてきたときに、章吾は比呂美が園田を嫌っていることで研修の雰囲気が壊れないよう、気を配ってくれると言っていた。比呂美は園田以外の人間には楽しげに接しているから、懇親会では園田に照準を絞って話しかけているのだろう。園田の関心を出世、つまり日向から逸らして、普通の若者の部分を引き出そうとしている。それによって、比呂美に園田に対する評価を戻してもらおうというのだ。親戚とはいえ、細やかな配慮が嬉しかった。

「じゃあ御社にドバイ支社があったら」

比呂美の隣に座った真里子が、笑いを含んだ口調で尋ねる。「園田さんは赴任されますか?」

「してみたいですねえ。住んでみたくなる場所ですから」

そう言って園田は日向に視線を向けた。

「社長、開設していただけませんか?」

「それもいいね」日向は柔らかい口調で答えた。せっかく章吾たちが作ってくれた雰囲気を壊したくない。「なんなら、対岸のイラン支社でもいいよ」

「うわあっ」

園田がのけぞり、笑いが起きた。彼としては、社長直々《じきじき》にからかってもらって、嬉しいのだろう。気持ちはわからないではない。だから、園田にはもう少しサービスしてあげよう。

「園田主任。『開設していただけませんか』はいまいちだな。『開設させていただけませんか』なら満点だった」

「あ、なるほど」

理紗がぽんと手を打った。社員の能動性を求める、会社の方針を思い出したようだ。園田も「しまった」と大声を出した。研修中なら苦虫を嚙み潰したような顔をするか、消沈してしまうところだが、酒を飲んでハイになっているようだ。ショックを受けた様子はない。あらためて日向を見る。

「社長。開設させていただけませんか？」

「イラン支社をですか？」

すかさず章吾が言い、またみんなで笑う。初日も終わりに近づいてようやく馴染《なじ》んできた園田に、梶間も理紗も優しい視線を向けている。

なんだ、できるじゃないか。

日向はすっかりうち解けた園田に対して、そんなことを思う。周囲の配慮があるとはいえ、最初からそうしていれば、比呂美は嫌いはしなかっただろうにと。

比呂美は盛り上がっている園田を冷めた目で見ていたが、その比呂美に優佳が話しかけた。

「御社にはイラン支社もドバイ支社もないようですが、ベルギーに欧州研究センターがあるというお話でしたね」

比呂美は我に返ったように目つきを戻し、優佳に向き直る。

「ええ。あります」

「他にも海外の事業所はありますか？」

どうして自分に聞くのだろうという顔をしたが、すぐにプレゼンテーションの際、海外の顧客について言及したのが自分であることを思い出したようだ。比呂美は丁寧にうなずく。

「ええ。最も大きいのはアメリカ支社で、ニューヨークとロサンゼルスにあります。昼間も申し上げたように、弊社はアメリカに多くの顧客を抱えていますから。それからアジアにはシンガポールと上海、ヨーロッパでは研究センターの他にロンドン支社があります」

優佳が目を丸くする。

「けっこう多いんですね。どこも日本人スタッフがいるんですか？」

「いますよ。現地雇用の社員も多いのですが、本社と連絡を密にとって、呼吸を合わせて業務を進めるには、やっぱり日本人スタッフが必要です」

なるほど、と優佳がコメントした。そして空いた園田のグラスに、ビールを注ごうとする。それを園田が辞退した。

「私はそろそろウィスキーにしようと思います」

章吾がテーブルを見回す。ウィスキーはきちんと用意してある。ハイランドパークの十二年だ。高い酒ではないが、同じ銘柄の十八年ものよりもバランスがよいと日向は思っている。

園田はカウンターまで歩いていき、ウィスキーセットをトレイごと持ってきた。トレイには、ウィスキー用のアイスペールとトング、そしてグラスが載っている。

「小峰課長。氷って、ありましたっけ」

小峰が厨房の奥を指さす。

「あるよ。買っておいた氷が冷凍庫にしまってある」

わかりましたと言って、園田が厨房に入った。ビニール袋に入った角氷を取り出して、アイスペールに入れた。角氷のいくつかをグラスに移し、ウィスキーのボトルを取ろうとしたところを、優佳が前から取り上げた。封を切り、園田のグラスに注いでやる。とくとくといい音がして、グラスにウィスキーが満たされていく。園田は優佳に礼を言った。そして日向に顔を向ける。

「すみません、いただきます」

そう言ってグラスを掲げて見せ、うまそうに飲んだ。残しても仕方がないから、どんどん飲んでくれ。

優佳は園田のそんな仕草を眺めていたが、すぐに視線を比呂美に戻した。赤ワインのボトルを取り、比呂美のグラスに注ぐ。比呂美はビールがあまり好きではないらしく、乾杯の後はずっと赤ワインだ。

「じゃあ、御社で働いていると、海外赴任のチャンスはあるわけですか」

比呂美はあいまいな微笑みを浮かべる。

「ええ、まあ」

「堀江さんは現在内勤だそうですが、海外赴任のチャンスがあったらどうしますか?」

比呂美は驚いたように優佳を見た。細い目が少しだけ開かれた。

「えっと、そうですね。自分から希望はしませんが、辞令が出れば、従います」

「自分からは希望しませんか」

優佳がくり返す。「海外に住みたいという欲求は、あんまり?」

「ないですね」

それだけ答えて、比呂美は言葉を探すように視線を宙にさまよわせた。

「だって、ほら、外国にはシャワートイレがないんですよ。あれなしの生活なんて、考えられません」

食堂に笑いが起きた。固いイメージのあった比呂美が、妙にリアルで、それでいて切実な話をしたことが面白かったのだ。比呂美は自分の発言が予想外にうけたことに戸惑っているようだったが、場の雰囲気を壊さなくて安心したというような表情になった。

「そんなの、日本から買っていけばいいんだよ」

横から園田が言った。アルコールで頬が赤くなっている。

「日本の方が電圧が低いんだから、海外のコンセントを百ボルトに落とすアダプターと一緒に買っていけば、問題解決だ」

「それもそうですね」

そう答えたのは、比呂美ではなく章吾だった。比呂美は笑顔を消して、黙ってワインを飲んでいた。

ちらりと比呂美に視線をやった真里子が、園田を見て口を開く。

「でも、海外のトイレに、コンセントが付いているんでしょうか。あれって、日本でシャワートイレが普及したから、それに対応する形で取り付けられたような気もします。自信はないですが、日本だけかもしれません。かといってトイレの外から延長コードを引いてくるのも、相当間抜けですよね」

「あ、それもそうか」

園田は脳天気な返事をする。気の利いた返答を考えているようだったが、園田が再び口を開く前に、優佳が「そうだ」と言った。

「トイレの水が流れるときの水圧で水車を回して、それで得られた電気をフライホイール式蓄電装置に蓄えればどうでしょう」

「なるほど」

複数の声が上がった。理紗が梶間を見る。

「梶間さん、メモメモ」

梶間が笑いながら、ポケットからメモ帳を取り出すふりをする。

「でも、面白い提案ですね。トイレットペーパー数個分のサイズに作れれば、海外といわずに日本でも需要があるかもしれません」

多分にリップサービスを含めて、梶間がコメントした。とはいえ、全く無茶な提案ではない。トイレでなくても、ごく小規模の蓄電システムというのは、フライホイールの得意技でもある。いわば電力の地産地消。梶間の本職は素材屋だが、ソル電機としては何らかの形で役に立つアイデアかもしれない。

発言主の優佳は、自分の提案にさほど固執していないようで、さっさと話題をトイレから切り替えた。

「それだけ海外に赴任するチャンスがあるのなら、社内には海外赴任を希望される方も多いでしょう。というか、学生が御社を志望する際の、主要な動機にもなっているんでしょうね」

比呂美は笑顔を消したまま答えなかった。ワインを干す。ピッチがだいぶん速くなっている。代わりに園田が口を開いた。

「ええ。志望する動機は様々だと思いますが、やっぱり海外を意識して応募する人間は多いと思います。採用試験の面接のときにも、『海外に赴任しても大丈夫か』と聞かれました。もちろん面接ですから『いいえ』という回答はあり得ないのですが、ホームページの採用案内でも、大学に送付する人材募集の資料にも、必ず海外での事業展開については言及されています。ですから、志望する学生の中でも、会社の中枢で働きたいと考えている人間は、むしろ積極的に海外赴任を希望するでしょう」

「園田さんもやっぱり、最初から海外赴任の希望を？」

優佳の質問に、園田は胸を張った。

「それはもう。私の場合、だからソル電機一本に絞ったといっても過言ではありません。大学の教授から、ソル電機は日本よりも海外で有名だから、外国人相手の仕事が多いと言われて、それが決め手になりました」

園田は東京の一流私大でマーケティングを学んでいた。所属していた研究室の教授はソル電機とつき合いがあるから、何年かに一度、学生をソル電機に送り込んでくる。広告代理店やマスコミに入りたがる学生が多い中で、世間一般に名を知られていないソル電機に入社する学生は、大抵派手な企業に落とされた奴だ。もっとも志望者が集中する人気企業の当落は、学生の能力とあまり関係ないから、それはあまり気にならない。さて、園田は言葉どおりはじめからソル電機を志望したのか、それとも外れ一位なのか、どっちだろう。

優佳は、今度は日向に視線を向けた。

「海外赴任って、どうやって選抜するんですか？」

「そうですね」

日向は指を組んで答える。今は社長が指名するわけではないが、会社がまだ小さかった頃は、日向自身が直々に社員に告げたものだった。

「やはり本人の希望と、適性ですね。園田が申しましたように、海外赴任の可能性は面接で告げますが、家庭の事情などで、どうしても日本を離れられない社員はいますから。適性というのは、単身海外に乗り込んでも物怖《ものお》じせずにやっていけるかとか、生活習慣の違うところでも順応できるかとか、そういうことです。先ほどの堀江の話がいい例ですが、シャワートイレがなくても気にしないか、日本から便器を持参する図々しさか、どちらかが必要ということです。語学力は、あまり選定の基準になりません。赴任が決まってから勉強させれば済むことですから」

「能力より、本人のやる気だということですか」

「そうです。かといって、やってやるぞとあまり入れ込んでしまう人間は、逆に向きません。海外支社の仕事は、やはりきついですから、気が張ったままだと、ある時ぽっきりと折れてしまいます。むしろ本社の目が届かないのをいいことに、現地で遊びまくってやるぞというくらいの方が、実はうまくいきます」

そこで優佳は視線を園田に戻した。

「その観点から、園田さんは海外赴任にご自分が向いていると思いますか?」

園田は笑って手を振る。

「いえいえ。私は『やってやるぞ』というタイプの人間です。ですから、実は向いていないのかもしれません」

その手には乗らないよ、と言いたげだ。それはそうだろう。いくら集中力が途切れているとはいえ、社長の前で「海外では遊びまくるつもりです」と言うわけもない。優佳も、園田を陥《おとしい》れるつもりはなかったようだ。がっかりした表情も見せずに、今度は梶間を見た。

「梶間さんは、実際に赴任されるそうですが、いかがですか? 心の準備のほどは」

梶間は温厚そうな表情を優佳に向けた。

「心の準備ですか? いえ、まったく。心の準備どころか、身体の準備もできていません。週末まで普通に仕事をして、次の月曜からはヨーロッパ、という感じです」

「なんか、かっこいいですね」

章吾がコメントしたが、梶間は首を振る。

「いえ、そういうわけではなくて、単に準備する必要がないだけです。さすがに行政上の手続きは欠かせませんが、生活に関しては、あまり心配していないんです。衣類にしろ生活必需品にしろ、現地で手に入るものですから。本や雑誌はあまり読みませんし、日本の音楽はネットからダウンロードできます。必要なのは、パスポートとクレジットカード以外では、日本語のソフトが入っているノートパソコンくらいです。後は全部家に置いていくつもりです。——出発前に、きちんと生ゴミは出していくつもりですが」

笑いが起こる。日向も笑いながら、心が痛むのを感じた。

境陽一が死んだ後、妻の由美子は身重の身体を実家に寄せた。由美子は再婚しなかったから、梶間を産んでからも、そのままずっと実家で暮らしていた。その後両親が亡《な》くなり、由美子自身も死んでしまってからは、古い一軒家に梶間が独《ひと》りで住んでいる。梶間がヨーロッパに旅立ってしまえば、あの家は空《あ》き家《や》になってしまうのだ。彼が祖父母と同居することになったのは、日向の行為が原因だ。

もし日向が境を殺さなかったら。二人は今も生きていて、梶間の渡欧を成田空港から見送っただろうか。それとも二人とも鬼籍に入っており、やはり梶間は住処《すみか》を空き家にしていっただろうか。

それはわからない。わかっていることは、境が息子を見送る可能性を、日向が消したということだけだ。消えてしまった可能性を考えるのは止めよう。第一、ここで死ぬ日向自身も、梶間の見送りに行くことはないのだ。

「生ゴミを出していくってことは、梶間さんは一人暮らしなんですか？」

章吾が訪ねた。梶間はうなずく。

「ええ。ボロ屋に一人住まいです」

「それなら、ご自宅は空き家になってしまうんですか。それとも、誰かに貸すとか？」

「いえ、本当に古い家ですから、住みたがる人もいないでしょう」

本音では、自分と母親の思い出がつまった家に、他人を住まわせたくないのかもしれないが、日向は黙っていた。章吾は続ける。

「人が住まなくなった家は、傷《いた》みが早いと聞きます。私の祖父の家も、それが心配されました。ですから人が住まないのなら、誰かに頼んで、定期的に空気を入れ換えた方がいいかもしれませんね。掃除もした方がいい」

梶間は視線を天井に向けた。

「なるほど。それは考えませんでした。かといって近くに親戚がいるわけでもないし、困りましたね」

梶間は視線を戻して、小峰を見た。

「小峰課長。会社でやっていただけますか？」

小峰は笑って日本酒を飲む。

「俺は秘書課であって、総務課じゃないよ。まあ、総務がそんなことをしてくれたという話は、聞いたことがないけどね」

梶間も本気ではなかったのだろう。それはそうですよね、と笑顔を返す。そのグラスに章吾がビールを注ごうとしたが、梶間はやんわりと断った。グラスにはビールがまだ残っている。

「無難なところとしては、お友達に頼むという辺りですね」

そう言って真里子が婚約者を見る。「章ちゃん、やってあげれば？」

「おやすいご用だ」

章吾が即答すると、梶間は慌てたように「いえいえ、とんでもない」と首を振る。それはそうだろう。たとえ親しくなったとしても、社長の親戚に雑用を頼める社員はいない。

「それなら会社の同僚に頼みますよ」

梶間の言葉に、優佳が反応した。

「じゃあ、野村さんに」

ええーっと理紗は大声を出したが、嫌がっているふうではない。むしろ、どきりとしたという印象を受ける反応だ。顔が赤いのは、酒のためなのか、それとも動揺したためなのか。

「確かに野村さんって、エプロンとハタキが似合いそう」

真里子が言うと、そうだそうだと園田が大きくうなずいた。かなり酒が入っているようだ。「いい奥さんになれそうですもんね」

社内でそんなことを言ったら、セクハラに該当する。しかしここは保養所だし、今は飲み会の最中だ。理紗も気を悪くしたふうでもないし、許してやろう。

そんな、わたしなんてと否定する理紗を受け流していた優佳が、小さく口を開けた。

「あっ、そうか。野村さんもベルギーに行っちゃったら、日本で掃除できないのか」

近所迷惑なくらいの歓声が響いた。

「えーっ？　二人はそういう関係だったんですか？」

園田が驚愕を素直に表す。

「違いますっ！」

理紗がばたばたと両手を振った。「全っ然、そんなことはありません。まったく。ちっとも」

日本語が怪しくなってきた。梶間は苦笑している。本気にしている理紗と違って、彼は酒の上での戯《ざ》れ言《ごと》だと思っているのだろう。

ちなみに、どちらも正しい。ゲストは、これはと見込んだ男女の仲を煽る役割を担っている。飲み会で最も盛り上がるテーマは、上司の悪口か、同僚の恋愛話だ。だから参加者の誰かを肴《さかな》にして恋愛の話をするのは、話題の選択としては自然だし、目的にもかなっている。

この手のからかいは、本人にまったくその気がないと、不愉快になるだけだ。むしろ逆に嫌いになりさえする。女性の場合、それが特に顕著だ。しかし少しでもその気があれば、あるいは相手に対する憧れがあれば、「ひょっとしたらいけるんじゃないか」と期待してしまう。酒の勢いもあって、恋心が一気に燃え上がってしまうこともある。

どうやら章吾たちは、理紗に脈ありと見たようだ。理紗は梶間に対してプラスの感情を抱いている。研修やその後の食事、懇親会を通じて、それを感知した。だから戯れ言を装って煽っているのだろう。

日向は、章吾たちに対してすまない気持ちになった。彼らは、ゲストとしてきっちり仕事をこなしてくれている。普通のお見合い研修ならば、日向は百パーセント満足していただろう。しかし今回、梶間は女性のことを気にしている余裕はないのだ。日向が生きている間は殺すことで頭がいっぱいで、殺してからは逮捕されないことに集中する。いくら煽られても、彼が理紗になびくことはない。

日向はそれをゲストに伝えていない。だから彼らがいくら努力しても、今回に関しては成功しないのだ。わかっていてそれをさせていることに対して、申し訳なく思う。

何も知らない章吾が、梶間に視線を送る。目が細められていた。

「どうなんですか、梶間さん。野村さんはああ言っていますが」

梶間は頭をかいた。意識して作った笑顔が浮かんでいる。

「ないですね。残念ながら」

「今のところは？」

「そう、今のところは」

また歓声があがる。梶間もこの場に溶けこんで、特別な印象を与えないように振る舞っているようだ。どうせ自分はすぐに日本からいなくなる。理紗と将来的に親密になることはないと誰もがわかっているから、冗談の域を超えないと割り切っているのだろう。明確な否定をしなかった。

今は向かい側に座っている理紗と、梶間の目が合う。梶間は苦笑を理紗に向けた。困ったものだけど、ここはひとつ、場を盛り上げるためにネタになろう——そんなメッセージが込められているようだったが、理紗に伝わったかは定かではない。

「そうか」優佳が何かに気づいたような声を出した。

「自分が赴任を命じられなくても、配偶者が海外に行くときについていくという可能性もあるんですね」

「それもそうですね」園田がウィスキーを飲みながら同意する。「単身赴任するのではなくて、奥さんを連れて行く人も多いですから」

比呂美の肩がまたぴくりと震えた。ワインを飲み干《ほ》す。空《から》になったグラスに、自ら注いだ。その端正な横顔は、いくら酒を飲んでも白いままだった。

「そうとも限りませんよ」

優佳が反論する。「海外赴任する奥さんに、旦那さんがついて行くこともあるでしょう」

「いやいや」園田が顔の前で片手を振る。「やっぱり海外は男の仕事ですよ。社長がおっしゃったように、やっぱり海外の仕事は大変ですから。女性だって、海外に住みたいなら自分で赴任の努力するよりも、海外に行きそうな男を捕まえる方が確率が高いでしょう」

「そうなんですか?」

優佳がわかっていないふりで尋ねる。酔った園田は、当然とばかりうなずいた。

「実際うちの会社でも、海外に赴任したのはほとんど男です」

そうなんですか、と今度は質問口調でなく応える。ちらりと日向を見た。

日向は心の中で苦笑する。研修の休憩時間に、章吾が「女性は内にこもって、男が外に行くんですか。ずいぶんと古い会社ですね」とからかったことを、園田はすっかり忘れているようだ。そして目の前には社長がいることも。

　園田は続ける。

「それに、女性の寿退社はよくある話ですが、男のそれは聞いたことがありません」

　はははあ、そうかもしれませんねと優佳が言うと、園田はますます勢いに乗ってきた。

「女性はどんなに優秀でも、結婚退社することに抵抗がないようなので、会社も海外にやるのは心配じゃないでしょうか」

　うんうんと優佳がうなずく。

「そういえば、園田さんの部署でも辞められた方がおられたそうですね」

　すうっと比呂美の血の気が引いた気がした。もともと白い顔が、青白くなっている。前に座っている優佳は、そんな比呂美を無視した。もとより酔った園田は気づかない。

「そうなんですよ。あれほどの能力を持ちながら、もったいない話です。つまり、女性の登用はそれだけリスクがあるんですよ」

「辞めさせたのは、誰よ」

　低い声が響いた。

　食堂の空気が止まる。全員が一斉に発言の主を見た。比呂美だった。

「奈美を辞めさせたのは、あんたじゃないの」

「えっ……？」

　園田は戸惑ったように比呂美を見た。比呂美はグラスを見たままだった。

「あんたが、奈美の仕事を妨害したんでしょう」

　奈美。聞き覚えがあった。しかしすぐには誰のことか思い出せない。理紗がつぶやいた。

「奈美……。辞められた、企画部の西田奈美さんのことですか？」

　そうか。どうりで聞き覚えがあるはずだ。休憩時間に出た名前だった。かつてソル電機に在籍していたという、アラビア語ペラペラの優秀な女性社員。確かに辞めたと聞いた。

比呂美は無言で理紗の言葉を肯定した。口を開いたのは、園田に対してだった。

「あんたは、最初ドバイプロジェクトのメンバーじゃなかった。だけど国家を相手にしたプロジェクトにどうしても参加したくて、メンバーだった奈美をいびり出したんじゃないの！」

ここではじめて比呂美は園田を見た。そのため日向からも比呂美の顔が見えた。間違いようのない怒りと憎悪が、そこにあった。

「い、いびりって……」

突然の糾弾に、酔った園田の頭は対応できない。反対に比呂美は、たがが外れたかのように激情と共に言葉を吐き出していた。

「メンバーを選抜するとき、あんたは次点だった。だから奈美を失脚させれば、代わりに自分がメンバーになれる。そう思ってやったんでしょう。知ってるわよ、あんたが何をやったのか。郵便物を渡さない。奈美が席を離れた隙に資料を抜き取る。奈美が使っているサーバーのデータを消すか、改竄《かいざん》する。まるで女みたいな、陰湿ないじめを繰り返したでしょう。奈美は誰がやったかはわかっていたけれど、それを声高《こわだか》に訴えることはなかった。あんた、頭だけはいいから、他の人間に絶対にばれないようにやったのね。だから証拠もない。訴えたところで、上司が理解を示すはずがなかった。あんたの妨害工作によって、奈美が業務を滞《とどこお》らせたのは、事実だしね。奈美はそんな会社に嫌気がさして辞めたのよ！」

園田の顔が、みるみるうちに青黒くなっていった。その表情は、理不尽な糾弾を受けた人間のものではなかった。長年人間の顔を見続けた日向にはわかる。明らかに、自分の罪を暴かれた人間の、見苦しい顔だった。

「い、言いがかりだ……」

ようようそれだけのことを言った。「証拠もないのに、いい加減なことを、言うな」

「証拠？」比呂美が鼻で笑った。「証拠が欲しいのなら、いくらでも作ってあげるわよ。あんたが証拠を消したのと同じように。まさかあんた、コンピューターシステムをいじることで、わたしに勝てるとでも思ってんの？　奈美もそうだったけど、あんたたち企画部は、コンピューター音痴だからね」

　園田は口をぱくぱくとさせるだけで、反論できなかった。それはつまり、自分が証拠を消したと認めていることに、他ならなかった。

　勢いづいた比呂美が、さらにたたみかける。

「会社を辞めた奈美がどこに行ったか、教えてあげましょうか。なんと、東亜《とうあ》フライホイールなのよ。多角化したうちと違って、フライホイール一本の同業他社よね。彼女はそこでカタールとの共同プロジェクトを手がけているのよ。ドバイプロジェクトは最近、あちらのカタールプロジェクトに押されているわよね。それがつまり、あんたと奈美の能力差よ！」

　とどめだった。食堂は静まりかえった。誰もが凍りついた場を取り繕《つくろ》う言葉が見つからなくて、ただ黙っていた。

　しかし園田も、この研修に選抜される人材だ。言われっぱなしではなかった。なんとか態勢を立て直し、反論した。

「東亜フライホイールだって？　ひどい背信行為だ。会社を辞めた後、同業他社には行かないと、入社したときに誓約書を書いただろう。それを破るような奴は、いなくなって当然だ！」

　馬鹿っ！

　日向は心の中で叫んでいた。なぜ相手の精神状態を考慮しない。その反論は、考え得るかぎり最悪のものだ。

　案の定、比呂美の怒りの炎に油を注いだ結果になった。

「あんた、なに言ってんの？　その原因になったのが自分だってことが、まだわかってないの？　つまり会社に損害を与えたのは奈美じゃなくて、あんた」

　青黒くなった園田の顔に、血の気が戻った。それはつまり、知性ではなく感情の対立になったことの証左《しょうさ》だった。すでにここには、社長を前にして出世欲に燃える園田も、節度を保ちながら控えめに徹した比呂美の姿もない。

　そして園田は、決定的な言葉を吐いた。

「だいたいおまえは、何でそんなことを知ってるんだ。西田の同期か？　西田が東亜に行きながら会社に報告しなかったおまえは、同罪だ！」

　ぷつん。

　日向は、決定的なものが切れる音を聞いた。

　比呂美は、手元にあったワインのボトルを握った。酒を注ぐためではない。持ち方が違う。逆手《さかて》だ。その持ち方は、人を殴るときだ。梶間がそうするよう想定して、日向が玄関ロビーに置いた花瓶のように。

　獣のような唸《うな》り声が聞こえた。比呂美は右手に持ったボトルで、園田に殴りかかった。右隣に座る園田に対して、テニスのバックハンドの要領で。

　あまりのことに、ほとんどの人間は対応できなかった。動けたのは、隣にいた真里子だけだった。

　真里子が比呂美の襟首をつかんだ。強く後ろに向かって引く。ボトルを振りながら、比呂美の身体は後ろに傾いた。そのためボトルは、園田の鼻先をかすめて走り抜けた。

　比呂美はなおも倒れていく。無理に比呂美を引き倒したため、真里子も椅子ごと後方に倒れていった。真里子に、自分を守る動作は一切なかった。

　しかし二人の背後には、いつの間にか章吾がいた。章吾は太った身体に似合わない俊敏な動作でテーブルを回り込むと、椅子ごと二人の身体を受け止めたのだ。床と後頭部の距離、およそ五十センチ。そこで二人の身体は止まっていた。

　次の瞬間、比呂美の身体が跳ね起きた。右手には、ボトルを握ったままだ。さらに園田を殴ろうとする。それを羽交い締めしたのは、梶間だった。

「堀江さんっ！」

梶間は、暴れる比呂美の耳元で叫んだ。

「とりあえず暴力はやめろ。もう、君にはその必要がない」

梶間に抗《あらが》う比呂美の力が緩《ゆる》んだ気がした。梶間はなおも言う。

「君の主張は、社長がきちんと聞いた。小峰課長もだ。だから、堀江さんは安心していい。西田さんに対しては手遅れかもしれないが、小峰さんがきちんとしてくれる」

その言葉を聞いたとたんに、比呂美の抵抗が止んだ。瞳に理性が戻る。細い目が大きく見開かれていた。視線がさまよい、日向と小峰を捉える。自分が今、どこで誰と一緒にいるのか。それを改めて思い出した。そんな様子だった。梶間がゆっくりと手を放すと、比呂美は床に座り込んで泣き始めた。その手から、梶間がワインボトルを受け取る。誰一人口を開かない食堂で、比呂美の泣き声だけが響いた。

真里子がそっと比呂美に歩み寄り、肩を抱いた。耳元で囁く。「行きましょう」

そして小峰に比呂美の部屋番号を尋ねた。二〇三号室だという回答を得ると、比呂美をゆっくりと立たせた。真里子は日向に向かって一礼すると、比呂美の肩を抱いたまま出口に向かった。

わたしが、と席を立とうとする理紗を、章吾が止めた。

「ここは、同僚じゃない方がいい」

小さな声だったが、理紗は理解の意を示し、座り直した。ばたんと音がして、二人が出ていった。

当事者の一人が退場し、もう一人が残された。まるで未来を永遠に失った者のように放心している園田に、章吾が語りかけた。

「園田さん」

名前を呼ばれて、園田の身体がびくりと痙攣《けいれん》する。

「園田さん。過去のことは過去のことです。今夜のことは今夜のことです。そして、明日のこともまた、明日のことですよ。あなたが今やるべきことは、明日に向けて、よく眠ることです」

　園田の旧悪については、すでに社長と秘書課長が聞いてしまった。それはもう起こってしまったことだ。事実は変えられない。それなら、まともな思考ができない状態で、あわてて変なことを口走るべきではない。最善の対応策を考えるために、理性と思考能力を取り戻すことが、最も必要なことだ――章吾はそう言いたかったのだろう。

　はたして園田が、章吾の言葉をどれだけ理解したかはわからない。ただ、自分がここにいるべきではないことだけは理解したようだ。のろのろと立ち上がった。誰とも目を合わせずに、出口に向かう。章吾が園田を追いかけ、ハイランドパークのボトルを差し出した。

「どうぞ。今夜の参加者で、ウィスキーを飲むのは、あなたしかいないようですから」

　園田は機械的にボトルを受け取ると、食堂から姿を消した。

　重苦しい沈黙が、食堂を支配していた。お見合い研修始まって以来、最悪の雰囲気だった。

　うかつだった――。

　日向は苦い気持ちで、一連の騒動を振り返っていた。

　今日の日向は、いかにして梶間が自分を殺すかということばかりを考えていた。この場所にいる役者は自分と梶間の二人であり、残り全員はただのエキストラに過ぎない。そのはずだったのに、まさか横から割り込んできて主役を演じようとする人間がいるとは、思ってもみなかったのだ。

　しかし、それは言い訳に過ぎない。日向は章吾と真里子から、比呂美が園田のことを嫌っているという情報を得ていたのだ。それなのに、まさか社長の前でもめ事を起こす社員がいるはずがないと思い込み、放置していた。それがこの結果をもたらした。経営者にとって、途中経過は問題ではない。評価されるのは結果だけだ。これが会社経営に関する問題であったなら、日向は大きな失点を喫したところだった。

「章吾」

日向は甥の名前を呼んだ。章吾は既に席に戻って酒を飲んでいたが、日向の呼びかけにこちらを向いた。

「よくやってくれた。社員たちを守ってくれて、感謝するよ。しかし、よく間に合ったな」

章吾は、園田や比呂美から最も遠い位置にいた。どんなに俊敏な人間でも、比呂美が行動を起こしてからでは、絶対に間に合わない。しかし章吾は比呂美の背後に回り込み、自分の婚約者と比呂美を守った。

ええ、と章吾は答える。

「堀江さんが、園田さんを嫌っているらしい。そんな話がありましたよね」

「ああ、そうだな」

「だから、二人がケンカしないように、夕食のときから気にしていました。だから堀江さんが爆発したのを見たとき、二人の間に距離を作ろうと思ったんです。殴りかかる前から、立って移動を始めていたんですよ。だから間に合いました。それだけのことです。僕なんかより、とっさに堀江さんを引き倒した真里子の手柄です」

「まったく、国枝さんには助けられた」

偽らざる心情だった。確かに日向は真里子のことを、観察を行動に結びつけられる、貴重な人材だと思っていた。しかしあの局面でとっさに行動できる人間は、そう多くない。

そして章吾だ。真里子は思いきり比呂美を後ろに引き倒した。それほどの力を入れなければ、ボトルの攻撃が空《くう》を切ることはなかっただろう。その結果、自らも後ろに倒れた。そのままだったら、後頭部を床に打ちつけていたところだ。おそらく真里子は、こちらに向かっていた章吾が、視野の片隅に入っていたのだろう。絶対に章吾がカバーしてくれる。彼女はそう信じて行動を起こした。そして章吾はきちんと期待に応えた。そんな二人が婚約したことに、日向は素直に感動していた。

しかし横から冷静な声が響いた。

「日向さん」

優佳だった。落ち着きと誠実さを、併《あわ》せ持った口調。

「日向さん、今の件を、どう処理されますか?」

「どう、とは?」

日向は芸のない回答をした。彼女の言いたいことがわからない。優佳は日向に視線を向けた。

「念のための確認です。堀江さんの行動は、厳密にいえば傷害未遂、あるいは殺人未遂です。警察に通報することは、考えられませんか?」

「……………」

日向は、すぐには答えられなかった。答えは決まっている。通報など、できるわけがない。そんなことをしたら研修に警察が介入して、梶間が日向を殺せなくなってしまう。しかしそれを口にするわけにはいかない。それに企業のトップが目の前の犯罪に目をつぶるとなると、ソル電機の企業倫理に対する姿勢が問われてしまう。だからすぐに答えられなかったのだ。

「そのつもりは、ありません」

日向はやや間をおいて、そう答えた。

「誰かが怪我をしたわけではありません。もちろん死んだわけでも。つまり、何もなかったと同じことです。何もなかったのに、警察の手を煩《わずら》わせるわけにはいかないでしょう」

仮に、比呂美が園田攻撃に成功していたら。日向はそうも考える。あれだけの力を込めて殴ったのだ。園田は死なないまでも、大怪我を負っただろう。そして保養所には、応急処置ができる照美はいない。救急車を呼ぶことになる。そして怪我の状態と原因を知った救急隊員は、警察に通報するに違いない。それで日向の計画は瓦解《がかい》する。そんな事態を防いでくれた意味でも、日向は甥とその婚約者に感謝しているのだ。

　優佳は日向の答えに満足しなかったようだ。まったく同じ口調で、日向に反論した。

「堀江さんは、自分が何をしたのか、よくわかっています。しかし不問に付される。堀江さんは、園田さんを害することに関して、社長のお墨付きが出たと考えるでしょう。同じことがくり返されるかもしれません。それでも？」

「いえ、それはありません」

　答えたのは、日向ではなく小峰だった。

「堀江の告発については、社内で徹底的に調査します。園田が本当に同僚を陥れたのか。片方だけの意見を鵜呑《うの》みにすることはできませんから。社内のコンピューターシステムは、いつ、誰が、どのデータにアクセスしたかの記録を、すべて残しています。少なくとも、当時ドバイプロジェクトのメンバーではなかった園田が、関係するデータにアクセスしたかどうかは確認できます。辞めた西田からも、話を聞くことになるでしょう。現在同業他社に行っているようですから、会ってくれるかどうかはわかりませんが。ともかく、日向はこの騒ぎを、闇に葬るつもりはありません。社内的な筋は通させていただきます。碓氷さん、それではいけませんでしょうか」

「わかりました」

　小峰の答えを予想していたのか、優佳は素直にうなずいた。

「そういうことなら、わたしに異存はありません」

　日向は安心する。優佳が「絶対に警察に通報する」と騒ぎ出したら、ソル電機は多少なりともダメージを負ってしまうところだった。簡単にこちらの意のままになる女性ではないことは、よく知っている。

「それにしても」優佳がやや柔らかい口調でつぶやいた。「誰も怪我をしなくて、本当によかった」

優佳は安心したような、満足したようなため息をついた。ゲストとして連れてこられた挙げ句に、こんな醜態を見せられたのに、社員の無事を喜んでくれる。日向は優佳の気持ちに感謝した。

さて。

日向は本来の目的に意識を向けた。予想外の騒動があった。梶間はどうする？

今晩は自重するだろうか。するかもしれない。騒ぎのおかげで、日向の心から油断が消える危険があるから。それとも、騒ぎ自体を話題にして近づく、絶好の機会だと考えるのか。

普通ならば、自重するだろう。目の前の暴力沙汰《ざた》は、人の心を平穏な状態には置かない。梶間の心も、日向の心も。殺人の環境としては、騒ぎがあるよりない方がいいのだ。

しかし現在梶間が置かれている状況は、普通ではない。彼が日本にいる間に日向を殺せる、唯一の機会がこの研修なのだ。梶間はこの機会を逃すことはできない。今晩は自重して、明日の晩決行することも考えられるが、明日になってみないと、研修がどのような雰囲気で行われるか、予想できない。明日の晩も、決行できる雰囲気ではなくなるかもしれないのだ。

梶間は、今夜来る。

それが日向の結論だった。比呂美と園田の騒動は予想外だったが、それは梶間の計画に変更を与えない。優佳に説明したように、何もなかったのと同じことだ。

日向は改めて覚悟した。今晩、自分は梶間に殺される。日向は壁の掛け時計を見た。午後九時四十七分。

自分はまだ生きている。しかし、残り数時間の命だ。

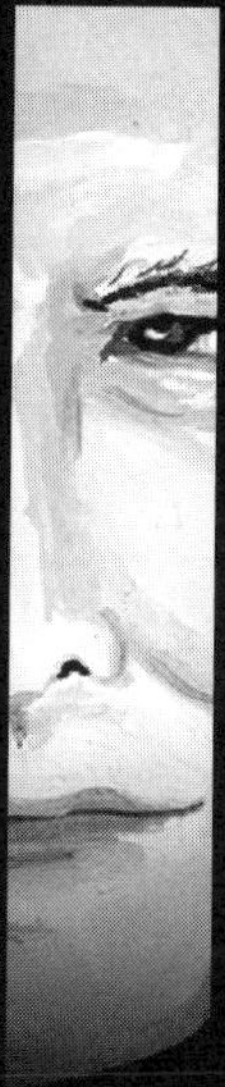

第四章

対話

誘ったのは自分の方なのだと、母は言った。

梶間晴征は、母がガンに冒されていることを、本人に告げなかった。しかし病床の母にはわかっていたようだ。病状が悪化し、治る見込みはないと覚悟したとき、母は息子を呼んだ。

母親といえども一人の女性であることは、頭ではわかっていた。しかし本人の口から、母が父を裏切ったことを告げられたとき、梶間は激しく動揺した。

「お父さんはソル電機を創業してから、本当に活き活きしていたのよ」

母は視線を天井に向けたまま、そう言った。

「でも、あの人は根っからの技術者だった。夢中になってしまうと、周《まわ》りのことが一切目に入らなくなってしまうの。晴征も技術者だから、そのことは理解できるでしょう。というか、あなたのそんなところは、お父さんそっくりね」

母は小さく笑ったが、すぐに沈痛な表情に戻った。

「お母さんは、お父さんが生き甲斐を見つけたことを喜んだと同時に、悲しんだの。放っておかれる立場としては、仕方のないことだったんだけど。そんなとき、わたしを気にかけてくれた人がいたの。いえ、わたしたちを気にかけてくれた人が。それが、日向さん。お父さんの、無二の親友だった」

だから、その優しさにすがったのだという。父が出張から帰ってこなかった夜。母は日向社長と、一晩だけの過ちを犯してしまったと。それだけでも梶間を驚愕させたのに、母が続けて発した言葉は、それをはるかに上回るものだった。

「お父さんが死んでしまったのは、それが原因なのよ。たぶんお父さんと日向さんが争って、お父さんが死んだ」

「そ、それって……」

梶間は喉《のど》に引っかかる言葉を押し出そうとした。しかしできないうちに、母が口を開いた。

「そう。日向さんが、お父さんを殺した」

「……」

梶間は何も言えずに、ただベッドの上の母を見下ろした。

「油よ」

母は突然そんなことを言った。意味がわからず梶間が黙っていると、母はまるでつい昨日の話題のように話を続けた。

「お父さんは、研究室の床にこぼれた油で足を滑らせて、機械に頭をぶつけて死んだ。それが警察の結論だった。でもお母さんは、警察が見落としたことがあるのを知っていたの。油よ。研究室の床ではなくて、日向さんのスーツに付いた、ね」

「社長の、スーツ？」

梶間が問い返すと、母は小さくうなずいた。

「そう。当時、わたしもソル電機の事務員だったから、日向さんのスーツ姿はよく見ていたわ。そうしたら、気づいたことがあったの。日向さんのスーツの両肩に、ごくわずかだけど油の染みが付いていることに。そんなものは、お父さんが生きていた頃にはなかった。スーツの肩に、油なんか付かない。しかも両肩に。付くとしたら、誰かが油の付いた手で、両肩をつかんだときよ」

それを見たとき、自分はすべてを理解したのだと、母は梶間に告げた。父は、日向社長と母が通じたことを知ってしまった。それで、社長を問いつめたのだろう。諍《いさか》いになった。そのとき、父が社長の両肩をつかみ、手についた油が、スーツを汚した。格闘の結果、社長が父を殺してしまったのだと。

「たぶん日向さんは、事件後すぐにスーツをクリーニングに出すと、警察に怪しまれると思ったのでしょう。濃い色のスーツだったし、油汚れを見慣れていない人間には、気づかれにくい染みだった。だから自分でできるかぎり落としただけで、しばらくの間はそのスーツを着ざるを得なかった。でも、お父さんの油汚れをいつも洗濯していたわたしには、わかった。でも、わたしはそのことを誰にも言わなかった」

その理由は、梶間にも理解できた。もし父の死が母の想像どおりであったならば、先に手を出したのは父の方だ。社長は正当防衛で無罪になる可能性が高い。それに、原因は自らが夫を裏切ったことにあるのだ。仮に日向社長を告発したならば、そのことに触れないわけにはいかない。触れてしまうと母は、夫が事故死した不幸な女性から、夫を死に追いやった不貞な女になってしまう。これから子供を出産して育てていかなければならない母にとって、世間の糾弾はどうしても避けなければならなかった。

だから、自分一人の胸の奥にしまい込んだのだ。

母の決心は、そのまま梶間の疑問に対する答えだった。以前から気になっていたのだ。自分たち親子を支援してくれる日向社長。父が死んだ頃、日向社長は独身だったという。母は、日向社長と再婚する気はなかったのだろうかと、疑問に思っていた。

しかし、それはあり得なかったのだ。恋愛感情はなかったにしろ、一度は愛を交わした相手だ。父の死が単なる事故死であれば、いずれ本物の愛情に変わるときが来たかもしれない。けれど、どんな事情があろうとも、夫を殺した男と再婚することなど、できるわけはなかったのだ。

「日向さんを責めないであげて」

母はそう言った。責任は、すべて自分にあるからと。本来なら、墓場まで持っていくつもりだった。でも、死を前にして、どうしても吐き出さずにはいられなかった。お前には申し訳ないけれど――母は辛そうに、そう続けた。

「日向さんは責任をきちんと取った。お父さんと一緒に作った会社を、あれだけの大企業に育て上げたんだから。だから晴征も、日向さんを憎むんじゃなくて、お父さんの会社をより良くするために努力しなさい」

　母はそれだけ言うと、喋り疲れたように口を閉ざした。

　それ以降、母は死に至るまで、事件について再び語ることはなかった。


「コーヒー、飲みませんか？」

　碓氷優佳が、梶間と野村理紗に話しかけた。

「いいですね」

　梶間が答え、理紗が「わたしがやります」と、優佳からコーヒーサーバーを奪い取った。

　堀江比呂美が園田進也に殴りかかってから二十分後。すでに懇親会はお開きになっていた。酒はまだ残っていたが、あれだけの騒動があった後では、酒を飲み続ける雰囲気ではなくなっていたからだ。テーブルの上を片づけ、日向社長は自室に戻った。秘書課長の小峰哲が社長に付き添って食堂を離れ、ゲストの安東章吾も、婚約者の国枝真里子がそろそろ比呂美の部屋から自室に戻っている頃だろうと言って、出ていった。そして残されたのは、梶間と理紗、そして優佳だった。そこで優佳が、梶間たちをコーヒーに誘ったのだ。

　コーヒーがはいると、優佳は「談話室に移動しませんか」と言いだした。食堂には、まだ騒動の残滓《ざんし》が残っている気がしたから、異論はない。三人でコーヒーカップを片手に、談話室に移った。

　談話室のソファに腰掛け、コーヒーをひと口飲む。ほとんどアルコールを身体に入れなかったが、やはりコーヒーを飲むとホッとする。三人同時に息をつき、テーブルにカップを置いた。

「碓氷さん、申し訳ありませんでした」

　突然理紗が、優佳に向かって頭を下げた。

「うちの社員がご迷惑をおかけしました。気分を害されたことを、お詫《わ》び申し上げます」

理紗は広報部らしく、会社を代表して、部外者の優佳に謝罪した。こんなとき、理紗の態度は立派だ。梶間も倣《なら》って頭を下げる。

優佳は小さく首を振った。

「気になさらないでください。野村さんのせいでも、梶間さんのせいでもありませんから。ちょっとびっくりしたことは認めますけど、怪我人も出なかったことですし。日向さんがおっしゃったとおり、何もなかったのと同じことです」

しかし理紗は頑《かたく》なだった。

「いえ、穏便に済ませるという点ではそうかもしれませんが、ご迷惑をおかけしたことを、なかったことにはできません」

「迷惑というか」優佳が言葉を探すように、宙を睨んだ。

「あの場にいた全員の心に、なんらかの影響をもたらしたことは事実でしょうね。少なくとも、日向さんにはダメージが大きかったと思います。それは、野村さんが謝罪してくださったのと同じ理由で」

同意できる意見だった。懇親会前に、梶間が思いついた仮説。この研修が、幹部候補生を団結させるために実施されているのであれば、研修生同士のトラブルは、研修の目的の対極にあるものだ。社長が精神的ダメージを受けたことは、想像に難くない。しかも、自分が呼んだゲストの目の前だ。メンツを潰されたと考えても仕方がない。

おそらく社長は、トラブルを起こした二人を赦《ゆる》しはしないだろう。悪いのは原因を作った園田だが、それを部外者の前で公表した比呂美の方が、会社としては罪が重い。ソル電機にも、一応内部告発の窓口がある。それを利用せずに、まるで江戸時代の直《じき》訴《そ》のように社長の前で訴えかけた比呂美には、なんらかの処分が下るのは間違いない。社長がやらなくても——梶間が殺すからできないのだが——社長の懐刀である小峰が断を下すだろう。

　小峰は、厳正な調査の上で、園田を処分する、比呂美は不問だというニュアンスの釈明を、優佳にしていた。梶間自身も比呂美を説得するため、同じような科白を吐いた。しかしそれが現実のものになるかどうか、梶間は疑っている。比呂美の行動を警察に通報しない、方便に過ぎないと思っているからだ。

　まあ、助かったけどね。

　梶間はそう思う。仮に優佳の進言に従って社長が警察に通報していたら。保養所内で自由に活動することは論外になる。警察に通報しないからこそ、梶間には研修中に社長を殺すという選択肢が残されている。

　優佳は話題を変えるように、表情を変えた。

「こんなときになんですが、社長って、会社ではやっぱり怖い人なんですか？」

「そうですね」質問の意味はわからなかったが、とりあえず梶間は答えておいた。「社員を怒鳴り散らしたりはしませんが、仕事に厳しい人なのは間違いないですね。常に高い結果を求められます。我々若手に対してはともかく、部門長クラス相手だと、穏やかな口調でかなりきついことを言われるそうです。報告書を目の前でシュレッダーにかけられたこともあったとか」

　うわあ、と優佳が無邪気な悲鳴をあげる。

　理紗が後を引き取った。

「そんなわけで社内には常に緊張感がありますが、ギスギスとかピリピリといった感じはありません。社内の雰囲気が悪くないのは、社長が理不尽な発言をしないからだと思います。それに発言の内容をころころ変えない。筋が通っていて、一貫性がある。だから仕事はやりやすいと、社員は申しております」

「なるほど」大体答えを予想していたのか、優佳は納得顔をした。「急成長した企業ですから、思いきり手を伸ばして成果を取りに行くって感じなんでしょうね。会社全体に上昇志向が強いということですか」

　正しい読みだ。梶間と理紗がそれを肯定すると、優佳は軽く眉根を寄せた。

「とすると、園田さんが同僚を陥れたのは、上昇志向の副作用なんでしょうか。社員全員が成果を求められるから、中には自分だけが成功すればいいと考えてしまう社員も出てくる。園田さんは、そんな社員だったのかもしれませんね」

「もちろん、園田が本当に同僚を追い出したのかは、確認できていませんが」梶間は慎重に答える。

「もし本当なら、碓氷さんのおっしゃるとおりなんでしょう」

　優佳は瞬きした。

「日向さんも、同じ考えでしょうか。高い成長を社員に求めすぎた結果が、今夜の騒動だと」

「わかっていると思います」梶間は答える。「現実から目を逸らすようなことは、しない人間ですから」

　そうですかと言って、優佳は二人の社員を等分に見た。

「それなら、今の日向さんの気持ちはどうなんでしょうね。経営方針の副作用が出てしまったことに対する、反省の気持ちがあるのでしょうか。それとも社内では厳しい人のようですから、部外者の前で恥をかかされたと考えて、激しく怒っているのでしょうか」

　梶間はすぐには答えられなかった。急成長の弊害だということは、日向社長にもわかっているだろう。かといって、今夜のことが原因で、経営方針を変えるとは思えない。むしろ、「この程度で済んでよかった」というふうに思っているのではないだろうか。

　では、怒っているのか。可能性はある。幹部候補生研修でセレクトした社員が、悪事をはたらいた。

怒り心頭に発していても不思議はない。

そのことを、理紗が口にした。

「怒っているかもしれません。小峰は調査すると申しておりましたが、正直言って園田の表情を見た限りでは、堀江の告発は真実だという印象でしたから」

同感だった。とすると、やはり社長は怒っているのだろう。優佳も同じ考えだったのか、理紗に首肯してみせた。

「それなら、仮に園田さんが日向さんのお部屋を訪問しても、逆効果ですね」

——え？

梶間は、突然頭をはたかれたような気がした。今、優佳は何を言った？

理紗が軽く首を傾げた。優佳はそんな理紗に向かって話を続ける。

「いえ、自分の旧悪が暴かれた格好の園田さんは、なんとかして自分を守らなければならないでしょう。安東さんは明日になってから考えればいいとアドバイスしましたが、今夜中にフォローしようと考えるかもしれません。土下座でもなんでもして、社長に謝罪する。そうしなければ、自分に未来はないと考えても不思議はありません。だから園田さんが、今夜日向さんの部屋を訪ねることは、いかにもありそうだなと考えたんですよ。でも、激怒している日向さんには、何を言っても逆効果にしかならないですね。園田さんにとっては致命傷になりかねません。それが心配です」

「……………」

優佳の指摘は、もっともなものだ。理紗も眉を曇らせ、「それは心配ですね」とうなずいている。しかし梶間にとっては、まったく別の意味を持っていた。

社長が怒っているときに訪問したら、どんな対応をされるか。

この後社長の居室を訪問しようとしている梶間に

とって、それは大きな問題だった。本来ならば、諸《もろ》手《て》を挙げて歓迎されるはずだ。社長の方から水を向けてきたことでもあるし。しかしそれは、騒動が起きる前の話だ。極端に不機嫌になってしまったとき、社長はどのように対応するのか。来訪者に対して、好意的には接しないかもしれない。それはすなわち、油断しないことにつながる。油断してもらわないと、殺せないのだ。少なくとも、スムーズには。

小峰の居室は、一〇五号室ということだった。社長の居室は一階のいちばん奥。隣の部屋というわけではない。だからよほどの音でなければ小峰には聞こえないはずだが、それでも社長が大声を出してしまったら、成功は望めないだろう。

優佳の発言は、もうひとつ梶間に重要な情報を与えてくれた。園田が社長を訪問する可能性だ。もし梶間が社長を訪問したときに、彼がそこにいれば。あるいは梶間が社長を殺しているときに、園田がのこのこ現れたら。それですべては破綻《はたん》する。園田の行為は許されることではないが、死に値《あたい》するわけではない。目撃されたからといって、園田まで殺すわけにはいかない。それでは、自分は殺人者になってしまう。梶間は、復讐者と殺人者は、厳密に分けられるべきだと考えていた。自分は復讐者であっても、殺人者ではない。その意味でも、梶間は社長以外の人間を殺すことはできないのだ。

さて、どうするか。今晩は自重して、少しでも雰囲気が好転する、明日の夜に行動すべきだろうか。その方がリスクが少ないと思える。

いや、だめだ。四人しかいない研修生。そのうち二人が、実質的に研修を続けられる状態ではなくなっている。明日の朝、すぐに解散という可能性も否定できない。研修の目的が、幹部候補生の結束を強めるのが目的であるならば、既にそれは破綻している。もう研修を続ける意味がない。レストランには明日の三食分と明後日の朝食まで予約しているだろうが、そんなのは料金を支払った上でキャンセルすれば済むことだ。とすると、明日の夜という選択肢は、なくなる可能性が高い。

やはり今夜しかないのだ。今すぐではない。多少の時間をおいたら、社長も多少は平常心を取り戻すだろう。そこから就寝までのタイミングを見計らって、訪問する。園田については、社長を訪ねる前に部屋をノックして、起きているかを確認すればいいだろう。起きているなら、慰めるふりをして、さらに飲ませる。あるいは、社長が怒っていることを告げて、今夜中に社長に会わないよう仕向ければいい。

できる。梶間はそう判断した。騒動によってハードルはさらに高くなったが、今夜中の社長殺害は、不可能ではない。

優佳が少し表情を柔らかくした。

「まあ、堀江さんが深夜に日向さんを訪ねることはないでしょうから、彼女に関しては心配ありませんけど」

理紗も口元を緩める。

「そうですね。お年といっても、社長は男性ですから。堀江が一人で行くことはないでしょう」

そう言ってコーヒーを飲んだ。うなずきながら優佳は、今度ははっきりとした笑顔になった。

「野村さんが梶間さんのお部屋を訪ねるのとは、訳が違いますものね」

理紗は思わずコーヒーを吹き出しそうになり、あわてて口を押さえた。ようやくコーヒーを飲み込んだ理紗は、優佳に戸惑いの視線を向ける。

「碓氷さん、いったい何を言いだすんですか」

しかし優佳はしれっとして答える。「別におかしくないでしょう?」

「おかしいですよ。研修中ですよ。大体、わたしと梶間さんは、そういう関係じゃないんですってば」

よほど動揺したのか、理紗の口調が広報部のものから若い女性のものになっている。

「研修は、五時過ぎで終わっていますよ。懇親会でお酒も飲んだことだし。明日の研修開始までは、完全なプライベートな時間です。何をしようと、大人の責任の範囲内です。それに、昨日までの関係と今夜からの関係が、同じである必要もないでしょう?」

理紗は口をぱくぱくさせるだけで、何も言えなかった。助け船を出そうかとも考えたが、理紗は救いを求めて視線をこちらに向けたりはしなかった。それはつまり、優佳の発言が冗談の範囲を超えていると、理紗が考えているためだ。冗談ならば、適当に流せばいい。その気がありそうなことを匂わせながら、場を盛り上げればいい。しかし優佳が、それよりも理紗が冗談と受けとめなければ、今度は梶間が追いつめられてしまう。この局面では、きっぱりと否定した方がいいだろう。

「碓氷さん。いくらなんでも、それはないですよ。野村さんはきちんとした女性です。酔った弾みで男のところに押しかけたりしません」

しかし優佳は平然としたものだった。

「別に押しかけなくても、二人合意の上ならいいでしょう?」

梶間は頭を振る。このペースでは、いくらでも優佳に反論されてしまう。それにしても、意外としつこい人だ。外見にしろ物腰にしろ、それほど他人の人間関係を気にするタイプには見えなかったのだが。

それとも。

梶間は不意に思いついた。ひょっとしたら、それが目的なのか? 団結ではなく、それ以上のものを求めているのか。過去の参加者から話を聞いたと、理紗は言った。先輩の話によると、そのときの研修も、男女同数だということだった。今回も参加者は男女同数、しかも全員が独身だ。つまり、この研修は集団見合いの場ではないのか。

そしてその目的をサポートするのがゲストだ。考えてみれば、社長はゲストを試験監督だと言ったことは、一度もない。安東と真里子は婚約中だ。新婚旅行の話など、おおよそ研修とは関係のない話をしていた。それで特に女性陣の気分を盛り上げ、中でも見込みのありそうな人物を絞り込んで、優佳が煽る。彼らは、そのような依頼を社長から受けているのではないだろうか。そう考えれば、優佳の知性や性格に不似合いな煽り方にも納得がいく。

社内結婚に熱心な会社があるという話は、聞いたことがある。極端な例では、会社の敷地内に、縁結びの祠《ほこら》があったりもする。しかしソル電機がそうだとは、聞いたことがない。

いや待て。日向社長が社員を大切にしているという話は、業界では有名だ。そして新興企業に似合わない、手厚い福利厚生。まさか日向社長は、優秀な幹部候補生には配偶者の斡旋《あっせん》もしているのか？

一瞬、自分の思いつきを信じそうになった。しかしすぐに頭の中で首を振る。それならば、日本を旅立つ自分が呼ばれるわけがない。赴任がずっと先ならば、その前にと結婚相手をあてがうことも、考えられなくはない。しかし自分がヨーロッパに赴任するのは、来月なのだ。たとえ今日からつき合いだしたとしても、来月に連れて行けるわけがない。ということは、この研修がお見合い研修だという仮説は間違っている。やはり、団結を促すものだと考えていいだろう。

「冗談はともかくとして」優佳が表情を戻した。「あなた方くらいは、仲良くなってもいいかなと思います。園田さんと堀江さんの関係は、もう修復不可能でしょう。わざわざ社長まで参加した研修で、選抜された優秀な若手社員が亀裂だけ残して東京に戻ったのでは、日向さんも悲しいだけでしょうから」

亀裂。やはりそうか。やはり研修のキーワードは、団結なのだ。梶間は苦笑を作る。

「亀裂を作らないというのは賛成ですが、そのためにひと晩一緒に過ごす必要はないでしょう。私と野村さんは、すでに良好な関係にあります。業務を円滑に進める自信はありますよ」

この話題はそろそろ打ち止めにしよう。掛け時計を見る。午後十時二十五分。たとえ社長が激高していたとしても、だいぶん落ち着いている時分だろう。社長業の人間がそれほど早寝するとも思えないが、高齢だから夜更かしもあまり期待できない。十二時までには社長の居室に行った方がいい。空き巣だって、丑三《うしみ》つ時にだけ現れるわけではないだろう。

梶間はコーヒーを飲み干した。

「そろそろ部屋に引っ込みます。碓氷さん、今日はうちの社員がご迷惑をおかけしました。改めてお詫びします」

立ち上がる。コーヒーカップを食堂に置いて、部屋に戻るつもりだった。そこに、理紗の声がかかった。

「カップは、わたしが持っていきますから、置いておいてください」

「大丈夫だよ。このくらい」

「いえっ、わたしがっ！」

理紗は奪い取るように、梶間からコーヒーカップを受け取った。優佳に対しても同じようにする。カップを三つ重ねて、器用に持った。

「それでは、みなさん、お疲れさまでした。また明日もよろしくお願いします」

理紗は一足先に談話室を出た。その際、一度だけ理紗と目が合った。恥じらいを含んだ瞳。梶間が知っている、小動物のような可愛らしさは、そこにはなかった。現在の理紗が身にまとっているのは、大人の女性としての魅力だった。

残念だ――。梶間は本気でそう思った。自分が社長に対して殺意を持っていなかったら。おそらく理紗を受け入れていただろう。しかし、現実はそうじゃない。

「梶間さん。部屋に戻ったら、すぐにシャワーを浴びた方がいいですよ」

優佳がふふ、と笑いながら言った。

「えっ？」

なんのことかわからず、問い返す。優佳はまだ口元に笑いを残していた。

「だって、野村さんが現れたときに、汗くさい格好では、まずいでしょう？」

梶間は脱力してうなだれる。

「まだそのネタですか」

「ただのネタならいいんですけどね」

優佳が口調を戻す。

「野村さんには、その気がありますよ。同性のわたしには、わかります。彼女は、梶間さんを慕っています。保証しますよ」

保証されても困る。梶間が適当な返事を思いつかないでいると、優佳がドアを開けた。

「女に恥かかせちゃ、ダメですよ」

そう言い残して、優佳も談話室を出て行った。


梶間は一人、談話室に取り残された。半《なか》ば呆然として、ソファに身を沈める。

なぜ、今なんだ？

梶間だって若い男だ。女性に好かれて嫌なはずはない。しかも相手が理紗ならば、飛び上がって喜んでもいいだろう。しかしそれは、別の機会で実現されるべきだった。今夜は、梶間が日向社長を殺すという、一生に一度の夜だ。それなのに、なぜこのタイミングで、女性の方から部屋に忍んで来るという、男子の本懐が到来するのか。冗談じゃない。もし理紗の来訪を許せば、社長が起きている間には、絶対に行動できない。ましてや理紗が梶間の部屋で眠り込んでしまった暁《あかつき》には、部屋を抜けるどころではなくなる。

もともと覚悟はしていた。研修での決行には、障害が多いと。それでも、これほどの不確定要素が現出するとは、梶間も予想していなかった。

社長の居室を訪ねても、激高している社長に追い返されるかもしれない。

社長の居室には、園田が先に来訪しているかもしれない。

殺している最中に、園田が現れるかもしれない。

梶間が部屋にいるうちに、理紗が訪ねてくるかもしれない。

梶間が部屋を空けているときに理紗が部屋を訪ねてきて、後々「刑事さんがおっしゃる時間には、梶間さんはお部屋にいませんでした」と証言するかもしれない。

梶間は頭を抱えた。これらのリスクをコントロールして、自分は社長を殺せるのだろうか。

あれ?

梶間は、頭を抱えた格好のまま、固まった。リスクのひとつひとつについて考えていくうちに、妙なことに気づいたのだ。

——部外者の前で恥をかかされたと考えて、激しく怒っているのでしょうか。


——仮に園田さんが日向さんのお部屋を訪問しても、逆効果ですね。

——野村さんが梶間さんのお部屋を訪ねるのとは、訳が違いますものね。

今夜、日向社長の居室を訪れて、社長を殺す。決行の際に考えられるリスクを、梶間は認識している。しかしその認識は、誰からの情報によるものか。

優佳だ。リスクはすべて、優佳の口から語られている。ひとつひとつは納得できる。比呂美が園田を攻撃したことによる、研修への影響。優佳はそれを口にしたに過ぎないし、理紗が梶間の部屋に忍んでくるというのは、今までも続けていたからかいの一環だろう。どこにもおかしなところはない。しかし自然すぎることが気になった。梶間自身が気をつけていたことだから、気づいたのだろう。行動のすべてにもっともな理由があり、不自然さを感じさせないようにと。優佳の言動には、それに通じるものを感じた。

　梶間は思わずドアを見た。優佳が出ていったドア。しかし当然のことながら、優佳はそこにはいなかった。

　碓氷優佳。彼女は、いったい何を考えている？

＊　＊　＊

　ノックの音がした。

　日向は自室で、思わず身を固くする。梶間か？

　午後十時三十五分。懇親会での騒ぎから、おおよそ一時間が経過している。他の人間の行動にもよるが、そろそろ梶間が来てもいい頃と考えていた。

　しかし次の瞬間には、梶間ではないと思い直した。ノックには個性が表れる。あるいはノックする者の心理状態が。今のノックは、緊張や怯《おび》えの気配がなかった。感じられたのは、むしろ気遣いだ。高齢の日向は、先ほどの騒動で疲れているだろう。もう眠っているかもしれない。そんな人を訪ねていいものだろうか——そんないたわりが、ドアを通じて伝わってきた。

　はて、誰だろう。少なくとも、小峰ではない。彼のノックは飽きるくらい聞いている。小峰はこんな音を出させない。看護師の照美は既に帰京させてある。とすると、甥の章吾だろうか。

「はい」

　とりあえず返事をした。この部屋に鍵はついていないのだ。返事をしなくても、その気があるなら簡単に入ってこられる。それならばこちらが制御できる範囲内で入ってもらった方がいい。

　ドアが開いた。その向こうに立っていたのは、最も意外な人物だった。

「お疲れのところ、すみません」

　右手に紙袋を提《さ》げた碓氷優佳が、入口に立っていた。「今、ちょっとよろしいですか？」

「もちろんですよ」日向は笑顔を作った。「どうぞ」

優佳は振り返ってドアを見ると、音を立てないようにに丁寧に閉めた。部屋の中に入ってくる。日向はソファを勧めた。優佳がぺこりと頭を下げてソファに座る。紙袋に手を入れて、日本酒の四合瓶を取り出した。安東豊が紹介してくれた、静岡の日本酒だ。

「どうですか？——と言っても、食堂から失敬してきたものですけど」

「いいですね。いただきます」

そう答えながらも、日向は緊張を緩めてはいない。ガンだとは知らなくても、夜更けに老人を訪ねるほど、彼女は非常識な人間ではない。何か重大な目的があるはずだ。

キリッと音がして、日本酒のスクリューキャップが開けられる。やはり紙袋から取り出したふたつのグラスに、丁寧に日本酒を注いだ。

「どうぞ」

優佳が少し多めに酒が入った方のグラスを差し出した。礼を言って受け取る。軽くグラスを触れあわせ、ひと口飲んだ。世間に名の知れた銘柄ではないが、味は極上だ。まるでソル電機のような酒だと思った。

優佳も日本酒をひと口飲み、ホッと息をつく。

「よかった……」

日向は顔を上げた。「よかった、とは？」

優佳は申し訳なさそうに笑った。

「いえ、さっき社員の皆さんと話していたんです。研修であんなトラブルを起こしてしまったから、日向さんはすごく怒っているんじゃないかと。明日の研修に影響が出なければいいけどと、皆さん怯えていましたよ」

社員の皆さんといっても、残っていたのは梶間と理紗しかいない。そうか。あの二人は優佳とそんな話をしていたのか。

「それが気になったので、日向さんの様子を伺《うかが》いに来たんです。一見して怒ってらっしゃる感じではありませんでしたから、安心しました」

言葉どおり、優佳は安心の微笑みを浮かべた。

怒りか。確かに、いつもの日向なら、激しく怒っても不思議はない。しかしあのときの自分は、驚愕はしても、怒りはしなかった。怒るよりも、どうやってこの場を取り繕って、計画の進行を妨げないようにするかに気を取られていたからだろう。それとも、これが枯れるということなのか。

「怒ったりしませんよ」

日向は笑う。「むしろ、反省しています。私は社員たちに、実績を求め過ぎたのでしょう。そのプレッシャーが、園田を歪《ゆが》めてしまったのかもしれませんね」

「それでも、あなたは経営方針を変えるつもりはない」

「もちろん。それがソル電機ですから」

二人で笑った。

「堀江さんと園田さんが、週明けから会社でどのように扱われるのかは、部外者ですからコメントしません」

表情を戻して、優佳が言った。「でも、できることなら、今夜のことで未来が閉ざされてほしくないとは思いますが」

「大丈夫ですよ」日向は軽く片手を振る。「もちろんノーペナルティというわけにはいきませんが、これからの出世に響くようなことにはしないつもりです」

どうせ自分が処分するわけではないから、思い切り無責任に日向は言った。

よかった、と優佳はまた言った。

「それなら、仮に園田さんや堀江さんがここに来て謝罪したとしたら、受け入れていただけましたか?」

「ここに?　ええ、もちろん。そんな話があったんですか?」

「ええ。園田さんが謝罪に訪れても、日向さんが頭から湯気を噴《ふ》いていたら、逆効果だねって話していました。でも、取り越し苦労だったようです」

そう言って日本酒を飲む。彼女がグラスの半分を干したところで、日向が声をかけた。

「碓氷さんは、どうしてここへ？　あの二人の話をしに来たわけじゃないでしょう？」

「ええ」

優佳は素直に認めた。そしてそのまま液面に視線を落としていたが、ゆっくり顔を上げた。

「日向さん」

そう言った優佳の表情は、驚くほど冷静だった。

「あなたは、狙われています」


しばしの沈黙。日向と優佳は、それぞれ黙って日本酒を飲んでいた。懇親会のときとは違い、ずいぶんと速いペースで、日向のグラスが空いた。優佳が瓶を取り、日向のグラスに注いだ。ガンのことを知らないから、遠慮のない注ぎ方だ。

「狙われている、とは？」

芸のない聞き返し方だ。ついさっきもやった。でも日向には、他に言いようがなかった。

優佳はキャップを閉めると、日本酒の瓶をテーブルに戻した。

「この保養所には、あなたに危害を加えようとする意志が存在しています。わたしは、そう感じました」

どきりとする。いや、ここは動揺する局面ではないはずだ。彼女が、日向が用意した仕掛けのいくつかを無効にしたことは、想像できていたのだから。それでも面と向かって言われると、やはり日向の心臓は跳ねた。

しかし日向は、余裕のある笑顔を作る。

「危害を加えようとする意志とは、また大仰《おおぎょう》ですね」

優佳も微笑んだ。しかしこちらは、悲しみが多分に含まれていた。

「最初は、玄関ロビーでした」

日向は黙って、先を促す。優佳はうなずいて、喉を湿らせるためか、日本酒を飲んだ。空いたグラスに、今度は日向が酒を注いでやった。

「わたしたちを出迎えてくださった日向さんは、椅子に座られましたね。そのとき、頭の上に掛け時計があることに気がついたんです」

日向は、今度は苦笑の表情を作る。

「それは、たまたまでしょう。意志でも、なんでもありません」

「そうですね」優佳はあっさりと認めた。「わたしも、ただ危ないな、と思っただけです。でも気になりました。気になったというのは、おそらくわたしが危険に関して過敏になっているからでしょう」

「過敏？」

「ええ。昼前に、わたしには姉がいるという話をしたのを、憶えていらっしゃいますか？　そして姉には子供がいるということを」

日向の脳裏《のうり》に、そのときの光景がありありと甦《よみがえ》った。真里子と優佳がまるで姉妹のようだと日向が言ったときに、そんな話になった。

「姉の子供の面倒をよくみる、という話もそのときにしましたが、一歳児の面倒をみるというのは、子供を危険から遠ざけるということなんです。大人ならなんていうことのないもの。たとえばスーパーのレジ袋、ゼムクリップ、輪ゴム。子供が口に入れると、重大な結果を引き起こす可能性のあるものです。それらを子供の手の届かないところに移動させなければなりません。そんなことをくり返していたら、周囲に危険なものがないかを、常に確認する習慣ができたんです。ですから研修の休憩時間に、トイレに行ったついでに玄関ロビーに寄って、椅子の位置をずらしたんです。もし掛け時計が落下しても影響のない位置に。日向さんのためというよりは、わたしが安心するために」

日向は小さく息をついた。やはりあれは優佳の仕業だったか。一目で椅子の位置が危険だと見抜いた眼力は、たいしたものだ。姉の子供を世話したから習慣ができたと彼女は言うが、もともと観察力の鋭い女性なのだろう。

　優佳は日本酒を飲んだ。

「それで終わりのはずでした。わたしがここに来た目的は、研修生の皆さんをよい雰囲気にして、その気になってもらうことでしたから、それに専念しようと思ったんです。ところが、研修が終わってから夕食までの間に、わたしを驚かせることがあったんです」

　日向はちょっと意外だった。この女性でも、驚くことがあるのだろうかと。優佳は、日向を真正面から見て、ゆっくりと言った。

「椅子が、元の位置に戻されていたんです」

　日向の肩から力が抜けた。なんだ。そのことか。それは日向がやったことだ。移動していた物を、元の位置に戻す。何も不自然なことはない。日向はそう思ったが、優佳はそこで話を終えたわけではなかった。

「あれ、と思いました。わたしは椅子を、真横に平行移動させただけです。いかにも蹴飛ばしたような、一見しておかしな場所に置いたわけではなかったのです」

　日向は目を見開いた。脱力した身体に、再び緊張が走る。軽い悪寒《おかん》を覚えた。気づけ。優佳の言葉の意味に気づけ。悪寒は日向にそう訴えていた。今の科白から、自分は何に気づかなければならないのか。日向にはわからなかった。

　優佳は続ける。

「日向さんはステッキを使っておられます。移動の途中で休憩するために、椅子があちこちに置いてありましたね。玄関ロビーだけでなく、廊下にも、談話室にも。そのひとつを、たまたま掛け時計の下に置いてしまった。わたしもそう思いました。だから安全な場所に移しました。そこにあっても、日向さんが困らない位置にです。椅子は、元の位置に戻しても、誰も得をしないはずなんです。それなのに戻っていた。掛け時計の真下に。わたしは、そこに意志を感じました」

「……」

先ほどの軽い悪寒が、はっきりとした背筋の震えとなって日向を襲った。ということは、自分は余計なことをしたのか。椅子は、優佳によって移動させられていた。しかしそのまま放っておいても、日向の計画が破綻するわけではなかったのだ。他にも梶間が使いやすい仕掛けは、いくつもあった。しかし自分がやったことを他人にいじられたのが気に障ったのか、つい仕掛けた位置に戻してしまった。それによって優佳が疑いを持ったというのか。

落ち着け。大丈夫だ。確かに自分の行為は、優佳に疑念をもたらしたかもしれない。しかし、それによって梶間が日向を殺せなくなるわけではない。

「玄関ロビーにも、談話室にもソファがありました。それでも椅子が置かれていた。これは、座面が低くてふかふかしているソファよりも、適度な高さがある椅子の方が、ちょっと腰掛けて休憩するには都合がいいからですか?」

優佳が尋ねてきた。もちろん確認のための質問だ。日向は肯定せざるを得ない。そう言って小峰に用意させたのだから。日向がそう答えると、優佳はうなずく。

「ソファと椅子の両方がある場所ならば、他の人はソファを選ぶでしょう。椅子を必要としていたのは、日向さんだけでした。だから、なんらかの意志が働いていたとすると、それは日向さんに対してだと思いました。それも、プラス方向ではない。当然ですよね。人を掛け時計の真下に座らせようという意志が、快いものであるはずがありません」

優佳はそこで話を切って、日本酒を飲んだ。形のよい唇がグラスに当たり、中の液体が吸い込まれていく。上品な優佳なら、シャンパーニュや高級ワインが似合うと思ったが、日本酒を飲む姿も意外と様になっていた。黒髪の和風美人だからかな、と場違いなことを考える。

　優佳はグラスをテーブルに置いて、話を再開した。

「誰かが、日向さんに危害を加えようとしている。わたしはそのことを知って、慄然《りつぜん》としました。そこで思い出したのは、キッチンカウンターのアイスピックです。午前中にコーヒーを淹れたときに、コーヒーメーカーの近くで見つけました。アイスペールやウィスキーグラスと共に置いてありましたから、アイスピック自体はそこにあっても不思議はありません。ただ、今どきバーでもないのにアイスピックがあることを、珍しく感じただけです。でも誰かの意志が存在するのであれば、アイスピックにも意味があるかもしれません。言うまでもなく、アイスピックは凶器になり得ますから。そしてアイスピックが選択されたということは、意志は単なる害意ではないということです。日向さんが死んでもいいという、いえ、もっとはっきり言えば、死んでほしいと」

「……………」

「ですから、アイスピックは本当に必要なものなのか。それを確認しようとしました。つまり、氷の大きさ。氷が大きければ、アイスピックはただの道具です。意志の介在はありません。しかし角氷なら？家庭用冷蔵庫の製氷器も、スーパーやコンビニで売られている氷も、現在は角氷です。もしくはそれくらいの大きさにカットされたもの。それならばアイスピックは必要ない。必要ないものが目につきやすい場所に置かれていたら、それは意志がやったことです。もっとも、確認できたのは、ついさっきのことですが」

「ついさっき」思わず日向は口を開いた。「それは、園田がウィスキーを飲むとき、ですか？」

「はい」優佳は淡々と肯定した。

「園田さんはウィスキーを作るとき、小峰さんに氷があるかを尋ねました。冷凍庫にあるという答えを聞いて、園田さんは冷凍庫から角氷を出して、アイスペールに移しましたね。角氷。つまり、アイスピックが必要ない種類の氷です。用意された氷が角氷なのに、どうしてアイスピックが出されていたのでしょうか。必要のないアイスピックは、すなわち凶器です」

　優佳はふうっと息をつく。

「とはいえ、ここにあるのが角氷なのか、もっと大きい氷なのかがわかるのは、懇親会のときです。とりあえず角氷だろうと見当をつけて、アイスピックは、夕食の前にカウンターの下に転がしておきました」

　日向は、園田がウィスキーを作っていたときの光景を思い出していた。トレイごとテーブルに持ってきたウィスキーセット。トレイに載っていたのは、グラスとアイスペール、そしてトング。アイスピックは、なかった。あのときには既に優佳が、アイスピックの用意も無効にしていたというのか。

　優佳は悲しそうだった。無理もない。ここはソル電機の保養所だ。保養所の中に日向を害する意志が存在するならば、それは社員によるものだからだ。社長に危害を加えようとする社員。それは社長職にある者にとって、最も辛い事実だ。優佳は日向に感情移入して、そんな顔をしているのだろう。日向はそう解釈した。

　優佳は悲しげな顔のまま、話を続けた。

「わざと掛け時計の真下に置かれた椅子。必要がないのに出されたアイスピック。椅子の利用者が日向さんだけだという理由から、わたしは日向さんを標的にした行動だと考えました。ただ、ちょっとおかしいんですよね。椅子は、いわゆる未必《みひつ》の故意としての仕掛けでしょう。日向さんが玄関ロビーの椅子に座っているときに、ちょうどいいタイミングで掛け時計が落ちないかな、と願うような仕掛けです。もう少し能動的に、掛け時計の方にも細工したかもしれません。釘への引っかかりを浅くしておくとか。それでも、日向さんが座っているときに落ちる保証はありません。成功すれば事故死として処理されますが、まずうまくいかないでしょう。まあ、その程度の仕掛けです。地雷みたいに、相手が踏めばラッキー、という程度の。一方アイスピックはどうでしょう。これは明らかな凶器です。誰かが手に持って刺さないといけません。椅子と違って、殺人という行為の道具ですよね。では、日向さんを害する意志を持った人間は、アイスピックで日向さんを刺すつもりだったんでしょうか?」

「それは、刺すつもりだったんでしょうね。必要のないアイスピックを用意したということは」

機械的に、日向は答えた。この後、優佳がどんな話の展開をするのか予想できない。だからそんな回答にならざるを得なかった。

しかし優佳は首を振った。

「それだと、アイスピックは堂々と出しておかないと思うのです。だって、用意した人間はアイスピックの在処《ありか》を知っているわけですから。いくらウィスキーセットと一緒に置いたら収まりがいいからといって、出しておく必要はない。むしろ、人間の心理としては隠しておこうとするでしょう。武器は、最後の最後まで隠しておいてこそ、最大の効果を発揮するものですから」

「碓氷さん」日向は口を挟んだ。「あなたは、おかしなことを言っていますね。私を害そうとする人間がいて、その人物が様々な仕掛けをした。けれど椅子は確実な仕掛けではない。アイスピックは外に出ていること自体が不自然だ。それでは仕掛けた人間の行動が、支離滅裂です。その人物は、何をやろうとしていたんですか?」

「別に、支離滅裂ではありませんよ」優佳は優しく否定した。

「アイスピックは見えやすい場所に置いてありました。食器を厨房に返すときや、コーヒーメーカーを使うときには、嫌でも目に入ります。ですから保養所に滞在する全員が、アイスピックの存在に気づいています。ひょっとして、意志の狙いはそれではなかったのでしょうか。つまり、ほら、凶器があるよ、と――」

優佳は上目遣いで日向を見た。日向は反応できなかった。

「ふたつの仕掛けには、共通点があります。それは、自分の手を汚さないということです。椅子は言うまでもありませんし、アイスピックについても、誰かがそれを利用して社長を刺すことを考えていれば、堂々と見えやすい場所に置いていた説明がつきます。ただし、これは仕掛けた人間が、誰かが社長を殺そうとしていることを知っていないと成立しない仮説ですが」

また悪寒が走る。手を汚さない。誰かが日向を殺そうとしていることを知っている。日向自身が、まさしくそれだ。しかし顔には出さない。境を殺して以来、日向は感情を面に出さないことに慣れきっていた。

「この仮説を採用して整理してみましょう。仕掛けの周囲には三人の人物が関係していることがわかります。一人目は日向さん。被害者としての役割です。そして日向さんを殺そうとしている人物。この人は犯人役ですね。そして最後に、日向さんを害する意志を持って、椅子やアイスピックを仕掛けた人物。演出者と呼びましょうか。演出者は、なんとかして犯人に日向さんを殺させようと工夫する役割です。では、日向さん以外の二人は、誰なのでしょうか」

日向は酒を飲むふりをして、生唾《なまつば》を飲み込んだ。

「まずは、先ほどから話題になっている、演出者について考えてみましょう。わたしが真っ先に考えたのは、保養所を管理している会社です」

「えっ？」

思わずそんな声が出た。いきなり、まったく予想していない名前が出てきたからだ。この娘は、いったいどこに話を持っていこうというのか。

優佳は、日向が驚いたことに、驚いたような顔をした。

「だって、どこに何があるのかを熟知しているのは、管理会社ですよ。疑うのは当然でしょう」

「……………」

言われてみればそうだ。日向は自分が演出者だと知っていながら、優佳の説明に納得してしまった。しかし優佳は首を振る。

「でも、研修が始まってから、保養所に管理会社の人はいませんでした。彼らには、わたしが移動させた椅子を、戻すことができません。ですから却下です」

ホッとして、少しだけ力を抜く。そうだよな。管理会社であるわけがない。優佳は続ける。

「次に、レストランのスタッフ。保養所にはレストランのスタッフが出入りしました。アイスピックを出すには最適な場所にいますが、玄関には行かないでしょう。夕食の準備をしているときに一人だけ抜け出して玄関ロビーに行き、椅子が移動させられていることを知って元に戻す。可能性としてなくはないでしょうが、却下しても問題ないと思います」

同感だ。

「とすると、やはり保養所にいるわたしたちの中に、仕掛けた人間はいると考えるべきですね。その中で、ゲストとして来たわたしたち、つまりわたしと安東さん、真里子さんは除外できます」

「どうしてですか？」

いきなり自分を外すなんて、ムシがいいんじゃないですかというニュアンスを込めた。

日向の質問に、優佳は笑顔で応える。

「だって、わたしたちを出迎えてくださった日向さんが、掛け時計の真下に座ったんですよ。わたしたちが到着する前から仕掛けられていたのは当然じゃないですか」

それもそうか。日向は思わず赤面する。くだらないことを言ってしまった。優佳は日向の後悔に気づかないふりをして、話を進めた。

「そうなると、残るのは梶間さん、園田さん、堀江さん、野村さん、小峰さんです。実は、ここであっさり四人が削除されてしまうのです。わたしたちを出迎えてくださったとき、日向さんはおっしゃいました。研修生の皆さんは、朝からコーヒーも飲まずに頑張ってるよと。コーヒーも飲まずに。それはつまり、食堂に行かなかったということです。ましてや研修のために保養所にやってきたら、到着した途端に社長が現れたわけですから。自由に動ける時間などはないでしょう。ひょっとしたら自分の部屋に荷物を置いて、ミーティングルームに集合するまでに幾《いく》ばくかの時間はあったかもしれません。ですが、どこにあるかわからないアイスピックを探して、他のウィスキーセットと一緒に出しておくほどの時間的余裕はないでしょう。他の参加者もいるのです。これから研修だというのにウィスキーセットを準備しているところを見られたら、ものすごく怪しいですよね。そんなリスクを冒《おか》すなんて、できるわけありません。というわけで、研修生の四人は外されます。すると、残りは一名」

「小峰……」

日向はつぶやく。と同時に、可笑《おか》しくなってきた。優佳の推論は筋が通っていると思う。しかし候補者に日向自身を入れていないために、間違った結論に到達してしまった。この聡明な女性でも、間違うことはあるのだ。それがわかったから、可笑しかったのだ。でもここで笑いだしたりはしない。沈鬱《ちんうつ》な表情を作る。

「小峰が、誰かに私を殺させようとした、と……？」

優佳は息を漏らす。

「それが、もっともあり得べき仮説なのです。小峰さんは、日向さんと一緒に、前泊していました。

様々な仕掛けをする余裕は十分にあります。動機はわかりませんが、最も身近にいる方ですから、何か思うところがあったのかもしれません」

「……………」

日向は黙り込んでみせた。さて、この茶番をどうやって終わらせようと思いながら。

「秘書課長に害意を持たれてしまった。私はいったいどうすればいいのでしょうね」

日向は問うてみた。優佳は「そうですね」と応える。その口調が平静なものだったから、日向は違和感を覚えた。この場にふさわしい悲しみが含まれていないからだ。優佳の顔を見る。その端正な顔もまた、悲しそうではなかった。

「とりあえず、わたしの質問に答えてくださるというのは、どうでしょうか」

「質問？」

またオウム返しに尋ねてしまった。頭が悪い奴と思われそうだから、あまりやりたくない対応だ。しかしそう応えざるを得なかった。言葉の意味が、まったくわからなかったからだ。

「日向さん、ひとつ質問させてください。なぜあなたは、玄関の花について、何もおっしゃらなかったのですか？」

身体が硬直した。「……え？」

「日向さん。あなたは懇親会の直前に、玄関ロビーに行ったとおっしゃいました。『私もちょっと外の空気を吸おうと思ったんですが、玄関までで挫折してしまいました』と。それなら、花瓶にカーネーションが活けられていたことに気づいたはずです。それまでなかった花が、唐突に現れた。それもそのはずです。研修が終わって、夕食までの間に、熱海の商店街で。カーネーションはわたしが買ってきたものだからです。玄関ロビーに突如現れた異状に、あなたはなぜ言及しなかったのですか？」

「……………」

答えられなかった。「どうせ小峰がやったことだろうと思ったから、何も言わなかったんだ」としらを切ることはできる。しかしそんな言い訳は、優佳に通用しないだろう。なぜなら小峰には、あの時点で花を飾る必要など、何もないから。玄関ロビーなど、研修をすべて終えて帰るまで、行く必要のない場所なのだ。食堂や談話室ならわかる。しかしよりによって誰も足を踏み入れない玄関ロビーに花が飾られていたら、日向はそれだけで不審に思うはずだ。そして、優佳はそのことを問うているのだ。

優佳は日本酒を飲み干した。日向が凍りついているものだから、空になったグラスに、自分で日本酒を注いだ。

「まさか、あの花瓶は違うだろうとは思ったんです。まさか演出者の意志によるものではないだろうと」

そんなことを言った。

「ですが、演出者の意志によらないにしても、あの花瓶は危険だと思いました。これもまた、子供の面倒をみる発想です。握りやすい形をしていて、握りやすい高さに置いてある。アイスピックに劣らない凶器になり得ますから。犯人役がそれに気づいて利用しないとも限りません。念のため、あれも無効にしておこうと思ったんですが、椅子と違って、見えない場所に移動させると不自然です。花瓶は、見えやすい位置にあってこその花瓶ですから。ですから、花瓶を握れない状態にしようと思いました。とはいえ高そうな花瓶だから、割るわけにもいきません」

「だから、花を活けた……？」

大量の花を買ってきて、花瓶に差し込む。花瓶を覆うほどの花だったら、花瓶の首を握ろうとしても、花がじゃまになってしまう。かといって花を引き抜いてから首を握ると、ツーアクションだ。そんな悠長なことをやっていては、殺人など実行できない。それが優佳の狙いだったのか。

日向はあるはずのない、あるべきではない花を見ても、何も言わなかった。なぜか。花瓶は日向が胡《う》乱《ろん》な目的のために用意したものであり、それが花という形で無効になったからといって、自らその話題を持ち出すことをためらったからだ。誰でも、隠し事の道具について他人に話したくないものだ。優佳は、溢《あふ》れるほどのカーネーションによって、仕掛けたのは日向であると証明してみせたのだ。

優佳はゆるゆると首を振る。

「外に出たかった当初の目的は違ったんです。花を買うことではなくて、建物の外側から談話室を見ることでした」

「談話室を？」

「ええ。最初に談話室に案内してくださったとき、日向さんがテレビの裏側をちらちらと見ているのに気づきました。何があるんだろうなと漠然と思っていたのですが、演出者の存在を知ってからは、俄然《がぜん》気になり始めました。だから空き時間に確認したのです。窓のクレセント錠が、開いていましたね。閉め損なったという形で。これか、と思いました。これもまた、未必の故意ですよね。外部の人間、それも犯罪者が入ってくるという、危険な状態に日向さんを置くわけです」

それを確認した後、花を買いに行ったというのか。

日向は、もう何も言えなかった。日向は章吾の口から、優佳が外出したことを聞いていた。あたりまえのことだが、日向はそれを聞き流した。しかしそのとき、彼女は演出者が日向自身である証拠を着々と集めていたのだ。

日向は優佳の質問に答えなかった。しかしおそらく自分の表情こそが、優佳に正しい回答を与えていたのだろう。彼女も答えを無理に引き出そうとはしなかった。代わりに違うことを言った。

「すみません。先ほど候補者の中に日向さんご自身を入れなかったのは、フェイントでした」

日向の顔に微笑みが浮かんだ。フェイントにまんまと引っかかって、最も効果的な形で、自分が演出者であることを告白してしまったのだ。なんと間抜けなことよ、と自分を嗤《わら》った。そのために出た笑顔だった。

優佳も微笑みを返してくれる。優しさに溢れた、暖かい笑顔。しかしそれも、この場にふさわしいよう計算されたものかもしれない。それを証明するように、すっと優佳の顔から笑顔が消えた。

「小峰さんが仕掛けたとすれば、おかしなところが出てくるのです。それは、角氷です。小峰さんがアイスピックを出したのなら、そこに必然性を加えるでしょう。つまり、買ってくるのは角氷ではなく、もっと大きい氷でなくてはならなかったのです。それを全員が見ている前で、アイスピックで砕く。それによって、使ってほしい人にアイスピックの存在を、ごく自然な形で示せるからです。小峰さんはそれをしなかった。ですから、小峰さんもまた、仕掛けた人間ではありません」

優佳は日本酒を飲んだ。日向もグラスを傾ける。ガンと診断されて以来、これほど飲むのは初めてだ。しかしここまで来てしまえば、病気への影響なんて関係ない。二人同時にグラスを干すと、瓶を握ろうとする優佳を制して、日向がふたつのグラスに日本酒を注いだ。優佳は礼を言って、また酒を飲む。

日向はそんな優佳に話しかけた。

「碓氷さん。あなたは椅子を移動させ、花瓶に花を飾り、アイスピックを下に転がした。あなたがやったのは、それだけですか？」

自分が演出者だと白状する質問だったが、日向は訊いてみたくなったのだ。優佳は視線を上げて日向を見た。

「夕食までの休憩時間にやったことといえば、ミーティングルームの物差しとテープカッター台を、ホワイトボードの後ろに隠したことです。凶器として使いやすいわりには、研修に使用されなかったものですから。みなさん、文房具を使わずに、ホワイトボードに板書して済ませていましたものね。後は、たった今お話しした、談話室のクレセント錠を閉め直したくらいですか」

「社史は？」

　優佳が首を傾げる。「社史といいますと？」

「談話室にあった、取引先の社史です。大きくて重い、人を殴るのにぴったりの本が、書棚に置いてあるんです。それには触りませんでしたか」

「ええ」優佳は素直に肯定した。「そこまでは気づきませんでした。後で書棚の裏に隠しておきます」

　どうせ他の会社の社史なんて、誰も読まないでしょうから――優佳はそう続けた。

「喫煙室の灰皿は？」

　優佳は首を振った。

「あれは放っておきました。煙草を吸わない日向さんが喫煙室に行くはずがありませんし、外部犯が喫煙室の窓から入ってきたとしても、見つかったときのための得物《えもの》として、灰皿を持ち歩くのも不自然ですから。外部犯を演出するためには、使ってはいけない凶器です。放置しても、使用される心配はないと考えました」

「……」

　日向は感嘆のあまり、声を出すことができなかった。優佳は、日向が準備した仕掛けのほとんどを見抜いていたのか。そして片っ端から無効にしていった。あらためて、目の前の女性を見る。あどけなささえ感じさせる美しさ。しかし日向は恐怖を感じた。ソル電機を立ち上げてから、他人に恐怖したのは、はじめてのことだった。

　優佳は日本酒を飲んで、ホッと息をついた。

「不思議な展開になってきましたね。日向さんを害そうとして、様々な仕掛けをセットした人間がいる。そしてその演出者とは、日向さんご本人だった。それじゃあ自殺です。自殺するのに、なぜこんなところで、こんな面倒くさいことをするのか。わたしには、それがわかりませんでした。とりあえずここは、日向さんには自殺する理由があるけれど、はっきり自殺とわかる死に方では、社長としてのプライドが許さないとか、そんな理由を仮置きしておきましょう。わたしたちが次に考えなければならないのは、日向さんが誰を使おうとしているか、ということです。その人物は、日向さんに危害を加えようとしています。おそらく殺意を抱いているでしょう。そして日向さんはそのことを知っている。それは誰なんでしょうか」

さすがに、わかるわけないだろう。優佳は今晩、さんざん日向を驚かせてきた。これ以上の驚愕は心臓に悪い。そう思ったが、口は別の言葉を発した。

「私が私を殺そうとした。誰かを利用して。——誰でしょう?」

「わかりません」

優佳は即答した。「わたしが得ることのできた情報だけでは、絞りきれないのです。ひとつの前提を明らかにしないと」

「前提、といいますと?」

またオウム返しだ。しかし優佳は嫌がらずに答えてくれる。

「日向さんは、死んだ後、犯人にどうなってほしいのかということです。逮捕されてほしいのか。それとも逃げ延びてほしいのか。そのどちらかで、解答はまるで変わってきます」

「……………」

前提の意味はよくわからないが、優佳がこの後どんな考えを披露するのか知りたかったから、答えることにした。

「とりあえず、逃げ延びてほしいという前提で考えていただけますか?」

日向が答えると、優佳は目を見開いた。そのまま数秒静止していたが、やがて大きく息を吐いた。

「助かりました」

助かった? どういうことだろう。日向が戸惑っていると、優佳は安心したように日本酒を飲んだ。

「そう言っていただけると助かります。逮捕されてほしいと答えられると、犯人役はわたししかいなくなりますから」

「えっ？」

思いもよらない言葉だった。日向は優佳に説明を求めた。優佳はうなずく。

「保養所に滞在する人間は、三種類に分類できます。ソル電機の社員か、日向さんの親戚か、それ以外か。この中で逮捕されても構わないのは、当然それ以外ですよね。そしてそれ以外というのは、わたしだけなのです。でも日向さんは逃げ延びてほしいという選択をなさいました。これでわたしは犯人でなくなります。だって、わたしが犯人役だったら、残された社員や親戚を警察が疑わないように、捕まってほしいと考えるに違いありませんから」

「………」

なるほど。日向は思わず感心していた。そんな考え方もあるか。優佳が自分を犯人候補から外すのなら、それはそれでいい。正しい解答でもあるし。しかし、残りをどう絞ろうというのだろう。

「わたしが次に考えたのは、なぜ熱海の保養所なのかという点です。自分を殺した相手が逮捕されることを望まないのなら、熱海の保養所は、ベストの選択肢とはいえません。外部犯の可能性を残すとはいえ、必ず保養所にいた人間は疑われますから。なぜ東京でやらないのか。安東さんや真里子さんを含めて、全員東京にいるのに。この問題を解決する仮説はひとつ。日向さんが想定している犯人は、ここでしか日向さんを殺せないということです。そう考えると、まず小峰さんが除外されます。小峰さんは、秘書課長としてずっと日向さんに寄り添っています。小峰さんは、どこで社長を殺そうと、必ず疑われる立場にあります。それなら、もっと他の容疑者を多く設定できる東京で実施することを、日向さんは選択する。そう思いました」

「なるほど」

今度は声に出した。納得できる考えだ。

「次に、安東さんと真里子さんも除外できます。なぜなら、あの二人と会うときの日向さんは、私人だからです。つまり、社長としての取り巻きがいない。ここまで来なくても、殺させることができます。ですから除外」

賛成だ。日向は安東豊の息子に手を汚してほしいなどとは、考えたこともない。

「残るは四人。研修生たちです。彼らであれば、ここまで呼ぶ理由があると思いました。社長としての日向さんは、周囲に常に人目があり、殺すことは容易ではありません。社内では二人きりになることはないでしょう。自宅に呼んで殺してもらおうとしても、大企業の社長は公人です。自分が望まなくても、警備会社と契約させられて、監視カメラをセットされていることでしょう。犯罪の素人が警備会社の目を逃れて実行するのは、リスクがありすぎますから。とすると、彼らが自然な形で日向さんの傍に寄れる研修こそが、最適なタイミングです」

うんうんとうなずきながらも、日向は不思議な気分を味わっていた。これほど他人から自分の思考の軌跡を正確にトレースされるというのは、かつてないことだったからだ。優佳は、日向が熱海の保養所を終末の地に選んだ理由を、正確に語っている。

「残る四人。ここからは難しいですね。考え方はいろいろあるんです。たとえば、園田さんはあれほど社長にアピールしていたから、違うのではないかとか。社長にアピールしていたのに、その相手が死んでしまっては、アピールの意味がないですものね。でもこれは決定打にはならないんです。それ自体が偽装だと反論されてしまいますから」

「そうですね」

日向は短く同意する。

「他には、梶間さんならすぐに海外に赴任するから、警察も追えないだろうというのもあります。けれど昨今の警察が、国際協力していないとも思えません。梶間さんは、国外逃亡するわけではないのです。ソル電機の欧州研究センターという場所に、きちんといるのですから。日本警察が必要と思えば、ベルギーの警察に依頼して取り調べできるでしょう。ですからこれをもって、梶間さんが犯人役に割り振られていたと決めつけることもできません」

「そうですね」

日向は同じことを言いながら、ちょっと意外な気がした。梶間をヨーロッパに赴任させるのは、殺すチャンスを限定させるためだった。国外逃亡の意味合いなど、まったく考えていなかったのだ。しかし他人の目からは、そう受け取られてしまうものなのか。

優佳は続ける。

「女性二人に関しては、女の細腕で人殺しなんて、と考えることもできます。でも、堀江さんがワインのボトルで園田さんを殴ろうとした光景を目にしてしまうと、当てにはなりませんよね」

「なりませんね」

日向は答える。いくら優佳でも、ここから一人には絞れないだろう。案の定、優佳は困った顔をしていた。

「わからないから、ずっと四人を観察していました。研修の態度から判明するのではないかと思って。けれど、誰一人として、日向さんを恨みがましく見つめている人はいませんでした。皆さんの態度に、おかしなところはなかったのです」

当然だ。梶間は行動を起こしたわけではないのだ。この保養所に到着したときから、じっと機会を窺っている。現在までの彼の行動は、普通の研修生以外の、なにものでもない。そんな梶間を、他の三人から分離できるはずがない。

「失礼ながら、皆さんの能力も拝見させていただきました。この研修は幹部候補生だけを集めるものです。それにふさわしくない人がいれば、その人が怪しいと思ったからです。日向さんがご自分を殺させるために、多少能力が低くても目をつぶって呼んできたことになりますから。でも、半日ご一緒させていただいた感想は、全員幹部になり得る能力をお持ちだというものでした」

これは、優佳の本心ではないのではないかと、日向は思った。優佳ほどの頭脳の持ち主であれば、他の人間は全員能力不足に見えても不思議はない。しかし、四人の中で一人だけ能力が劣っている人間はいないと判断したのだろう。

「さあ、これでわからなくなりました。いったい、犯人は誰なんでしょう。いえ、まだその人は日向さんを殺していないわけですから、現段階では犯人役、ときちんと呼びましょうか」

そうだ。わからないはずだ。なぜなら優佳が自ら言ったように、梶間はまだ殺していないのだから。

優佳は口を閉ざした。グラスを取って、日本酒を飲む。いい飲みっぷりだ。彼女も相当な酒豪のようだ。そういえば、章吾から聞いたような記憶がある。章吾が優佳の恋人と仲良くなったのは、お互い酒好きであることを知ってからだと。大学で『アル中分科会』なるものを結成して、飲んでばかりいたと。優佳もその一員だったのだろうか。

優佳はグラスを一気に干した。ふうっと息をつき、グラスをテーブルに戻す。お代わりを注いでやろうと日向が手を伸ばしたとき。

「梶間さんですね」

さらりと言った。手が瓶に触れる直前で、日向は凍りついた。しかし一瞬の数分の一のタイムラグを置いただけで、日本酒を取り上げる動作を再開した。スクリューキャップを回し、優佳のグラスに酒を注ぐ。少し多すぎた。

「なぜ、梶間だと?」

平静な声を出せたと思う。境を殺して以来、日向は自分の行動すべてに振付をつけることに慣れていた。

優佳は薄く笑った。

「だって、梶間さんは来月ヨーロッパに赴任するんですよ。お見合い研修に出たところで、彼女をゲットする意味がありません。日向さんだって、そんな超遠距離恋愛が維持されるとは、考えていないでしょう。つまり、四人の中で梶間さんだけが、この研修に選ばれるべきではない人間です。日向さんはそのことを知っていた。知っていて、呼んだ。お見合い以外の目的があると考えてもおかしくはないでしょう」

「おかしくはありませんが、間違っています」

日向はそう答えた。まるで心臓にアイスピックが刺さったかのような、息苦しさを感じながら。

「すみません。彼のヨーロッパ赴任について言葉が足りなかったようですね。欧州研究センターに赴任するといっても、まったく帰ってこないわけではないのです。日本での会議や報告などもありますから、大体ひと月に一度のペースで日本に戻ります。月イチで会えるのなら、普通の遠距離恋愛と変わらないでしょう。梶間をお見合い研修に呼んだのは、そんな背景があったからです」

章吾と真里子に説明したのと、同じことをいった。社内の事情を知らないゲストならば、この嘘で騙《だま》せる。はずだった。

優佳は頭を振った。珍しく、少し苛立ったような仕草で。

「日向さん。嘘はやめましょう」

「嘘？」

またしても日向の心臓は痛む。日向を見る優佳の瞳には、少しだけ、ほんの少しだけ怒りの色があった。

「休憩時間の最後に、日向さんと梶間さんとわたしの、三人だけになりましたよね。そのとき梶間さんのヨーロッパ赴任が話題になったことを憶えていますか？　梶間さんはこう言ったのですよ。『日本とは当分お別れですが、今どきネットがあれば、日本の情報なんて、いくらでも手に入りますから』と。月に一度帰ってくる人間が、どうして当分お別れなどと言うのですか？　梶間さんは帰ってこないのです。おそらくは何年も。これほどお見合い研修に似合わない人はいません。だから梶間さんなんです」

「……………」

日向は気の利いた反論をしようとした。しかしできなかった。優佳が指摘した、三人での会話。あのとき日向は、梶間に対して「後で部屋に来い」というメッセージを送ることで頭がいっぱいだった。だから聞き流したのか。自分が用意していた嘘と、矛盾《むじゅん》する発言を。

日向は言葉を発することができなかった。それでも優佳は気にすることなく、なみなみと日本酒が注がれたグラスを丁寧に取り上げ、そっと中身を飲んだ。

「実は、この問題がいちばん簡単でした。四人の中で誰が犯人役かという問題が」

「えっ……？」

ようやく日向の喉から声が出た。疑問が驚愕に勝《まさ》ったからだ。

「しかし、碓氷さんは先ほどから、わからないとばかり――」

「すみません」優佳はぺこりと頭を下げる。「あれもフェイントでした。証拠の全くない、頭の中で考えただけのストーリーです。正しいかどうかを判断するには、日向さんに確認を取るしかなかったんです。でも日向さんはそう簡単にご自分を乱さない方です。ですから知らないふりで油断させて、いきなり答えを突きつけて反応を見ることにしました」

それで結論を得たというわけか。日向の反応から、自分の仮説が正しかったという結論を。つまり日向は、目の前の若い女性に、いいようにあしらわれたわけだ。

若い頃の日向なら、屈辱に顔を引きつらせているところだ。ちょうど今晩の園田のように。けれど日向は既に枯れている。むしろ、人生の最後に彼女のような優秀な女性と対話できたことを、嬉しくさえ思えた。

ふっと肩から力が抜けた。虚脱したわけではない。緊張が解けたのだ。あるいは優佳が指摘したように、意気込まなくなったのだ。

今日、保養所では何も起きていない。普通の研修が行われただけだ。ちょっとした騒動はあったが、章吾と真里子のおかげで事件にはならず、騒ぎというレベルで収まった。

そう、何もなかったのだ。他と変わらない、ありふれた日常。現象としては、そういうことだ。しかし優佳はその中から、意志を発見した。そして考える材料を丁寧に拾っていき、最終的には背後に眠る殺人計画の構造を解き明かしてしまったのだ。

日向は真里子のことを、観察が行動に結びつく、有能な人物と思った。しかし優佳はそれ以上だ。真里子は起こったことに対処しただけだが、優佳は起きなかったことからそれを成し遂げた。なんと恐るべき頭脳だろう。その頭脳に感嘆したからこそ、日向の気負いは消え失《う》せた。ここに至って、日向は虚心で優佳の目を見ることができている。

「私が私を殺そうとして、やはり私を殺したがっている梶間を、お見合い研修に呼んだ。あなたの解説をまとめると、こうなりますね」

日向はそう言った。これだけでは、彼女が全貌を理解したとはいえない。

「では、なぜ私は死にたがっているんでしょう。なぜ梶間は私を殺したがっているんでしょう。そして、なぜ私は自殺をせずに、梶間の手を借りようとしているのでしょう。それがわからない以上、碓氷さんが組み立てた骨格は頼りないですね。動機という壁があって、はじめて建築物は強固になります」

優佳は、動機にまで見当をつけているのだろうか。いくらなんでもそれはあり得ないと思いつつ、日向は尋ねてみた。しかし優佳はきっぱりと答えた。

「わかりません」

思わず優佳の顔を見つめ直す。先ほどまでの、日向を謀《はか》る返答ではなかった。本音。いや、それ以上の、強い意志を感じる否定だった。

「わかりません」

優佳は、もう一度言った。同じ口調で。

「動機というのは、他人がどうこう言うべきことではないと思います。恨みの重さ、憎しみの重さ、罪の重さ。皆個人個人で秤《はかり》を持っています。そしてその目盛りは、人によって違うのです。違う目盛りで他人の心を測《はか》ることはできないでしょう。だから、わたしは考えません」

優佳は日向の目を見つめた。真剣な表情。思わず目を逸らしそうになる。強靭《きょうじん》な意志。無限と思われる生命力。病身の日向には太刀《たち》打ちできないパワーを、優佳は持っていた。

その力がふと緩む。優佳が微笑んだからだ。


「動機は、わたしにはわかりません。ですから、わたしにできることは、あなたの演出を引っかき回すことだけです。もっと言えば、舞台をめちゃくちゃにすること」

演出を引っかき回す。舞台をめちゃくちゃにする。それは、つまり。

「梶間が私を殺すのを、妨害しようと……？」

優佳はうなずきかけて止めた。

「それはちょっと大げさな表現ですね。だって、アイスピックを振り回す梶間さんに対して、わたしは無力ですから。より正確には、梶間さんが日向さんを『殺さない』という結果を得ようとしたのです。そのためには、梶間さんが日向さんを殺しにくい環境作りをすればいい。わたしはそう思いました」

「まるで、花瓶に花を飾って、凶器として使えなくするみたいに？」

優佳はにっこりと微笑んだ。日向の言葉を肯定しているのだ。

その微笑みを見て、日向は確信した。優佳は、既に環境作りを終えている。それは、いったいなんだ？

日向の頭に、ひとつの考えが浮かんだ。

「まさか碓氷さん、このまま一晩中、この部屋におられるつもりですか？　それなら、梶間が来てもわたしを殺せない……」

しかし優佳は静かに首を振った。

「確かに、その方法もありますね。でも、わたしはこれでも女です。いくらなんでも、男性の部屋に一晩中いられませんよ。一応彼氏がいるんですから」

本気か冗談か、わからない口調だった。どちらにせよ、彼女はずっとこの部屋にいるつもりはないようだ。そのことに安心する。本当にそうされてしまったら、梶間は日向を殺せない。

殺しにくい環境。それはどのような環境なのか。真っ先に思いつくのは、目撃者を配することだ。梶間と日向の周囲に、常に誰かがいるようにすればいい。優佳がずっとこの部屋にいるというアイデアも、この考えに基づいている。しかし優佳は、そのアイデアを否定した。ということは、目撃者は優佳ではない。では誰だ。自分はその答えを聞いた気がする。思い出した。

「園田、か……」

ここを訪れたばかりのとき、優佳は言った。園田がここに来て謝罪したら、受け入れてくれるのかと。すると、園田がここに来るのか？　しかしその可能性は低い。あいつに、それほどの度胸はない。

いや、待て。本当に来る必要はないのだ。梶間に、園田が日向を訪問する可能性を訴えれば、それでいい。それだけで梶間は警戒して、今晩殺しに来ない可能性が高まる。

日向の監視はそれでいいだろう。では、梶間はどうだ。優佳は、誰を梶間の周辺に配置したのか。

考えなくてもわかる。理紗だ。懇親会のとき、ゲストの三人は梶間と理紗の仲をずっと煽っていた。

そして理紗は半ば本気にしかけていた。

いくらなんでも、男性の部屋に一晩中いられませんよ——。

優佳の科白だ。これを理紗に当てはめてみたらどうなる。理紗が、一晩中梶間の部屋にいたら、梶間は日向を殺しに来ることができない。

静かな驚愕が、日向を襲った。

「まさか、碓氷さん、あなたは梶間を一人にしないために、野村を煽っていたのですか？　しっかり者の野村が、梶間の部屋へ忍んでいく気になるくらい……」

「行かないと思いますよ」優佳は笑った。「野村さんは、そこまで大胆ではありません。でも、梶間さんにその可能性を考えさせてしまうくらいには、成功したと思います。梶間さんは今頃、本当に野村さんが来るかもしれないと、戦々恐々だと思います」

「………」

なんて女性だ。研修生の仲を煽るというのは、日向自身が依頼したことだ。優佳はそれを利用して、梶間の殺人を妨害しようとしたのか。日向が自分の計画を成就《じょうじゅ》させるために用いた、お見合い研修という隠れ蓑。優佳は同じ隠れ蓑を使って日向の計画を破綻させようとしていたのか。

そこまで考えたとき、ひとつの考えが天啓のように閃《ひらめ》いた。殺しにくい環境。それについて、日向は自分でも考えていた。いつだ。懇親会がお開きになる直前だ。

「碓氷さん。ひとつ確認したいのですが」

まるで立場が逆転してしまったかのような科白だ。しかし優佳は不審そうな顔を見せずに応える。

「なんでしょうか」

日向は唾を飲み込んだ。

「堀江と園田のケンカ。ひょっとしてあれは、あなたの仕業ですか？」

優佳は舌を出した。「ばれました？」

虚心になったはずなのに、日向の背筋はまた震えた。思い返してみれば、喋りながら園田のテンションはどんどん上がっていった。いくら酒が入っているとはいえ、社長が同席する宴席で、女性蔑視のような発言をくり返した。そのとき園田の相手をしていたのは誰だ。優佳だ。優佳は、園田の反応を見ながら会話を上手にコントロールして、横で聞いていた比呂美の爆発を待っていたのだ。

なぜそんなことをしたのか。日向にはわかる。二人がケンカを始めて大騒ぎになると、その場にいた人間の心はささくれ立つ。自分もだ。そして不安定にギスギスした心は、ちょっとした弾みで爆発する。そんな心を相手にしては、梶間はスムーズに殺人などできないだろう。だから梶間は自重する。明日の夜まで待とうとする可能性も高い。

「堀江さんが園田さんを嫌っていたのは、研修中から見当がついていました」

優佳はそう言った。「最初はしょうがない人たちだなと思っていたのですが、やがて堀江さんが怒りの表情を見せるのは、海外の仕事に関する話題が出たときだとわかったんです。使えると思いました。園田さんに海外の話をどんどんさせて、堀江さんの怒りをどんどん蓄積させていく。梶間さんがヨーロッパ赴任をされるという格好の話題がありましたから、海外の話ばかりしても、不自然ではありませんん。やがて堀江さんが爆発したら、大騒ぎになって人殺しどころではなくなるのではないかと思ったんです。大成功だったのですが、正直に言うと、せいぜいひっぱたく程度だと高を括《くく》っていました。まさかワインのボトルで殴りかかるとまでは想像していませんでした。そこだけが反省点です」

まあ、殴られても死にはしなかったでしょうけど、と優佳は続けた。

恐ろしい女性だ。日向は改めて思う。優佳は殺人計画を察知した。そして殺人を止めるために、怪我もやむなしというケンカを引き起こしたというのか。死ぬよりは怪我の方がマシだからと。優佳は

「誰も怪我をしなくて、本当によかった」と言った。

しかし、本心はそうではなかったのかもしれない。怪我人が出て、救急車や警察を呼ぶ事態になれば、殺人は確実に防げる。優佳の本当の狙いはそれだったのだろう。真理子の勇気ある行動によって、達成できなかったけれど。

しかし。

「碓氷さん」日向は疑問を口にした。

「どうして、そこまでしてわたしを守ってくださるのですか？　過去に一度会っただけの、じじいの命を。どうしてなんです？」

それこそが、最も知りたいことだった。優佳に、そこまでの義理はないはずだ。

途端に、優佳の表情が曇った。下を向く。

「日向さんは、安東さんのお兄さんがペンションをやっておられることを、ご存じですか？」

「ええ、知っています」

「休館中に、そこで人が死んだことも？」

「ええ。人づてに聞きました。詳しい事情は知りませんが」

優佳は顔を上げた。

「そのとき、わたしもペンションにいたんです」

「……！」

日向は思わず優佳の顔を見た。目に飛び込んできたのは悲しみだった。演出されたものではない。優佳の本心からの悲しみが、整った顔に浮かんでいた。

「あんなことは、もうたくさんです。人が死ぬなんて。日向さん。あなたが死ぬのは勝手です。自殺しようと、梶間さんに殺されようと、好きにすればいい。でもそれは、わたしのいないところでやってください！」

優佳の肩が震えた。それに合わせて、長い黒髪も揺れる。優佳は自分の身体を抱きしめた。震えを止めるように。

震えは、すぐに止んだ。日向を見つめる表情は、既にいつもの優佳に戻っている。

優佳は紙袋に右手を入れた。袋から出たとき、右手には黒いくさび状のものが握られていた。

「ドアストッパーです」優佳はゴムでできたそれを振ってみせた。

「食堂のドアの傍に置いてありました。ドアを開放状態にするときに使われるんでしたね。でも、これはドアを開けさせない錠前としても使用できます」

優佳はドアストッパーを差し出す。

「わたしは、梶間さんが殺しにくい環境を作りました。けれど、あくまで環境だけです。梶間さんが強引に突破してしまえば、それ以上防ぎようがありません。そのときのために、これを使ってください。この部屋のドアに嚙ませるのです。それだけで、今夜に関しては、日向さんの安全は確保できます。はっきり言って、今日会ったばかりの梶間さんより、安東さんの親戚である日向さんの方が大切です。ですから、これで身を護《まも》ってください」


目が合った。言葉はそれ以上なかったけれど、彼女の意志は既に聞いている。死ぬなと。人死にが絡む事件に、自分を巻き込むなと。

優佳の気持ちはわかる。けれど、彼女の望みを叶《かな》えてあげるわけにはいかない。自分の身体はどんどん衰弱していく。この機会を逃すと、もう梶間に万全の状態で殺人をさせてあげることができない。今夜しかないのだ。

日向はゆっくりと首を振った。

「ありがとう」

日向は不意に優しい気持ちになった。そしてその気持ちのまま、優佳を見た。

刹那《せつな》、幻を見た。過去の幻を。

境の死後、由美子は男の子を産んだ。晴征だ。遠くから晴征の成長を眺めていた日向は、いつしか考えるようになった。

晴征は自分の子供ではないのかと。

もちろん、それが間違いであることはよくわかっている。成長するに従って、晴征はどんどん父親に似てきたのだ。つまり、境陽一に。日向貞則にではない。間違いなく、晴征は境の子供だった。

　それでも日向は、ゼロに近い可能性にしがみついた。若い頃には考えもしなかった、自分が創りあげたものを誰かに残したいという気持ち。しかし日向には子供がいない。その気持ちが晴征に向かうのは、無理からぬことだった。だから正確に表現すると、日向は、晴征が本当は自分の子供ではないかと疑ったのではない。彼が自分の子供だったらいいのに、あるいは自分の子供であってほしいと願ったのだ。

　根拠がない話ではない。生まれ月の計算が合わないことは、気にならない。たった一カ月だ。そんなものは誤差の範囲内だ。そう、晴征は自分の子供であるべきなのだ。なにしろ、自分はあの夜、避妊をしなかったのだから。

　日向は意識を現在に戻した。目の前の女性を見つめる。美しく、優秀な女性を。優佳に恋人がいることは知っている。それでも、想像せずにはいられなかった。ひょっとしたら息子かもしれない梶間を支えてくれる女性が、碓氷優佳であったらと。野村理紗も悪くはない。しかし梶間晴征ほどの人物には、碓氷優佳のような女性こそ似合うのではないか。そんなことを考えた。

　しかし、それは決して実現はしないのだ。万が一実現したとしても、今夜ここで死ぬ日向には、それを見届けることができない。検証することができない仮説に思いを馳《は》せるのはやめよう。

「ありがとう」

　日向はもう一度言った。

「でも私には、必要ないんですよ」

　優佳の動きが止まった。わずかに目を見開く。二人は、しばらくの間そのまま見つめ合った。

　ふうっと小さく息を漏らし、優佳が視線を逸らした。

「そうですか。では仕方がありませんね」

優佳はドアストッパーを紙袋に戻した。グラスに半分残っていた日本酒を飲み干す。

テーブルの瓶には、まだ一合ほどの酒が残っていた。優佳が瓶を指し示す。

「まだ飲まれますか?」

日向はうなずく。

「ええ。置いておいてもらえますか」

優佳が立ち上がる。つられて立ち上がろうとする日向を軽く制して、テーブルを回り込んで日向の前に立った。右手を差し出す。その手を握った。あれだけ酒を飲んだというのに、優佳の手はひんやりしていた。

優佳は日向の目を見た。

「わたしは、もう寝ます」

日向は優佳の目を見返した。

「そうですね。もう、こんな時間だし。明日もよろしくお願いします」


「はい」優佳は握った手に力を込めた。

「がんばってくださいね」

優佳はそう言って、部屋を出て行った。

終章

午後十一時三十分。

じっと部屋で息をひそめていた梶間は、ゆっくりと立ち上がった。そろそろ行動を起こす時間帯だ。

談話室で別れてから一時間。結局、理紗は部屋に来なかった。彼女が梶間の部屋に本気で忍んでくるならば、事前にシャワーを浴びてくる可能性が高い。化粧の時間も含めて、一時間待っても来なければ、今晩彼女がやってくることはないだろう。梶間はそう考えて、この時間まで行動を起こさなかった。そして現在、梶間は一人だ。優佳は保証すると言ったが、他人の保証はやはり当てにならないものだ。ホッとしたような、残念なような気持ちを残して、梶間は思考から理紗を追い出した。

数歩歩いて窓の前に立つ。カーテンを引いて、窓のクレセント錠を外した。そっと窓を開ける。途端に冷気が部屋の中に忍び込んできた。

梶間は窓枠に両手をかけ、上半身を窓から外に出した。その体勢のまま、左右の窓を見る。二部屋左の一〇一号室。園田の居室だ。一〇一号室の窓から、光は漏れてこなかった。よし。園田は眠っている。続けて二部屋右を見る。小峰の一〇五号室だ。そこも電気が消えていた。どうやら二人とも眠っているようだ。それなら、梶間が日向社長を殺している最中に現れたりしないだろう。梶間は安心して、上半身を戻した。窓を閉め、カーテンを引く。

碓氷優佳が、どういうつもりで理紗が部屋に忍んでくると言ったのか。園田が日向社長の部屋を訪問するなどと言ったのか。それはわからない。だが、彼女に自分の殺人計画が気づかれているはずがない。だったら、無視するべきだ。

梶間は静かに部屋を出た。しかし社長の居室へは行かない。梶間はまず、食堂に向かった。照明を点ける。すぐに明るい光が食堂の内部を照らした。この時点で他人に見られても問題ない。眠る前に、もう一杯だけ飲もうと思ったと言えばいいだけだ。

事実、梶間の足は段ボール箱へ向かった。懇親会で余った酒とつまみ。だいぶん減っていたが、ありがたいことに、日本酒の四合瓶が一本残っていた。それを段ボール箱から抜いた。周囲を見回す。あった。ドアを閉め切るのに使える、ゴム製のドアストッパー。梶間はドアストッパーを拾い上げ、チノパンの前ポケットに入れた。

四合瓶は凶器で、ドアストッパーは鍵だ。いろいろと考えた結果、酒瓶で殴った後、ガウンの紐で首を絞めるのが最も確実だという結論に達した。そのための四合瓶だ。恩人である社長と酒を酌み交わそうと思ったというストーリーは、社長を納得させるだろう。だから梶間が酒瓶を手にしていても、社長は怪しまない。もちろん、殴るのは右手でだ。

ドアストッパーは、補助錠として使う。万が一誰かが社長の居室に入ろうとしたときに、これを噛ませれば、他人の侵入を防げる。内側から鍵をかけたとしても、小峰が合鍵を持っている可能性は無視できない。そのときのための対策だった。

よし、行こう。

梶間は食堂の照明を消して、廊下に出た。常夜灯が、廊下を暗く照らす。足音を立てずに、静かに歩みを進めた。

いよいよだ。いよいよ自分は、親の仇を討つことができる。

高揚はあったが、興奮はなかった。不安もなかった。絶対に成功する。そう確信していた。

チノパンの尻ポケットに手を当てる。そこには、封筒に入った紙片があった。

紙片とは、航空機のチケットだ。三十年前の、千歳発羽田行きのチケット。使用された形跡《けいせき》がない。それもそのはず、この便は大雪のために欠航になったからだ。

なぜ母は、父の遺品の中でも、特にこれを大切に取っておいたのか。おそらく、自らの罪の証拠だったからだろうと、梶間は考えている。過ちを犯し、それが原因で夫を死なせてしまった母。母は、一生煉獄《れんごく》に棲《す》むことを決意したのだ。そのための身分証が、このチケットだったのだろう。

——お母さん。

梶間は母に語りかける。そんな必要はなかったのに。悪いのはお母さんじゃなく、日向社長なんだから。

だから、僕が社長を殺してあげる。このチケットは、お母さんの罪のしるしじゃない。社長の罪を訴えているんだ。

僕は失敗したりはしない。社長はいくら高齢とはいえ、大人の男だ。そう簡単に殺されてはくれないだろう。でも、このチケットがあれば。

チケットを見せたら、社長には、それが意味するものがわかるだろう。わかった途端、社長の頭は真っ白になる。思考能力は奪われ、身体は凍りつく。つまり、無抵抗の状態になるわけだ。社長にどんな反撃の手段があったところで、関係ない。僕は石像のようになった社長を、悠々《ゆうゆう》と殺すことができる。このチケットは、確実に殺人を行うためのライセンスでもあるんだ。

梶間はポケットにチケットの存在を感じながら、廊下を歩いた。いちばん奥に行き当たる。重厚なドアがあった。そこが社長の居室だ。

梶間はノックした。

少しの間があって、中から返事が聞こえた。

梶間はドアノブを握り、ゆっくりとドアを開けた。

＊　＊　＊

日向は自分でグラスに日本酒を注いだ。ゆっくりとした動作でグラスを口に運ぶ。

優佳の最後の言葉が気になっていた。

――がんばってくださいね。

どういうことだろう。日向は優佳に、自分はここで死ぬつもりだと宣言した。優佳がいかなる環境整備をしたからといって、自分の決心は動かないと、彼女に伝えた。

優佳は不本意ではあっただろうが、日向の決意を承認した。それでは、なぜ「がんばって」などと言ったのだろう。これから死ぬ人間に対して、もっとも不似合いな言葉を使ったのか。わからない。日向は頭を振った。

ソファに座ったまま手足を伸ばして、大きく伸びをした。すると、右足に何かが当たった。体勢を戻して視線を右足にやると、足下に日本酒の四合瓶が置いてあるのが見えた。テーブルの上を確認する。そこには残り少なくなった日本酒の瓶があった。足下に、もう一本の四合瓶が、いつの間にか出現しているのだ。

はて、と訝《いぶか》しむことはない。さっきまで、こんなものは部屋になかった。持ち込んだ人間は、優佳以外には考えられない。日向に握手を求めるために近寄ったとき、さりげない動作で足下に置いたのだろう。

優佳はなぜそんなことを？　日向が人生最後の酒を楽しむためにと、お代わりを置いたのだろうか。なにしろ人生最後なのだ。日向がもう一本所望しても不思議はない。彼女は気が利くタイプだから、そのくらいのことをしてもおかしくはないだろう。

しかし、それならそうと、彼女は日向に告げるのではないか。黙って、しかも他人の目から隠すように置く必要はない。

――え？

日向の動きが止まった。今、自分の思考は、重要な言葉を流しかけた気がする。それは何か。

日向がもう一本所望しても不思議はない。

他人の目から隠すように置く必要はない。

このふたつだ。ふたつの言葉をまとめてみると、こういうことになる。

この場にあっても不自然ではない酒瓶が、来訪者からは見えない位置にある。

これは何を意味するのか。深く考えるまでもなく、日向にはわかった。

優佳は、日向にメッセージを残したのだ。戦え、と。来訪者、つまり梶間の攻撃に、この酒瓶で対抗しろと。

なぜ彼女は戦えなどというメッセージを残したのか。自分はドアストッパーの受け取りを拒否した。身の安全など計らずに、梶間に殺されるつもりだからと。それならば武器を渡されても、同じ反応をするに決まっているではないか。

しかし日向は、そこで思考停止に陥《おちい》ったりはしなかった。優佳は無駄なことをしない。このメッセージには、必ず合理的な背景があるはずだ。それを考えてみよう。何をとっかかりにすればいい。彼女の発言や行動からか。いや、違う。発言や行動の結果から差し出されたドアストッパーを、日向は受け取らなかったのだから。それなら、逆はどうか。つまり、彼女が言わなかったこと、行動しなかったことにヒントはないか。

優佳が言わなかったこと。それは動機だ。彼女は、動機の追求を拒否した。それはそれでいい。彼女の主義の問題だからだ。ここで気をつけなければならないのは、今回のケースでは、動機は二種類あることだ。ひとつは梶間が日向を殺そうとする動機。そしてもうひとつは、日向が自殺という選択をせず、梶間に殺されるという道を選んだ動機だ。そのうち優佳が拒否したのは、前者についてだけだった。

彼女は言った。「恨みの重さ、憎しみの重さ、罪の重さ。皆個人個人で秤《はかり》を持っています。そしてその目盛りは、人によって違うのです。違う目盛りで他人の心を測ることはできないでしょう」と。

　この言葉から、梶間が日向を殺す動機として、優佳は怨恨を想像していたことがわかる。利益のためではない。なぜなら日向に認められた梶間が、当の日向を殺してしまうと、逆に出世の道を閉ざしてしまうことになりかねないからだ。優佳はそう考えて、怨恨を考えた。まったくもって、正しい考えだ。

　しかしこの言葉からは、後者の動機を説明しない。先ほど軽く流したように、「はっきり自殺とわかる死に方では、社長としてのプライドが許さない」と思っているのだろうか。そんなはずはない。そんなくだらない理由ならば、事故に見せかけるとか、もっといい方法はいくらでもある。梶間がうまくやり遂げればともかく、失敗の可能性もあるのだ。社員が社長を殺害したなどということが世間に知れたら、ソル電機は甚大なダメージを被る。社長として、日向がそんな選択を安易にするはずがない。それは優佳にもわかっているだろう。

　だから優佳は、日向の行動にはもっと別の目的があると考えたはずだ。梶間に殺させるのはリスクが高い。それでもその方法を採るほどの目的とはなにか。

　梶間の動機が怨恨なら、復讐という言葉がすぐに連想される。復讐ならば、そもそも悪いのは日向ということになる。優佳は、日向が復讐されることを選択したと考えたのか。

　いや、それなら、梶間が日向を殺した後、逮捕されない手はずを整えなければならないだろう。繰り返しになるが、梶間が逮捕されてしまえば、ソル電機はダメージを負うのだ。日向のソル電機に対する愛情、あるいは執着を、優佳はよく知っている。社内結婚を演出してまで、人材の流出を防ごうとしているくらいだ。日向ならば、何をおいてもソル電機を護ろうとするはずだ。

　それにしては、日向の準備は中途半端だ。殺す道具をあれほどばらまいているのに、梶間を護る対策としては、談話室の鍵を開けておいたことだけなのだ。

優佳の目から見れば、これは奇異《きい》に映《うつ》るだろう。梶間に殺せと言っておきながら、捕まらないような万全の準備を整えていない。しかし逮捕を望んでいるわけでもない。この点に日向の意志を読み取ろうとしたならば、彼女はどう考える。日向が梶間に対して求めていること。それは「殺せ。ただし、逃げ延びるのは自分の才覚でだ」ということだろう。

ぶるり、と日向の身体が震えた。自分の行動を優佳の視点から見つめ直していたら、彼女の発したメッセージが読めたのだ。

動機を考えなくても、日向が望むものを、優佳は理解した。日向の目的は、自分が死ぬことではなく、梶間に殺人を犯させることなのだと。日向の自殺の道具ではなく、あくまで能動的な殺人を、日向は梶間に要求していると。

ここで、もう一本の酒瓶に戻る。なぜ優佳は、日向に戦わせたいのか。ここまで考えた日向には、わかる気がした。殺人にとって最も大切なのは、逃げ延びることではない。殺人そのものだ。殺す瞬間、被害者である日向は、どのような対応をすればいいのか。ただ黙って殺されていればいいのか。ダメだ。それでは、梶間を自殺の道具にするのと変わりはない。梶間が殺人者になったとはいえないだろう。そのことは梶間にもわかる。日向の行動の意味がわからない梶間は動揺し、逮捕の隙《すき》を作ってしまうかもしれない。

しかし、日向が抵抗すれば。抵抗する日向の命を奪えば、立派な殺人犯だ。その自覚と危機意識が、彼の警察に対する対応をより完璧なものにする。日向が望んでいるように。

日向は大きく息をついた。グラスを取り、日本酒を飲む。優佳は、日向の計画に賛意を示してくれたのだ。そしてアシストしてくれた。日向の計画にはなかった、日向が抵抗するというシナリオを追加して。それならば、彼女のアドバイスどおりにするべきだろう。おざなりな抵抗では意味がない。本気の抵抗をしなければ、梶間は殺人犯たり得ない。

　自分は、境を殺した。逮捕への恐怖が日向を臆病にし、それが経営にいい影響をもたらした。結果的に、境を殺したことは、ソル電機にとっていいことだったのだ。

　自分はガンで死んでいく運命だ。そして経営のなんたるかをわかっていない馬鹿者が後継者になる。それは仕方がない。でも、いずれは梶間に社長になってもらいたいと思う。境の息子であり、自分の息子でもある梶間が。

　しかし、今の彼には資格がない。なぜなら、梶間はまだ人殺しを経験していないから。殺人という門をくぐり、司直の手を逃げ延びる慎重さと臆病さを持った人間こそが、会社を発展に導く。それは日向が自らの成功体験によって証明したことだ。

　だから、梶間は人を殺さなければならない。標的は自分だ。梶間よ。この命を君のため、そして会社のために捧げよう。君は父親である自分を殺して、次のステップに飛翔してくれ。

　――ありがとう。

　日向は立ち去った優佳に語りかけた。あなたの真心は、ありがたく受け取っておきましょう。

　優佳のシナリオは想像できた。テーブルの上には酒瓶。部屋に入ってきた梶間は、日向が酒瓶を握って反撃すると予想するだろう。だから梶間は対策を考える。たとえば、自らが瓶を持って日向のグラスに酒を注ごうとするとか。自分が酒瓶を握ってしまえば、日向がそれを使うことはできない。

　優佳の恐ろしさはそこだ。目の前に酒瓶という、はっきりとした脅威があるから、梶間はそれを取り除こうとする。そして取り除いた時点で、彼は安心するだろう。まさか死角に酒瓶がもう一本あるなどとは、思ってもみない。梶間が酒を注ごうと酒瓶を傾けた瞬間、日向が隠し持ったもう一本の瓶で殴りつけたらどうなるか。梶間はそれを避けられるだろうか？

優佳は、日向が勝つ可能性にも期待しているはずだ。彼女は、梶間より日向の方が大切だと言い切った。日向の計画に加担しながらも、まったく逆の結果を狙ってもいるのだろう。しかし、そうはいかない。

梶間には、避けてもらわなければならない。老人の不意打ちなど易々《やすやす》とかわして、日向に致命傷を与える。そうでなければならない。梶間にはできるはずだ。だからこそ、日向は自分が背負ってきたものを梶間に引き継ごうとしているのだ。

ノックの音がした。

思わず身体が震える。今のノックの音。少しの緊張と、圧倒的な覚悟を含んだ音。今度こそ間違いない。梶間だ。梶間が日向を殺しに来たのだ。

日向は右足を動かし、酒瓶の存在を確かめた。チャンスがあれば、日向は梶間をこの瓶で殴りつける。遠慮はしない。本気で殴る。そうしなければ、彼は殺人者になれないから。

仮にそれで梶間が死んでしまったら、正当防衛だと主張するだけのことだ。なにしろもう一本の日本酒があることに、不自然な点は何もないのだから。とっさの行動として、警察は殺意をくみ取りはしないだろう。

「はい」

日向は外の人物にようやく聞こえる程度の声を出した。他の人間に聞かせないためだ。やや間があって、そっとノブが回り、ドアが開いた。予想したとおり、梶間がそこに立っていた。右手には日本酒の四合瓶。なるほど、それが凶器か。

日向は少年のように心がときめくのを感じていた。ようやく長年の思いが叶うという思いと、あえてそれを自ら打ち砕こうとすることに、倒錯した喜びを感じているのだ。

梶間よ。今夜、保養所に死体が生まれる。その死体とは、私だろうか。それとも君だろうか。あるいは、相打ちで両方かもしれないな。でも心配ない。小峰がうまく処理してくれる。

さあ。

さあ、梶間よ。息子よ。私を殺してくれ。私の攻撃をかわして、目的を達してくれ。

日向はドアに視線を向けた。

「入りなさい」

ノン・ノベル百字書評

キリトリ線

なぜ本書をお買いになりましたか（新聞、雑誌名を記入するか、あるいは○をつけてください）

- □（　　　　　　　　）の広告を見て
- □（　　　　　　　　）の書評を見て
- □ 知人のすすめで
- □ タイトルに惹かれて
- □ カバーがよかったから
- □ 内容が面白そうだから
- □ 好きな作家だから
- □ 好きな分野の本だから

いつもどんな本を好んで読まれますか（あてはまるものに○をつけてください）

●**小説**　推理　伝奇　アクション　官能　冒険　ユーモア　時代・歴史　恋愛　ホラー　その他（具体的に　　　　　　　）

●**小説以外**　エッセイ　手記　実用書　評伝　ビジネス書　歴史読物　ルポ　その他（具体的に　　　　　　　）

その他この本についてご意見がありましたらお書きください

最近、印象に残った本をお書きください		ノン・ノベルで読みたい作家をお書きください	

1カ月に何冊本を読みますか	冊	1カ月に本代をいくら使いますか	円	よく読む雑誌は何ですか	

住所					
氏名		職業		年齢	
Eメール	※携帯には配信できません	祥伝社の新刊情報等のメール配信を希望する・しない			

あなたにお願い

この本をお読みになって、どんな感想をお持ちでしょうか。

この「百字書評」とアンケートを私までいただけたらありがたく存じます。個人名を識別できない形で処理したうえで、これからの企画の参考にさせていただくほか、作者に提供することがあります。

あなたの「百字書評」は新聞・雑誌などを通じて紹介させていただくことがあります。その場合はお礼として、特製図書カードを差しあげます。

前ページの原稿用紙（コピーしたものでも構いません）に書評をお書きのうえ、このページを切り取り、左記へお送りください。電子メールでもお受けいたします。なお、メールの場合は書名を明記してください。

〒一〇一―八七〇一
東京都千代田区神田神保町三―六―五
九段尚学ビル　祥伝社
NON NOVEL編集長　辻　浩明
☎〇三（三二六五）二〇八〇
nonnovel@shodensha.co.jp

「ノン・ノベル」創刊にあたって

「ノン・ブック」が生まれてから二年一カ月、ここに姉妹シリーズ「ノン・ノベル」を世に問います。

「ノン・ブック」は既成の価値に〝否定《ノン》〟を発し、人間の明日をささえる新しい喜びを模索するノンフィクションのシリーズです。

「ノン・ノベル」もまた、小説《フィクション》を通して、新しい価値を探っていきたい。小説の〝おもしろさ〟とは、世の動きにつれてつねに変化し、新しく発見されてゆくものだと思います。

わが「ノン・ノベル」は、この新しい〝おもしろさ〟発見の営みに全力を傾けます。

ぜひ、あなたのご感想、ご批判をお寄せください。

昭和四十八年一月十五日

NON・NOVEL編集部

NON・NOVEL —845

長編本格推理　君《きみ》の望《のぞ》む死《し》に方《かた》

平成20年3月20日　初版第1刷発行
平成20年4月5日　第2刷発行

著者　石《いし》持《もち》浅《あさ》海《み》
発行者　深澤健一
発行所　祥《しょう》伝《でん》社《しゃ》
〒101-8701
東京都千代田区神田神保町 3-6-5
☎03(3265)2081(販売部)
☎03(3265)2080(編集部)
☎03(3265)3622(業務部)

印刷　萩原印刷
製本　明泉堂

ISBN978-4-396-20845-5　C0293

祥伝社のホームページ・http://www.shodensha.co.jp/

長編推理小説 殺意の青函《せいかん》トンネル 西村京太郎

長編推理小説 十津川警部「家族」 西村京太郎

長編推理小説 十津川警部「故郷」 西村京太郎

長編推理小説 十津川警部「子守唄殺人事件」 西村京太郎

長編推理小説 夜行快速《ムーンライト》えちご殺人事件 西村京太郎

長編推理小説 十津川警部 二つの「金印」の謎 西村京太郎

長編本格推理小説 小京都 伊賀上野殺人事件 山村美紗

長編本格推理小説 愛の摩周湖殺人事件 山村美紗

長編冒険推理小説 誘拐山脈 太田蘭三

長編山岳推理小説 奥多摩殺人渓谷 太田蘭三

長編山岳推理小説 殺意の北八ヶ岳 太田蘭三

長編推理小説 闇の検事 太田蘭三

長編推理小説 顔のない刑事〈十八巻刊行中〉 太田蘭三

長編推理小説 摩天崖《まてんがい》 警視庁北多摩署特別出動 太田蘭三

長編本格推理小説 終幕《フィナーレ》のない殺人 内田康夫

長編本格推理小説 志摩《しま》半島殺人事件 内田康夫

長編本格推理小説 金沢《かなざわ》殺人事件 内田康夫

長編本格推理小説 喪《うしな》われた道 内田康夫

長編本格推理小説 鯨の哭《な》く海 内田康夫

長編旅情ミステリー 遠州《えんしゅう》姫街道殺人事件 木谷恭介

長編旅情ミステリー 石見《いわみ》銀山街道殺人事件 木谷恭介

長編本格推理 死者の配達人 森村誠一

長編ホラー・サスペンス 夢魔《ナイトメア》 森村誠一

長編本格推理 南紀・潮岬《しおのみさき》殺人事件 梓林太郎

長編本格推理 越前岬《えちぜんみさき》殺人事件 梓林太郎

長編本格推理 薩摩半島 知覧《ちらん》殺人事件 梓林太郎

長編本格推理 最上川《もがみがわ》殺人事件 梓林太郎

長編本格推理 天竜川殺人事件 梓林太郎

長編本格推理 立山アルペンルート 黒部川殺人事件 梓林太郎

長編本格推理 緋色の囁《ささや》き 綾辻行人

長編本格推理 暗闇の囁き 綾辻行人

長編本格推理 黄昏《たそがれ》の囁き 綾辻行人

NON NOVEL

ホラー小説集 **眼球綺譚《きたん》** 綾辻行人

長編本格推理 **霧越《きりごえ》邸殺人事件** 綾辻行人

長編本格推理 **一の悲劇** 法月綸太郎

長編本格推理 **二の悲劇** 法月綸太郎

長編本格推理 **黒祠《こくし》の島** 小野不由美《ふゆみ》

長編本格推理 **紫《むらさき》の悲劇** 太田忠司

長編本格推理 **紅《べに》の悲劇** 太田忠司

本格推理コレクション **ベネチアングラスの謎** 霞田志郎の推理 太田忠司

長編本格推理 **藍《あい》の悲劇** 太田忠司

長編新本格推理 **ナイフが町に降ってくる** 西澤保彦

本格推理コレクション **謎亭論処《めいていろんど》** 匠千暁《たくみちあき》の事件簿 西澤保彦

長編ミステリー **警視庁幽霊係** 天野頌子《しょうこ》

長編ミステリー **恋する死体** 警視庁幽霊係 天野頌子

連作ミステリー **少女漫画家が猫を飼う理由《わけ》** 警視庁幽霊係 天野頌子

長編本格推理 **扉は閉ざされたまま** 石持浅海《いしもちあさみ》

長編本格推理 **羊の秘《ひ》** 霞《かすみ》 流一《りゅういち》

長編ミステリー **警官倶楽部** 大倉崇裕

長編ミステリー **出られない五人** 蒼井上鷹《あおいうえたか》

長編ミステリー **俺が俺に殺されて** 蒼井上鷹

長編連鎖ミステリー **屋上物語** 北森 鴻《こう》

長編本格歴史推理 **金閣寺に密室《ひそかむろ》** とんち探偵一休さん 鯨統一郎《くじらとういちろう》

本格時代推理 **謎解き道中** とんち探偵一休さん 鯨統一郎

サイコセラピスト探偵 波田煌子シリーズ〈三巻刊行中〉 **なみだ研究所へようこそ!** 鯨統一郎

長編本格歴史推理 **まんだら探偵 空海 いろは歌に暗号《かくしごと》** 鯨統一郎

長編本格歴史推理 **親鸞《しんらん》の不在証明** 鯨統一郎

天才・龍之介がゆく!シリーズ〈九巻刊行中〉 **殺意は砂糖の右側に** 柄刀《つかとう》 一《はじめ》

推理小説 **かしくのかじか** 明治なんぎ屋探偵録 浅黄《あさぎ》 斑《まだら》

音楽ミステリー **歌の翼に** ピアノ教室は謎だらけ 菅《すが》 浩江《ひろえ》

長編サスペンス **陽気なギャングが地球を回す** 伊坂幸太郎

長編サスペンス **陽気なギャングの日常と襲撃** 伊坂幸太郎

長編推理小説 **弔《とむら》い屋** 本間香一郎《ほんまこういちろう》

推理アンソロジー **絶海** 恩田 陸 歌野晶午 西澤保彦 近藤史恵

長編伝奇小説 **竜の柩《ひつぎ》** 高橋克彦

長編伝奇小説 **新・竜の柩** 高橋克彦

長編伝奇小説 **霊《たま》の柩** 高橋克彦

長編歴史スペクタクル **紅塵《こうじん》** 田中芳樹

長編歴史スペクタクル **奔流《ほんりゅう》** 田中芳樹

長編歴史スペクタクル **天竺《てんじく》熱風録** 田中芳樹

長編新伝奇小説 **夜光曲** 薬師寺涼子の怪奇事件簿 田中芳樹

長編新伝奇小説 **水妖日にご用心** 薬師寺涼子の怪奇事件簿 田中芳樹

サイコダイバー・シリーズ①〜⑫ **魔獣狩り** 夢枕 獏

サイコダイバー・シリーズ⑬〜㉒ **新・魔獣狩り**〈十巻刊行中〉 夢枕 獏

長編新格闘小説 **牙鳴り** 夢枕 獏

長編小説 **牙の紋章** 夢枕 獏

マン・サーチャー・シリーズ①〜⑩ **魔界都市ブルース**〈十巻刊行中〉 菊地秀行

魔界都市ブルース **死人機士団《しびときしだん》**〈全四巻〉 菊地秀行

魔界都市ブルース **ブルーマスク**〈全二巻〉 菊地秀行

魔界都市ブルース **〈魔震〉戦線**〈全二巻〉 菊地秀行

魔界都市ブルース **紅《くれない》秘宝団**〈全二巻〉 菊地秀行

魔界都市ブルース **青春鬼**〈四巻刊行中〉 菊地秀行

魔界都市ブルース **闇の恋歌《こいうた》** 菊地秀行

魔界都市迷宮録 **ラビリンス・ドール** 菊地秀行

NON時代伝奇ロマン **しびとの剣**〈三巻刊行中〉 菊地秀行

魔界都市ノワール・シリーズ〈二巻刊行中〉 **媚獄王《びごくおう》** 菊地秀行

超伝奇小説 **退魔針《たいましん》**〈三巻刊行中〉 菊地秀行

長編超伝奇小説 ドクター・メフィスト **夜怪公子《やかいこうし》** 菊地秀行

長編超伝奇小説 **魔界行** 完全版 菊地秀行

新バイオニック・ソルジャー・シリーズ **新・魔界行**〈全三巻〉 菊地秀行

長編超伝奇小説 **龍の黙示録**〈七巻刊行中〉 篠田真由美

長編冒険ファンタジー **少女大陸 太陽の刃《やいば》、海の夢** 柴田よしき

長編ハイパー伝奇 **呪禁官《じゅきんかん》**〈二巻刊行中〉 牧野 修

長編新伝奇小説 **ソウルドロップの幽体研究** 上遠野《かどの》浩平

長編新伝奇小説 **メモリアノイズの流転現象** 上遠野浩平

長編新伝奇小説 **メイズプリズンの迷宮回帰** 上遠野浩平

最新刊シリーズ

ノン・ノベル

長編本格推理　書下ろし
君の望む死に方　石持浅海《いしもちあさみ》
ガンで余命半年。私は君に殺されることにしたよ――。だが、ある女性が…

四六判

長編小説
こっちへお入り　平《たいら》　安寿子《あすこ》
三十三歳の素人独身 OL が落語に挑戦!　笑いあり涙ありの寄席、開演!

長編小説
For You　五十嵐貴久
叔母の部屋に残された日記帳。そこに記された 30 年前の恋とは――。

短編歴史小説
海島の蹄《ひづめ》　荒山　徹
名もなき英雄の夢と挫折。済州島解放のため闘った倭寇の若者がいた!

好評既刊シリーズ

ノン・ノベル

長編新伝奇小説　書下ろし
トポロシャドゥの喪失証明　上遠野《かどの》浩平
新進工芸家の奇妙な造形物に謎の怪盗の〝予告状〟が!?

超《スーパー》伝奇小説　書下ろし
退魔針 紅虫魔殺行《あかむしまさつこう》　菊地秀行
この男、妖魔か、英雄か?　大ヒットコミックから新ヒーロー誕生!

長編冒険スリラー　書下ろし
オフィス・ファントム File3 史上最強の要塞　赤城《あかぎ》　毅《つよし》
失踪した遺伝子学者を追って異様な町に潜入した拓郎は…

長編痛快ミステリー　書下ろし
消滅島RPG《ロールプレイング》マーダー 天才・龍之介がゆく!　柄刀《つかとう》　一《はじめ》
伝承どおりに島が消える!?
因習の島で龍之介たちが大ピンチ!

四六判

長編時代小説
覇の刺客 真田幸村の遺言　鳥羽　亮
将軍の座を巡る徳川吉宗の暗闘。幸村の血を継ぐ男の驚愕の奇謀!

長編サスペンス
派手な砂漠と地味な宮殿　岩井志麻子
悪女の友情は存在するのか?
交錯する、女ふたりの運命は――